津本 陽

鉄砲無頼伝

実業之日本社

実業之日本社文庫

目次

一

紀州小倉（和歌山市）の土豪津田監物《つだけんもつ》が、大明《だいみん》へ渡るといい、堺湊《さかいみなと》から琉球《りゅうきゅう》へむかう便船に乗るため、故郷をはなれたのは、天文十二年（一五四三）の九月も末にちかい、秋天の澄みわたった朝であった。

監物は紀ノ川下流域の地域勢力である、雑賀衆《さいかしゅう》に属する地侍である。

雑賀衆は、紀伊守護畠山《はたけやま》氏の没落したのち、雑賀荘、中郷、十ケ郷、南郷、社家郷の五つの荘郷が結合し、米高《こめだか》七万石の「惣国《そうこく》」を組織していた。

惣国とは、地侍と百姓が団結して成立させる自治組織である。

津田監物は、楠木《くすのき》正成《まさしげ》の後裔《こうえい》といわれる名族であった。監物の兄は、根来《ねごろ》杉ノ坊の僧兵である。

真義真言宗の大刹《たいさつ》根来寺には、二万といわれる僧兵が威勢を誇り、浄土真宗を信仰する雑賀衆とは不仲であった。だが個人の間の交流はさかんである。

監物は小倉という在所の地侍で、村の年寄り衆として、村政にも参画する身分である。紀伊守護畠山氏の内紛が年来絶えることなく、合戦が起これば雑賀衆も利によって誘われて戦う。

従って監物も内福であった。年齢は三十路《みそじ》をこえたばかりで、武勇に聞えた先祖の血を享《う》け、太刀打ち、騎射に長じている。

杉ノ坊で重職をつとめる兄の後楯《うしろだて》もあり、暮らしむきに不自由はなかった。

それが、突然大明へ渡るといいだしたのである。

「いまさら、海賊で稼ぐこともあるまいがえ。監やん、大明のよな、知らぬ他国へいきよすな。水に慣れぬ土地へ行《い》たかて、ろくなことはない。それより、紀州にいてたら楽に生計《たつき》がたてられよがえ」

友人たちがひきとめた。

監物は女房のこうとの仲もよく、息子三人と娘一人がいる。父母も老いて健在であった。

だが、監物は明国へ渡る計画を撤回しなかった。

「儂《わし》はのう、べつに大明へ渡るのに、倭寇《わこう》になるとか、仏狼機《フランキ》賊の一味になるとか思うていくのではないのや。ただのう」

彼が口ごもると、友人たちは身を乗りだす。

「ただ、何や。おんしゃ、何ぞ商いをばやって、大儲《おおもう》けしようと思うてるんやろが。そげな危ないことは、やめとけ。海賊に首とられるか、船沈むか。どっちみちろくなことは起こらんのや」

監物は、思いきったようにうちあけた。

「実を申せば、儂の夢枕に阿弥陀如来《あみだにょらい》が立ちなはってのう。儂に大明へいけとおっしゃりなはるんや」

「なんでそげなことおっしゃるのや」

「さあ、なんでか分らんが、いけということや。いかなんだら儂の寿命が尽きてしまうとのお告げじょ。そやさけ死ぬよりましやと思うていくのや」

友人たちは顔を見あわせる。

「なんと怪態《けたい》な話やのう。ほや、身についた厄をおとしに、大明までいくのかえ」

「そうよ、向うの土踏んできたらええんじょ。まあ、大明へ着いたら、何ぞ儲けられる品をば仕入れてこうかえ」

「まあ阿弥陀はんのお告げなら、しかたもなかろかえ。買《こ》うてくるんなら、水銀にせえよ」

ひとりがいうと、傍《そば》から口をはさむ者がいる。

「水銀もええけどのう、川芎《おんなかずら》にしよし。嵩《かさ》がすくのうて、値高いさけに、得も大きいよ」

水銀は銅器を鍍金《ときん》するのに用いる。日本での価格は、明国の十数倍であった。百斤《きん》で銀三百両という高価である。

川芎は日本では得がたい漢方の高貴薬で、日本へ持ちかえれば、明国での仕入れ値の数十倍で飛ぶように売れる。

いまひとりの友人が、監物の顔をのぞきこみ、薄笑いを浮かべていう。

「お前は何やらかんやらというて、儂らを瞞着《まんちゃく》ひてるのとちがうか。阿弥陀はんのお告げやとかいうが、実はなんぞ大儲けをばたくらんでるのやろ」

「いや、そげなことはないよ。それやったらお嬶《かあ》や子が泣くかえ」

そういえば、監物の妻子は別離を悲しみ、涙にくれている。

当時明国へ渡るには、旧暦十月末から十一月初旬までの短い時期に吹く北風に乗り、いったん琉球へ到着する。そこで風を待って大陸へむかうのである。

帰国できるのは、四月になって貿易風と呼ばれる南風が吹きはじめてからである。

船は堺湊から出る。

順風に乗れば、琉球まで五、六日の帆走で乗りきれる。船は、堺商人が大明との交易に用いる、二千八百石積みの巨船であった。

船体は幅ひろい板と太い梁《はり》で組み立てた、四階造りの本格的な構造船である。

船上には貴人の船室である主屋形《おもやかた》と、船子《ふなこ》、乗客の用いる艫屋形《ともやかた》があった。

船体の中央には二十反帆を立て、船首には逆風帆走のできる小型の弥帆《やほ》を立てる。

乗組みの人数は二百人前後で、幅ひろい棚板と縦横に組みかわした梁で構成される船倉には、交易に供する日本の産物が納められている。空船で航行しては船の安定がよくないため、硫黄、銅、刀剣、扇子に干魚などの荷を下棚に積んでいるのである。

当時の日本では、明国への最大の輸出品は銀であった。

明では銀一両が銅銭七百五十文であるが、日本では銀が大量に産出されるようになっていたため、銀一両は銅銭二百五十文にしかならない。

このため日本の銀を明の銅銭と交換するだけで、両国商人は莫大《ばくだい》な利益を確実に手中にできたのである。

日本へ持ち帰る商品のうち、もっとも需要が多く、利幅のおおきなものは白糸（生糸）であった。

明国では百斤について銀五、六十両の白糸が、日本に持ち帰れば十倍の価格で売れる。

監物が突然大明へ渡るといいだしたとき、友人たちが商用でいくのであろうと思ったのは当然であった。

だが、彼の妻子の歎き悲しむ様を見れば、監物のいうことも嘘ではないように思えてくる。

当時の船旅は、陸路をとっての旅とは比較にならない短い日数で遠方へいけるかわり、いつ海難に遭って水没するかわからない、危険にみちたものであった。

監物は冴《さ》えわたった秋天に百舌《もず》の啼《な》く朝、紀ノ川口から小早《こばや》船で堺へむかった。

「あんた、丈夫で帰ってきていたあかでてよう」

「お父《と》はん、達者でなあ。みやげ持って帰ってよう」

片舷《かたげん》三十挺《ちょう》の櫓《ろ》をむかでの足のように水面に張り、動きはじめた小早のうえから、監物は手を振り、妻子の呼び声にこたえた。

「みやげはのう、仰山《ぎょうさん》持ち帰っちゃるさけにのう。待ってよし」

監物は、妻のこうが前掛けを眼にあてるのを見て、思わず涙ぐむが、心中で彼女に呼びかける。

（しばらく待ってよし。儂は兄者の頼みで種子島《たねがしま》へいくんやさけ、来年の春にゃ、きっと帰ってくる。鉄砲ちゅうかわった兵具《ひょうぐ》をば持ち帰らにゃあかんのや。それさえ持ってきたら、儂も兄者も大金が儲かるんじゃ）

淡路島《あわじしま》と紀州雑賀の浜とのあいだの水道には藍碧《らんぺき》の海波が北東風に吹かれ、皺《しわ》をきざんでいる。

飛魚が海面をこするように飛び去り、ハマチがはねる。

（しばらく和歌《わか》の海ともお別れじゃ）

監物は舷側《げんそく》の垣立《かきたつ》にもたれ、はるかな葛城《かつらぎ》山から加太岬へつらなる山なみへ眼をやる。鼻さきに赤トンボが一匹、海風にさからい浮かんでいた。

監物は大明へ渡るのではない。種子島へゆくのである。種子島は大隅の南端から七里はなれた海上にある。

紀州と種子島の縁は、ふるくからつながっていた。紀北から紀南へかけての海岸線は、鋸《のこぎり》の歯のようなリアス式の凹凸がつらなり、良港が多い。

海岸の住民は船をあやつり、漁撈《ぎょろう》、交易をふるくからおこなってきた。熊野海賊、湯浅衆、雑賀衆はいずれも交易により、莫大な収益を得ており、その裏付けによって強大な武力を養っている。

彼らは秋の短い日数のあいだに吹きつのる季節風を利用し、黒潮に乗って南下すれば、途中で高知へ寄港するだけで、種子島へは四、五日の日数で到着できるのを、いつの頃からか知った。

種子島は、明国、琉球からの交易の中継点であった。根来衆、雑賀衆は、種子島で異国の文物に触れ、交易をおこなうようになる。

雑賀衆と根来衆が、とりわけ密接に種子島との交流を保っていたのは、ふるくから砂鉄製錬についての技法を、学んでいたからである。

種子島と紀州の紀ノ川筋、熊野川筋では、砂鉄が豊富にとれるという共通の条件があった。

紀ノ川筋では古代の神事儀礼にも形をとどめているほど、古代製鉄の歴史が長かった。

古代製鉄の砂鉄の採掘は露天掘りであったが、中途から比重選鉱法にかわった。

すなわち採掘場の上方に貯水池を掘り、その水を一気に流し、採鉱した花崗岩《かこうがん》を押し流すのである。

山走りと称する急傾斜の水路を落下する岩石は、土石と砂鉄とに砕け、重い砂鉄は水路の下方に設けられた階段状の沈積池に沈み、土石だけが下流に流れ去る。

これを鉄穴《かんな》流しといい、はじめは種子島でおこなわれていたものである。

紀州雑賀、根来から種子島へ交易に出向いた者がそのさまを見ておどろく。

紀州では、砂鉄を採取するのに、露天掘りである「鉄穴掘り」をおこなうのみであった。

種子島では、砂鉄を製錬するのにも、古来からの露天でおこなうものはなく、家屋を構築し、炉を設ける方式をとっていた。

炉のなかには砂鉄と木炭を交互にいれ、燃焼させる。送風装置には天秤《てんびん》フイゴが用いられ、能率があがった。

製鉄の種類は、刀剣の鍛造用にむけられる和鋼、鋳物に用いる和銑《わせん》、さらに和鋼と和銑くずを原料にして農具などをこしらえる和鉄の三種である。

このような製鉄法は、明国から種子島へもたらされたものであった。

根来、雑賀の商人は、この方法を紀州へ持ち帰り、製鉄事業をおおいに興隆させた。

根来寺の僧兵が戦国期に至って、大名をうわまわるほどに戦力をたくわえてくると、根来門前町では、刀剣、武具の製造がさかんになった。

根来僧兵団のうちでの最強軍団である杉ノ坊では、武具の製造について、日本で手に入りにくい材料を入手するため、種子島との交流をつづけている。

根来門前町の刀鍛冶《かじ》、芝辻清右衛門《しばつじせいえもん》の弟子の善九郎という者が、天文十一年の秋に種子島へ渡り、十二年の初夏に根来へ戻ってきた。

津田監物が、杉ノ坊の頭領の地位にある兄の覚明《かくみょう》から呼ばれたのは、天文十二年の梅雨の雨が降りしきり、紀ノ川が増水して附近の村落をおびやかす季節であった。

雑賀荘より紀ノ川沿いに東へ四里半ほどさかのぼった、根来西坂本に、三千余宇の堂塔をつらねる根来寺の僧兵は、長髪を背に垂らす異形のいでたちで知られている。

雑賀衆とともに、戦国期有数の傭兵《ようへい》軍団として名をとどろかせるだけに、彼らの武具刀槍《とうそう》は贅《ぜい》をきわめ、金銀の装飾もまばゆいものであったといわれる。

監物が杉ノ坊へ着いてみると、覚明の座敷には芝辻清右衛門と善九郎がひかえていた。

「ようきたな、今日は余人には聞かせられぬ内々の相談があってのう。お前にきてもろたんや」

「何の用事や、いったい」

監物は膝《ひざ》をのりだす。

「鉄砲やがのう。大分形の妙なものや」

「ふうん、はじけるものかいな」

監物が鉄砲といわれて想像するのは、元寇《げんこう》のときにモンゴル勢が用いた、弾丸を発射する機械であった。

投石機のようなもので、火薬を塡《つ》めた鉄の缶を飛ばし、破裂させる仕掛けが、鉄砲と呼ばれてきた。

「そげなものとちがうのや。去年の秋に種子島の西村ちゅう湊に、大きな船が着いたんや」

「琉球船かえ」

「いや、ちがう。天竺《てんじく》船らしいのやが、およそ四十間もあって、舷《ふなばた》には土を置いて菜を植えてたそうや。帆は三枚帆で、百人あまりの船子《ふなこ》が乗ってたが、どこの国からきたものやら分らん。妙な顔で、妙な言葉をしゃべる。西村の村長《むらおさ》の織部丞という者が、読み書きが達者やったさかい、杖《つえ》で砂に文字を書いてみた。船中の客、いずれの国人なるや知らず、何ぞその形の異なるやとな。ほいたら、船中から、大明の学者やという五峰《ごほう》ちゅう名前の男が出てきた」

　監物はしだいに覚明の話にひきこまれた。

　覚明は善九郎にいう。

「ここから先は、お前がいうてくれ」

「へえ、よろしゅうございますよし」

　善九郎は語りはじめた。

「五峰は、ここにきておるのは西南の蛮種の商人やと申しまひてのし。手でものを食い、箸《はし》をつかうことを知らん、獣みたいな奴《やつ》らやが、商いの理には明るいので、あつかいやすいというのよし。それで、織部丞はその船をば、島主の時堯《ときたか》さまのいてなはる赤尾木の湊へ廻《まわ》ひたんよし。その大船は嵐に遭うて、あちこち砕けており、食いものも水もないままに、種子島へ流されてきたんやのし」

　赤尾木は数千の家が集まる、物産の集散地で、商人の出入りも多い。

　船奉行は十数艘《そう》の曳《ひ》き船で大船を曳かせ、十五里はなれた赤尾木湊に移した。

島主時堯は、慈恩寺という大刹で、異人をむかえた。慈恩寺には忠首座《ちゅうしゅざ》という法華宗の僧がいた。

彼は経書に通じていて、五峰とさかんに筆談をした。忠首座は異人の商人の長《おさ》二人に牟良叔舎《むらしゅくしゃ》、喜利志多侘孟太《きりしただもうた》という、日本名をつけた。

その二人は、アントニオ・デ・モッタ、フランシスコ・ゼイモトというポルトガル人であったことが、当時モルッカ島知事であった、アントニオ・ガルワノの記録に残されている。

善九郎は告げた。

「その二人が、手に妙なものをば持っておりまひてのし。長さ二、三尺の鉄の棒を、台木にはめこんだものでのし。鉄の棒は筒になってて、底は塞《ふさ》いであるのよし。筒の根方にちっさい孔《あな》があいててのし。それが火を通す道やとし。筒から鉛玉と妙薬をばいれて突きかため、それで十間ほどはなれたところに、雀《すずめ》ほどの大きさの的を置いて、念をいれて狙《ねら》いますのや。ほいて、ちっさい孔に火いつけたら、鉛玉は筒から飛び出て、的に当りますのや。筒の口からは火を噴き、煙をば吐いて、雷の落ちるよな、どえらい音をたてるのやとし。この鉛玉をば撃ったら、鉄の板にでも大孔があくちゅうことやよし」

「ほんまか、お前はそれを見てきたんか」

「二十間はなれた所から撃ちぬいた兜《かぶと》をば見たけどのし。大孔あいてまひたよ」

「そうかえ、それがほんまやったら、とても弓矢どころではないのう」

「そうよし、その男らは、五十間さきまでのものなら、鳩《はと》ほどの大きさの的をばおおかた撃ち抜いたと」

「そうかえ、それは鉄砲ちゅうものかえ」

「異人らは、アーマス・デ・ファコというてたそうやの」

覚明が口をはさむ。

「まあ何でもええわい。どうなら監物、その鉄砲をば異人から買うてきて、根来でこしらえてみるのや。こののちの合戦に使《つこ》うて、おもしろいものになると思わんか」

「そうやのう、兄者のいう通りかも分らんのう。そげなものは誰も知らんが、一町もはなれた先の鎧《よろい》武者をば撃ち抜くちゅうたら、なかなかにつよい力やさけにのう」

「儂ゃ思うが、この鉄砲は一挺だけ使うときにゃ、弓に劣るかも知れんが、数そろえたら、おとろし力をあらわすのと違うかえ」

「うむ、弓引くより楽やしのう。ほや鉄砲買いに行てみるか」

「そうひてくれ。誰にもいうでないぞ。鉄砲を持ってた異人らは、いったん去《い》んだが、またくるというてたらしいさけ、いま頃は種子島へきてるかも分らん。鉄砲をばいくつか持ってくるというてたらしいのや。ただ、そげなものが種子島にきてると余人に聞かれたら、われもわれもと買いにいくさけ、いうたらあかん。利にさとい雑賀衆がすぐ走っていこかえ」

監物が仏のお告げによって、大明へ渡るという口実は、そのとき座にいる者が考えだしたものであった。

監物は女房にも真実を明かしてはいない。ひと言教え、安心させてやりたいと思うが、もし雑賀衆へ洩《も》れると、たちまち種子島へ押しかけてゆく者がふえ、鉄砲が手にはいらなくなるかも知れない。

（まあしばらく気遣いさせとかな、しかたなかろかえ。鉄砲をば首尾よく根来へ持ち帰って、おんなしものをばこしらえるようになったら、金銀は湯水のようにはいってくるさけに、そのときによろこばひちゃろかえ）

監物は、妻子の姿が海波の彼方に消えてゆくと、一時の感傷からさめた。

堺湊で船宿に一泊する。翌日の午後、伝馬船《てんません》が迎えにきた。和泉丸《いずみまる》という大船には、九州、琉球から大明へむかうという商人たちが、乗りこんでくる。彼らはいずれも四、五人のいかめしい顔つきの牢人《ろうにん》を連れていた。大金を持ちはこぶので、身辺警固の必要があるためであった。

和泉丸にも、牢人が弓矢、十文字槍《やり》をたずさえ、およそ三十人ほども乗り組んできた。

監物は船長《ふなおさ》に聞いてみる。

「近頃道中は物騒かえ」

半顔を髭《ひげ》におおった船長は、こともなげにいう。

「瀬戸内にくらべたら、南へ下ってゆく船路は海賊がすくのうおまっせ。そやけどいったん狙われたら、ふりきってもふりきってもついてきよりまっせ。そのときは喰うか喰われるかや。命賭《か》けな、仕様おまへんがな。死ぬときゃ、皆いっしょや」

監物が主屋形に座をきめると、船子がやってきて円座を置き、掻《か》い巻き布団を傍に積む。

「酒はあるか」

「へえ、ござりまっせ。諸白《もろはく》でっか、どぶでっか」

「上酒《かんしゅ》じゃ、壷《つぼ》ひとつ持ってこい」

監物は船子に鳥目《ちょうもく》をやる。

「へえ、おおきにありがとうさんでござります。肴《さかな》も見つくろうて、持って参じます」

船子はうすべりに額をすりつけた。

主屋形にはいってくるのは、富裕な身なりの商人たちであった。

監物は酒肴《しゅこう》がはこばれてくると、彼らにかまわず酒を呑《の》む。雇い人たちに手回りの諸道具をはこびこませた商人たちは、絹座布団にあぐらを組み、声高に話しあう。

「儂や去年、寧波《ニンポー》へいったときは、平戸からやったが、七日で着いたで。途中で大分船はがぶったが、まあ速かったのなんの、飛ぶようなであったのう」

「そうかい、儂は去年は呂宋《ルソン》へいったがのう」

「早う着いたかえ」

「いや、途中で風はかわって、散々の凪《なぎ》でのう。大宛国（台湾）でひと月も遊んでしもたよ」

いずれも海外交易に慣れているらしく、おなじ座敷の一隅で黙々と酒盃《しゅはい》をかたむけている監物が気になるのか、わざとらしい声高に話しあう。

監物は壷の酒をあけてしまうと、窓框《まどがまち》に肘《ひじ》をつき、暮れてゆく堺の町なみを眺めた。

船出は翌朝である。

「旦那《だんな》はんは、いずれへお越しでござりますか」

商人の一人が聞きにくる。

「儂か、まだいずれへゆくとも決めてないが、まあおおかたは大明じゃ」

監物は色白の優男であるが、戦場往来をかさねてきただけに、眼がするどく、右の高頰《たかほお》に薄い刃物疵《きず》がある。

「へえ、そうでおますか。私どもも寧波までゆくつもりでござりますのや。道中、お心やすうお願い申しまっせ」

監物はうるさげに答えた。

「儂は人嫌いの口下手じゃ。おたがい知らぬ顔をしていようではないか」

商人たちは声をひそめた。

監物は親しくすれば、たちまちなれなれしく接近してきて、馴《な》れるとたんにこちらを軽くあしらいたがる、彼らの習性を知りつくしていた。

（これからしばらくは寝て食うだけじゃ。時化《しけ》に遭うこともなかろうが、寝られるうちに寝ておかねばなるまい）

監物はうすべりに身を横たえ、掻い巻き布団をひきよせ、眠りにおちた。

二

和泉丸が堺湊を出帆したのは、監物が乗船した翌日の夜明け前であった。

船子たちが百足《むかで》の足のように海面に下した櫂《かい》をつかい、船を沖に出すと、掛声をあわせ二十反帆をあげる。

東北風を満帆にうけた和泉丸は、つきとばされるように摂津の海を南下していった。

主屋形、艫屋形には、乗客が二百四、五十人ほど乗っていた。舵取《かじと》り船頭以下の船子は三十人、海路警固の牢人三十人をふくめ、乗組みはおよそ三百人の多勢になる。

監物は前夜熟睡したので、気分がさわやかであった。彼は揺れはじめた船上で、相客《あいきゃく》の商人、用心棒の牢人たちがはやくも船酔いに苦しみ、力なくうすべりに身を横たえるのを尻目《しりめ》に、主屋形の外へ出る。

濡《ぬ》れをいとわない菰《こも》包みの積荷が、すき間もなく置きならべられた矢倉板《やぐらいた》を踏み、舵柄《かじづか》を握る船頭の傍《そば》へゆく。

「どうや、親爺《おやじ》殿。ええ風向きやのう」

船頭は陽灼《ひや》けた赭顔《しゃがん》を皺ばめて笑みをみせる。

「そうだす、ちと強いけど、このくらいの風やったら、船足は速うおますやろ。じきに四国撫養《むや》の沖を通って、室戸《むろと》の鼻をまわりこみ、浦戸へ着くのは日の暮れまえでござりまっしゃろかい」

「そうか、浦戸からは足摺《あしずり》まで行くのかえ」

「へえ、足摺で夜を明かしてからに、まっすぐ薩摩《さつま》の志布志《しぶし》まで参りまっせ」

「ほや、志布志に着いた翌朝は、種子島へ着くのかえ」

「そうだすがな、季節の風に乗ったら正味《しょうみ》三日半で種子島へ行けますのやで。早うおまっしゃろ」

「ほんまになぁ、陸《おか》のうえをば行くのにくらべたら、極楽みたいな旅やなぁ」

「へえ、何事もなけりゃそうでっけど、このうえ海が荒れたら湊入りせんならんし、辺鄙《へんぴ》なところへ立ち寄ったら、海賊が出てきよりまっさかいなぁ」

「この船にゃ、大勢牢人衆が乗ってるやないかえ。商人衆の供《とも》をあわひたら、六十人を超える人数や。これだけいてたら、手出しひてくる者はないやろ」

「まあ、そうでっけどな」

船頭はあいまいな笑みをみせ、舵を左に切る。

淡路と和泉淡輪《たんのわ》のあいだの水道を抜けた和泉丸は、西南に舳《みよし》を向ける。左舷《さげん》の海辺がたちまち離れてゆく。

「加太の鼻を過ぎたら、じきに紀伊雑賀の荘《しょう》が見えてくるが、これでは岸も見えまいのう」

監物は藍《あい》を溶《と》かしたような海面のゆるやかな上下を、見渡す。

「旦那は紀州のお方でっか」

「そうや、来年の春までは故郷に帰れんわい」

「種子島へは何の御用で行かはるんでっか。鉄か、金銀を求めなはる人でっしゃろ」

「うむ、ちと違う用向きでのう」

監物は言葉を濁し、船頭もふかく問いたださない。

「旦那、あれ見なはれ。亀や、大きな海亀がそこへ行きまっしゃろ」

船頭が指さす、航跡のそとの海面に、海藻の尾を引いた大亀が悠々と泳ぎつつ遠ざかってゆく。

「いかさま、龍宮城まで連れていかれるほどの亀じゃなあ」

「へえ、種子島へ行かはったら、亀の肉やら卵やらを、腹いっぱいになるほど食えまっせ」

「ほう、それほど亀が多いのか」

「そうだす、種子島は昔から野馬、野牛の多いところで、食いものに難儀せん土地だすが、亀もいくらでも取れまっせ。亀の肉はおいしおまっさかい、島の者はよろこんで食いよります」

「海中に入って取るのか」

「そないなことは、やらしまへん。卵を産みに浜へあがってくるのをつかまえて、転がしまんのや。転がしたら、よう逃げよらしまへん。亀が浜へあがったら、烏《からす》鳶《とび》がいっぱい飛びよりまっさかい、どこへ来たとじきに分りまんのや」

「さようか、それほど多いのか」

「そうだんがな。亀の背へ乗って龍宮城へ行きよった者がいたと、昔語りにいい伝えられてまっけど、それは亀の甲羅に乗って海を渡っていきよったんだすがな」

「ほう、肉を食うたあとの甲羅か」

「そうだす。甲羅の縁に十五、六も穴あけて、そこへ瓢簞《ひょうたん》をばひとつずつくくりつけますのや。それをば海へ出して乗ったら、大人ひとりぐらいは楽に浮きますのや」

「それはよきことを聞いたものじゃ。来年に紀州へ戻るときは、子供へのみやげに亀の甲羅を持ち帰ってやろうぞ」

監物は海波の上下する彼方につらなる、紀州の山なみを眺めた。

主屋形へ戻った監物は、上酒と肴をはこばせ、窓框に円座を引き寄せ、海を眺めつつ盃を口にする。

「旦那え、もしそこの旦那」

絹座布団に頭をのせ、蒼《あお》い顔であえいでいた商人が、監物に声をかける。

「いまは、どの辺りを走ってるのだっしゃろ」

「うむ、四国の撫養沖じゃ。もうじき室戸の鼻を西へまわりこもうぞ」

「そうだっか。ほんなら浦戸へは今日のうちに着けますやろなあ」

「うむ、日暮れまえには着くそうじゃ。よき風按配《あんばい》ゆえにのう」

「ほんならもうひと辛抱でおますなぁ。これから波はきつうなりまっしゃろが」

監物は一升徳利をあらかた空《あ》けると、掻い巻き布団を引き寄せ、いびきをかきはじめる。

合戦の合間に寸刻を惜しみ熟睡して、体力を養う習慣のついている監物は、どのような場所にいてもたやすく眠れた。

室戸岬の沖に出た和泉丸は、大きく縦揺れしはじめた。

監物が眼ざめると、屋形の内に夕陽が差しこんでいた。

はげしく揺れていた船体がしだいにきしみ声をひそめてきた。浦戸の浜に近づいてきたのである。

船酔いに苦しんでいた船客たちは、船体の揺れが納まると、屋形の外へ出て、垣立にもたれ外を見る。

桂浜《かつらはま》を左手に見て、ふかく切れこんだ浦戸湊に和泉丸は着いた。

「さあ、帆を下せえ」

船頭は日が暮れないうちに浦戸に着いたので、機嫌がよかった。

暗夜になれば地形が分らず入津《にゅうしん》できない。沖懸《が》かりしておれば、強い沖からの風で岸に吹き寄せられ座礁したり、反対に強い陸地からの風で沖へ吹き流されてしまう事故が起こりかねない。

座礁すれば船は使いものにならなくなる。沖へ流されると、船頭は航海目標とする地山《ぢやま》を見失い、漂流して行方不明になる破局に追いこまれる。

当時の船乗りは、天測航海術をまったく知らなかった。海岸伝いに寄港をかさねてゆく「地乗り」の航法でしか、操船できない。

地乗りとは、陸地が見えなくならないよう海岸線伝いに、地形、山を目標として航海する方法である。

湊を出帆するとき、日和《ひより》をうかがい、順風を見て、その強弱と航海しうる昼間の時間とを勘案して、つぎの寄港地をさだめるのである。

何事も起こらず予定の刻限に目指す湊に到着すれば、上々の首尾である。湊に着くごとに日和と順風を待ち、寄港を重ねて目的地に向う。

長曽我部《ちょうそかべ》氏の城下町に近い浦戸は、辺陬《へんすう》の湊町にしては家数も多く、水に映る灯火も蛍火をつらねたように遠近にまたたきあっている。

船子たちは手漕《てこ》ぎ船で湊の番所に出向き、水、米、魚、野菜などを買いもとめてきた。湊には入津した廻船《かいせん》の需要にこたえる店舗が、軒をつらねている。

監物は、静かな入江の海面で呼びかわす船子たちの声が、附近の山肌にこだまするのを聞きつつ、未知の土地をたずねた漂泊の思いを味わう。

彼は枕元《まくらもと》に置いているつづらに、一袋の砂金を納めている。目方は八百匁《もんめ》ほどであるが、それは鉄砲を買いもとめる資金である。

――来年帰るときには、鉄砲とやらをきっと持って帰らなあかん――

監物は八百匁の砂金で鉄砲が買えるか、不安であった。

去年、島主種子嶋時堯《ときたか》が鉄砲を買いもとめたときは、おどろくほどの高値を承知で、代価を支払ったという。

監物の兄覚明は、監物に告げた。

「われらと種子嶋殿とは、昨今の付き合いでないさけ、鉄砲の価《あたい》が金八百匁より高けりゃ、借ってこい。またあらためて行ったときに、払うたらええのや。先方も分ってくれるよ。ひとり旅に、あんまり仰山の金をば持っていくのは、無用心やさけにのう」

覚明のいうところにも、一理はあった。

多額の金銀を持っていると、盗賊に命を狙われる。

他人の懐中を狙う者は、ふしぎに財貨のありかを嗅《か》ぎあてる感覚を、そなえていた。金銀の重味を、容器の外から見てほぼ確実に言いあてるものであった。

――まあ何事も起こらねば、途中三日の旅や。さほど気にすることもなかろうかえ――

監物は堺湊を出帆してのち、三百人近い乗組みの人数のうちに、胡乱《うろん》な者がいないかを、注意して観察したが、海賊が化《ば》けているると思えるようなうさんくさい男はいなかった。

彼らの半数は種子島で下船し、あと半数が明国へ向う。

浦戸の一夜は、異変が起こらずに明けた。夜明け前から、東北風が吹きつのっていた。

舵場に立った船頭が、しきりに風のいきおいを計り、空を眺め何事かつぶやく。

監物が聞いた。

「どうじゃ、船頭殿。ちと風が強いようじゃな。湊のそとへ出づれば、船は揺れるであろうが」

船頭は、船尾の幟《のぼり》が千切れるように揺れているのを眺め、うなずく。

「たしかに岸に近い灘《なだ》じゃ、揺れまっしゃろ。しかし、沖へ出りゃ、うねりはあっても走れまっさ。こげな日は船足がはかどるさかい、思いきって出まひょかえ」

「足摺の土佐清水の湊までは、およそ二十七、八里やさけ、晩までには着けるやろ」

浦戸の沖へ出て帆をあげるとき、船子が総出で帆綱を引いた。

二十反帆はいまにも裂けるかと思える音をたて、風をはらみ、和泉丸は弦をはなれた矢のように走りはじめた。

船頭は飛沫《ひまつ》の沸《わ》きたつ海上を、面舵《おもかじ》（右）に舵を切ったかと思うと取舵（左）に切り、海岸につかず離れず帆走しようとする。

だが、彼は半刻（一時間）たらず走るうちに、船子たちに叫んだ。

「帆を下せ、六分にするんじゃい」

帆を六分目まで下すのは、風が強すぎるためであった。

あまり風が強いと、巨大な舵が波の圧力でいためられる。舵が折れたときは、舵の両面を支える外艫《そとども》どもが吹っとび、船体の均衡が失われ漂流しかねない危険な状態が起こる。

和泉丸は、帆を六分目下しても、風に押され、つんのめるように舳をうねりに突っこみ、縦揺れしつつ走った。

「これはいかんなあ。しかたない、宇佐の湊で風待ちしよう」

船頭は浦戸から三里余り西方の、仁淀川の河口を右手に見て、宇佐の湊に船を入れた。

その辺りの海上は、横波三里といわれ、沖から寄せてくる波の強さで知られていた。

横波をくらうと、水密甲板を持たない和船は船内に潮が流れこみ、水船となり沈没する。

「気いつけやあ、錘縄《おもりなわ》入れよ。左右でやるのや」

船頭の指図で、熟練した船子頭が二人、舳の両舷に身をもたせかけ、海中に錘縄を入れてはせわしなく引きあげる。

「指二本左じゃい」

「一本右じゃい」

「それ三本右じゃい」

船頭は大小の岩礁のあいだを巧みに舵をあやつってくぐり抜けてゆく。

「碇《いかり》下せ」

舳と船尾に三本の碇が投げこまれ、船体が静止した。

船頭は命じる。

「二、三人で入口の白ヶ鼻まで行って、風ぐあいと潮目を読んでこい。船を出せるような日和になったら注進せえ」

「この辺りは、さびれた所やな」

「ほんに苫屋《とまや》が四、五軒見えるだけや。これでも湊かいな」

宇佐湊は荒天の際の避難港であった。

ふだんは奥行きが川のように深く、大小の岩礁、小島が多い湊に、和泉丸のような大船が入津することはなかった。

主屋形の商人たちは、警戒する目付きになった。

「こんな小島の多い入江で風待ちしよったら、海賊に狙われるで」

「ほんまやがな。ほかに廻船の影もないさかい、誰も助けにきてくれへんわい」

まもなく、船の警固にあたる牢人たち三十人が、弓矢、十文字槍を手に船上にあらわれた。

彼らは舷側《げんそく》に楯《たて》をならべ、見えない敵を威《おど》すかのように声高に話し合い、気勢をあげる。

両岸には背丈よりはるかに高い蘆荻《ろてき》が生いしげり、風に吹き分けられ騒《さんざ》めいているばかりであった。

人の気配もない浜辺に、漁舟が数艘ひき揚げられ、白い舟底をみせている。海賊たちは、和泉丸がこのような場所に避難したと知れば、見逃すはずはない。かならず執拗《しつよう》に攻めかけてくるに違いなかった。

風は納まる様子もなく、しだいに吹きつのってきた。

「これはどうも雲行きが悪いわい。今夜はここに船懸《ふなが》かりせんならんかも分らんわい」

船頭がつぶやく。

船客たちは不安の眼差《まなざ》しを交しあう。

船頭は声をはりあげて告げた。

「お客人衆にお頼《た》の申しまする。この風ではなかなかに沖へは出られまへん。それゆえ、このような場所におったら、海賊が出てくるやも計りがとう存じますのや。もし出たときは、ご牢人衆、船子はもとより戦いまするゆえ、お客人衆もご加勢してやっておくんなはれ」

商人たちは、不満の声を洩らす。

「儂らはこんないなかで、海賊の矢に当って死にとうはない。それに、得物というたら、脇差《わきざし》しか持っておらんやないか」

「得物なら、いくらでもございます。お貸しいたしまさっさかい、よろしゅうお頼の申しまっせ」

船頭は、乗客を怖《こわ》がらせているのではない。

このような情況になったとき、廻船が海賊に襲われることが多い。辺境の漁民は、財貨を積んだ廻船が寄港すれば、かならず暴徒と化して掠奪《りゃくだつ》をはたらこうとする。

監物が聞いた。

「この船を、どこぞから見ている奴輩《やつばら》がおるような気がしてならんのやが、船頭殿はいかがじゃ」

船頭は眼をいからせ、両岸を睨《ね》めまわす。

「しかとは分りまへんが、そんな気もいたしますわい」

監物は誰かの視線をしきりに感じた。

「白ヶ鼻へやった船子は、呼び戻したほうがよさそうやのう」

「ほんに、そうだんなあ」

船頭は牢人たちに呼びかける。

「ご牢人衆、あいすみまへんが八挺櫓《ちょうろ》の手漕ぎで、白ヶ鼻にいよる船子らを、呼び戻してきてくれまへんかえ」

牢人たちは顔を見あわせ、しばらく返事を渋っていたが、やがて答えた。

「よかろう、手漕ぎ二艘で行って参ろう」

八挺櫓の船の二艘に十人ずつ牢人が乗り、揺れ立って白ヶ鼻めざして走り、たちまち見えなくなった。

彼らが漕ぎ去って半刻ほどのあいだ、監物たちは吹きつのり笛のような甲高い叫びをあげる風音を聞いていた。

「や、あそこに船が来たぞ」

牢人衆のあいだから声があがった。

「白ヶ鼻から戻ってきたか」

「いや、ちがう。釣り舟じゃ、ひとりで漕いでおるぞ。や、や、あれは女子《おなご》ではないか」

船上の男たちは、河口から漕ぎ寄ってくる漁舟を見た。

櫓を漕いでいるのは、十七、八歳の少女であった。全身潮に濡《ぬ》れ、髪が両頰にはりついている。

「何者じゃ、あれは」

「うかつに声をかけるでないぞ」

娘の漕ぐ漁舟は、和泉丸の横手を通りすぎ、数艘の舟が裏返しに置かれている砂浜に着けると、もやい杭《ぐい》にともづなをむすびつける。

やがて、娘は舟の中から裾《すそ》みじかの袖《そで》無子を着た、白髪頭の男を抱きあげ、背負って波打際に下りる。

彼女はよろめき、しぶきをあげ浅い水中に膝《ひざ》をつき、また立ちあがって蘆荻のあいだの高処へ男をかつぎあげ、地面に寝かせた。

やがて甲高い慟哭《どうこく》の声が聞えてきた。娘は屍体《したい》にとりすがり、泣きつつ何事かかきくどいている。

「何ぞわけがありそうじゃ。連れてきて聞いてやろうではないか」

牢人の一人がいい、手漕ぎ船に乗り移る。

いま一人が弓矢を持ってあとにつづいた。

「やめとくなはれ。敵の計略かも分りまへんで」

船頭が制止したが、そのとき河口から三艘の手漕ぎ船が戻ってきた。

白ヶ鼻に出向いた牢人衆が、船子を三人、連れ戻してきたのである。

「あれを見るがいい。娘が海賊なら、白ヶ鼻から一人たりとも戻るものか」

二人の牢人は船頭に言い捨て、船を操り対岸に渡った。

一人が用心ぶかく弓に矢をつがえ船に残り、一人が高処へ登ってゆき、娘の傍に立った。二人は何事か話し合っている。やがて船のほうへ戻ってきた。

娘は屍体を背負っている。

二人の牢人は櫂《かい》で砂を掘り、穴をこしらえ屍体を埋める。彼らは娘とともに手を合わせたのち、和泉丸に戻ってきた。

船頭は垣立のうえに身を乗りだし、縄梯子《なわばしご》で娘を船上へあげようとする牢人たちを制止した。

「やめとくなはれ、身許《みもと》の分らぬ者をこの船へ乗せてもろうては、いけまへん」

牢人の一人がいった。

「この娘は湊の奥の、浦の内という在所の者じゃ。浦の内まではまだ二里半もあるゆえ、あの高処に親父殿の亡骸《なきがら》を埋めようとしたのじゃ」

「親父はなんで死んだんでっか」

「この荒れ模様で船が覆《かや》り、溺《おぼ》れ死んだのよ。娘は船にすがっていったん浜にたどりつき、また戻って海中に潜り、親父殿の亡骸を拾うてきたのじゃ」

「ほんなら、なんで奥の浦の内へ戻って亡骸を埋めへんのでっかいな」

「この親子は夏まではあの高処に住んでおったが、盗《ぬす》っ人《と》に家を焼かれたのじゃ」

「焼け跡はおましたか」

「うむ、あそこにあったぞ。見て参るがよい」

船頭は黙って娘を睨《にら》みつけていたが、やがてつぶやくように告げた。

「あがらせたっとくなはれ」

娘の名は、おきたといった。

どのような字を書くのかと聞かれても、「知らん」というばかりである。

機嫌が悪かった船頭は、船子に命じ、おきたを着替えさせた。

「船頭殿、この船に女子《おなご》の衣裳《いしょう》がよくあったものやなぁ」

船客がからかうようにいうと、船頭は平然と答えた。

「船旅しておるうちは、思いがけぬことがおまっさかい、何でも支度しとりますのや」

船頭は、おきたに聞く。

「お前なぁ、奥の浦の内に家があるのか」

「ない」

「ほんならどこで寝てる」

「旦那の家の軒下じゃ」

「ほう、旦那とは何者じゃ」

「さあ、旦那じゃ」

おきたは首をかしげる。

「これから去ぬなら、去んでもええぞ」

「浦の内なんぞへ去にとうない」

「なんでや」

「お父《とう》が死んだら、儂ひとりでいたぶられるけんのう」

船頭はうなずきつつ、おきたを見つめていた。

「ほんなら、この蘆原《あしはら》で家もないのに暮らすのか」

おきたはうなずき、うつむいて涙をこぼした。

「そうか、それほど哀れな身のうえなら、放っても置けんわい。よし、お前を種子島というところへ連れていってやるで。そこでお殿さまの館になと参って、婢《はしため》に雇うてもろうてやるわい」

「おおきによ」

おきたは礼をいった。

「船頭殿、九つ（正午）やな、飯炊いてもええかのう」

船子が聞く。

「煙を立ててよかろうはずはないが、まあええやろ。海賊がいよったら、いま頃はとうに見つけておるやろ」

船頭が炊事を許した。

「飯は儂が炊くわい」

おきたが船子にともなわれ、船尾の上棚に設けた厨《くりや》へ行った。

船頭が鼻先で笑った。

「どこの者とも正体知れん娘に、飯炊かすか。ふん、まあええわい」

おきたの炊いた飯は、意外に旨《うま》かった。

男たちは味噌《みそ》と焼魚で飯を食い、「やっぱり女子じゃなあ」と笑みを交しあった。

風波は午後になっても収まらなかった。

「しかたない。今夜はここへ泊りじゃ」

船頭があきらめたようにいった。

「海賊が百や百五十来おったとて、こっちは三百人もおるのや。やっつけてしもたるわい」

「うむ、うえから拳下《こぶしさが》りに弓を使うたら、いくら来おっても、海へ射込んでしまえるさかいな」

　牢人たちは飯を食い、酒を呑み、意気さかんに言葉を交しあう。

　陽がかげり、たそがれどきがくるまで、何事も起こらなかった。

「この辺りは南国やさかい、風が温《ぬく》うて夏みたいだすなあ」

「ほんまに、そうだすわ。陽に照らされてたら、汗かきまっせ」

　船客たちもおちつきをとり戻す。

　陽が西の山の端に落ち、景色が暗くなる頃、和泉丸の船子たちが手漕ぎ船をあやつり、海面に浮き篝《かがり》を置いてまわった。

　半間四方ほどの浮板《あば》のうえに、篝火を燃やし、海面を照らすのである。

　そうすれば、海賊が小舟で夜陰に乗じ近づこうとしても、いちはやく発見できる。

　辺りが闇《やみ》にとざされると、船上の男たちは緊張した。船内の灯火をすべて消し、火の粉を散らす浮き篝をみつめていると、いまにも髪をみだし、刀槍をふりかざした悪鬼のような海賊どもが、船を漕ぎ寄せてくるような気がする。

だが一刻が経《た》ち、さらに一刻が経つにつれ、しだいに緊張がうすれてきた。

「このまま待っておっても退屈じゃ、酒でも呑むか」

牢人たちがいいだし、矢倉板のうえで酒盛りがはじまった。

主屋形で寝そべっている監物の傍へ、おきたが酒徳利と干魚を持ってきた。

「旦那、これでもお呑みなさんせ」

監物は起きあがり、礼をいう。

「お前はさきほどの娘か。父御《ててご》が亡くなれば淋《さび》しかろう」

「うん、そうじゃ」

おきたは立ちあがり、足早に出てゆく。

監物は、言葉を交すのを避けているようなおきたのそぶりを見て、人付きあいに慣れていないのだろうと思った。

彼は徳利に手をかけたが、昼間にしたたか呑んだので、気がすすまない。盃《さかずき》に注いでみると上酒ではなく、うすにごりである。

口にふくんでみたが、なにか刺すような味がして呑むのをやめる。

――何というても、酒は上酒じゃ――

彼は天井をむいて寝そべり、干魚をかじるうちにまた睡気《ねむけ》をもよおしてきた。

眼がさめると、どこかで人声が聞えていた。上方訛《なまり》ではなく、妙な地方《ちかた》言葉である。暗い主屋形に寝ているのは、監物ひとりであった。

他の船客は表の矢倉板に出て、牢人たちと酒を呑んでいるはずであった。

監物はしずかに身をおこし、格子窓のあいだから外を見て息を呑んだ。

破れ布子に身を包み、荒縄で鉢巻をした乱髪の男たちが、押しあうように船上に立っている。

手には野太刀、十文字槍、薙刀《なぎなた》、弓矢を持ち、騒がしく話し合っていた。海賊だと監物は覚《さと》った。

味方の牢人、船客たちは縛りあげられ、彼らの足もとに転がされている。

「ここに一人おったぜよ」

舳の合羽板の下を探っていた海賊が、両刀をつけた牢人の襟《えり》がみをつかんで引きずりだしてきた。

牢人は足をよろめかせ、倒れては四つん這《ば》いで這って逃げようとするのを、引き戻された。

「おのれ、痺《しび》れ薬を酒に入れおったか。あの娘はどこにおる」

牢人が呻《うめ》くようにいった。

帆柱にもたれていた人影がゆらぎ出て、牢人に唾《つば》をかけた。おきたであった。

「ふん、いま頃気がついたかえ。阿呆めが」

海賊の一人が手にした長巻をとりなおした。

「こやつの素《そ》っ首《くび》を打ちおとしてやるぜよ」

首領らしい男が制止した。

「やめとけ、こやつ一匹を下人《げにん》に売りとばしたなら、銭になるきに」

長巻を持った男は、牢人の茶筅髷《ちゃせんまげ》のあたりに、石突きで一撃をくらわせる。

「たまにゃ、儂かて人を斬《き》りたいぜよ」

おきたが主屋形のほうを見た。

「そうじゃ、あのなかを見たかえ」

海賊たちが答える。

「誰もおらなんだがのう」

「そうかえ、いや、ひょっとすりゃ、奥におるかも分らんで、見てきておくれ」
四、五人の海賊が主屋形に歩み寄る。
監物は座敷の隅の揚げ蓋《ぶた》をしずかにあげて、なかの梯子段に足をかけ、四角の穴のなかへ下りて蓋をしめ、内側からかけがねをかけた。

三尺四方の筒のような穴は、船の中棚と船底の根棚への通路であった。浦戸へくるまでに、船倉の船子がその穴を用い、しきりに船中を上下していた。おきたはそれを知らない。

諸事に用心深い監物は、堺湊を出てまもなく、根棚まで下りてみた。中棚と根棚には明国まではこぶ荷物が山積みされていて、板壁にあいている出入口は、船倉にはじめて入る者であれば容易に見つけられないほど、ちいさかった。

監物は両刀を腰につけ、砂金をつめた袋を首に巻いている。干魚のにおいのこもったまっすぐな梯子段に手をかけ、頭上の様子を聞いていた。

「お頭《かしら》よう、誰もおらんきに」

お頭と呼ばれたのは、おきたのようであった。

彼女の答える声が聞えた。

「おらんことはなかろうが。荷はあるか」

「あるぜよ。行李《こうり》が置いてあるきに、そこに転がしちゃある奴輩のなかにおるんじゃろうが」

「そうかのう、そっちを調べてみよ」

主屋形から出てゆく足音が聞えた。

監物は根棚まで、まっすぐ下りてみた。まっくらな船底では、波音が耳のそばで聞える。

闇のなかでふたつの光るものが見え、身構えるうち、「にゃあ」とすり寄ってきたのは大きな猫であった。

「よしよし、お前はここで鼠《ねずみ》の番をしておったのかや」

頭を撫《な》でてやると、猫はごろごろと喉《のど》を鳴らした。

根棚は狭く、背をかがめねばならないほど天井が低かった。

監物は人の気配がないのをたしかめたのち、腰の火打袋に入れていた懐《ふところ》ガンドウを取りだす。

火打石を擦《す》り、ガンドウに火を点《とも》すと、細い火光が辺りを浮きあがらせる。

根棚には、船子の衣類や日用品、叺《かます》、畚《もっこ》などが置かれている。ふるびた長持がいくつもならんでいて、監物はその蓋をひとつずつあけてみる。

彼はこれから、大勢の海賊と戦わねばならない。味方の男たちはほとんど痺れ薬をまぜた酒を呑まされ、縛りあげられている様子であった。

船頭はどうしたのであろうかと、監物は気になる。なんとかして血路をひらかねば、生きてこの船から出られない。

なにか武器はないかと探すうち、大長持の蓋をあけ、なかをのぞいておどろいた。槍、薙刀、刀、半弓のほかに、刺叉《さすまた》、やがらもがらという鉄菱《てつびし》を植えた棍棒《こんぼう》などが、すき間もなくつまっている。

監物は、やがらもがらをとりあげた。船中で使いやすいように、五尺ほどの長さであるが、それをふりまわせば、太刀はもちろん、槍、薙刀でも打ち折ることができる。

――これだけの得物があるなら、船上で転がされてる牢人どものうち、四、五人でもここへ連れてくりゃ、このさき打つ手も考えられるのやが――

監物が考えをめぐらすうち、頭上の中棚に足音がしたので、懐ガンドウの火を消す。

床板を踏む足音がふえた。何十人かが積荷をあらためている様子である。

監物は梯子を登り、中棚にあがった。

海賊たちは、手燭《てしょく》をかかげて荷物のあいだを歩きまわっているが、監物のいるほうへ近づいてくる者はいない。

監物は出入口を隠そうと、傍の積荷を引き寄せた。

「なんと仰山な荷いぜよ」

「こりゃ、明日の朝でなけりゃ、見れんわい」

海賊たちは上棚のほうへひきあげていった。

上棚には、酒や上方《かみがた》の旨い食べものが貯蔵されていた。監物は静かになった中棚の床に坐《すわ》りこみ考える。

——夜の明けるまでは安泰やが、それまでに海賊を追いはらうか、逃げるかじゃ。どっちもできんとなれば、死ぬしかない。鉄砲を手に入れずに、こげないなかで死ねんわい——

猫がいつのまにか、監物の傍にすり寄ってきていた。

三

監物は猫を膝にのせ、時の過ぎるのを待った。

上棚でしきりに海賊の足音、話し声が聞える。

「おう、この瓶《かめ》のなかは、諸白の酒ぜよ」

「こっちは、これ、上酒やがえ」

「こっちは鮓桶《すしおけ》じゃきに」

「これは何じゃ、ほう、たにしに煎《い》り貝ぜよ。酒の肴がなんぼでもあるがえ」

「おーい、皆来い。上酒と鮓があるぜよ」

上棚に乱れた足音がなだれこんできた。

「さあ、明日の朝《あさり》まで、酒盛りをやろうぜよ」

監物は、上棚の酒や食べものを海賊たちが見つけたのを、よろこぶ。

――これは思いのほかにたやすく、あやつどもを追いはらえるかも知れぬ。こちらが痺れ酒で謀《はか》られたのち、海賊どもが酒をくらい酔いつぶれたなら、おもしろい成行きというものや――

監物はやがらもがらを膝もとにひき寄せ、頭上の気配をうかがう。

上棚では、しばらく海賊どもの笑い声が聞えていたが、やがて酒肴をはこびだしたのか、静かになった。

――上棚に置いてある酒は、二、三十人の海賊が一夜に呑み干せるものではない。あやつらはもはや敵はおらぬと気を許し、深酔いいたすやろ――

監物は一刻（二時間）ほどのあいだ、中棚のくらやみで待った。

――ちと様子を見にいくか――

彼は主屋形へ通じる梯子段を、静かに踏みしめ登ってゆく。かけがねをかけておいた蓋に頭があたると動きをとめ、耳を澄ます。監物の聴力は、根来忍法の鍛練を積んでいるため、精神を集中すれば、なみの人間の数倍になる。

主屋形のなかは、意外に静まりかえっていた。胴の間では酒盛りがつづいているらしく、喚声、唄声《うたごえ》、手拍子をうつ音が聞えている。

――妙な音がするが、何であろう――

監物は耳を澄ます。

犬が水を呑む音に似ている。

やがて低い吐息と男女の低い話し声が聞え、監物は闇のなかでうなずく。

主屋形には、一組の男女だけがいて、媾《まぐわ》いに汗しているのである。

女はおきた、相手はいずれ海賊であろうと、監物は察した。二人のいる場所は、蓋のあるところから二間ほど離れているようである。

――ええい、思いきってやるか。夜が明けりゃ、仕掛けにくうなるやろ――

監物はやがらもがらの手貫《てぬ》きの緒を輪にして首にかけ、武器を背に負い揚げ蓋のかけがねを音もなくはずす。

蓋を三寸ほど持ちあげ、主屋形のうちを見渡す。素裸の男女が、尻をこちらにむけからみあっている。

——これは段取りがええぞ——

監物は蓋をあげ、穴のそとへと首を出す。

男女は息をはずませ、低く呻きながら激しく媾いをつづけていた。

監物は上体をあらわし、うすべりのうえにあがった。闇に慣れた眼には、男女の姿がはっきりと見える。

船上で酒盛りをしている海賊たちが燃やす篝火の明りが、格子窓から入りこみ、主屋形の壁におぼろな縞《しま》模様をつくっている。

睦言《むつごと》を聞くうち、女はやはりおきたという娘であると分った。

主屋形の出入口の遣戸《やりど》は締められている。内から閂《かんぬき》でもかけているのであろう。

監物は闇のなかで立ちあがり、おきたに覆いかぶさっている男のぼんのくぼに、無言の気合いをこめ、手刀《しゅとう》の一撃を打ちこんだ。

男は反《そ》りかえり、おきたのうえに乗ったまま、力を抜いた。瞬間に頸骨《けいこつ》を折られたのである。

「権平よう、何しよったんぜよ」

おきたがおどろいて男の体を押しのけ、身をおこそうとした。

監物は彼女のこめかみ、顳顬《しょうじゅ》の急所へ当身《あてみ》をうちこむ。

うむ、と呻いたきり、おきたは動かなくなった。監物は殺してやろうかと脇差に手をかけたが、思いとどまった。

おきたは充分に当身が利いており、かるいいびきを洩らしはじめた。

監物は胴の間に出る遣戸の側に寄り、外の気配をうかがう。

海賊たちは酩酊《めいてい》して、もはや呂律《ろれつ》もまわらない様子で、喚《わめ》きあい、唄をうたっている。

遣戸のそとには、見張り番らしい男がひとりいた。

彼は酔ってはいないらしく、ときどき浮かれ騒ぐ仲間を叱《しか》りつけている。監物は前帯に差していた匕首《あいくち》を右手に抜いて持ち、静かに遣戸をあける。

「何じゃ、権平かえ。侍の装束してからに。何のまねじゃ」

見張りの男はふりかえり、笑いかけてきたが、長手拭《てぬぐ》いで頬かぶりをした監物の顔をすかし見て、顔つきをかえた。

「おんしゃ、何者なら。権平と違うな」

仲間のほうをむき、大声をあげようとした男の首に、監物の手がからみついた。

「酔うたかえ、よし、ここに寝とりゃええきに」

監物は男の心の臓をひと突きにえぐり、抱き寄せるようにして、矢倉板のうえに寝かせる。

「源与茂《げんよも》、酔うたんかえ。酒につよいおんしゃでも、酔うこともあるんじゃのう」

徳利を提げた海賊が傍へきた。

「おんしゃ、ここへこい」

監物が手招きする。

海賊はうかがう眼つきになった。

「おんしゃは、勘之の惣領《そうりょう》か。いや、違うなあ」

「ごたごたいわんと、一杯呑め」

監物は海賊の胸倉をつかみ、ひきよせて左胸をえぐる。

相手はまた、声もなくくずおれた。

監物はなにげないふりをよそおい、味方の牢人たちが転がされている傍に寄り、匕首をふるいいましめを切りはなった。

彼は牢人たちの耳に早口にささやく。

「根棚に得物をいれた長持があるが、取りにいく暇はない。儂がいまから海賊どもを殴り殺すゆえ、そやつらの得物を取って斬りあえ。ええか」

いましめを解かれた牢人は、寝たままの姿勢を崩さず、うなずく。

監物が四人の牢人の縄を切り、五人めにかかろうとしたとき、主屋形のまえで海賊の叫び声がした。

「おい、源与茂、どうひたんや。おっ、血いや、血いで胸もとがいっぱいや」

船上で騒いでいた海賊たちの声がやみ、静まりかえった。

「おっ、ここに与三《よさ》もやられてるぜよ。死んどる。皆の衆よ、敵が忍びこんでおるようじゃ」

「なに、ほんまか。叩《たた》っ殺せ」

「お頭はどこじゃ」

「主屋形のなかじゃ」

海賊たちが遣戸《やりど》をあけ、主屋形へ駆け入る。

監物は背中のやがらもがらをはずすなり、眼のまえに立つ海賊の頭を、横薙ぎにした。

海賊は暴風に飛ばされるように、舷《ふなばた》に身を打ちあて、持っていた薙刀を投げ出し倒れた。いましめを外されていた牢人がそれを拾う。監物はあわてて刀を抜き、槍先をむけてくる海賊たちのなかに踏みこみ、やがらもがらを振りまわす。

三人を倒すと、牢人たちが彼らの武器を奪う。味方は見る間にふえ、三十人ほどの海賊は、泥酔して足取りも重く、たちまち舷に追いこまれた。

「こやつら、皆殺しじゃ」

「よくも毒酒を呑ませおったな」

牢人の群れが刀槍を手に襲いかかってゆくと、海賊たちは浮き足立ち、われがちに舷から海へ飛びこむ。

「生かせておけば、また悪事をはたらく奴らじゃ。射殺せ、逃がすな」

牢人たちは舷から半弓の狙いをさだめ、海賊の頭を射た。

戦いは小半刻（三十分）で終った。

「津田殿、よくぞ助けてくだされた。われらはすべて、夜が明けたのちは殺されるか、下人として売られるとこであったのに、そなたのおかげで命拾いをしたのじゃ」

「まことに命の恩人は津田さまにござります。種子島へ着いたなら、できるだけの御礼をさせていただきましょう」

牢人たちと、彼らの雇い主である商人たちは、監物のまえに手をつき礼をのべた。

「ともかく事があつらえむきに運びしゆえ、そなたらを助けることができたのや。これも神仏の加護あってのことや。儂より船霊《ふなだま》さまへお礼を申しあげてくれ」

監物は彼らと無事をよろこびあう。

「さて、海賊のお頭は主屋形で、裸で寝てござるゆえ、着物などかけてきてやろう」

監物は主屋形に入った。

おきたが素裸であおむきに寝そべり、まだいびきをかいている。監物は彼女が脱ぎすてていた麻布子を体にかけてやった。


二日後の夕方、和泉丸は種子島が見える海域までたどりついた。

種子島は大隅佐多岬から南へ七里の海上にある。種子島から薩南《さつなん》諸島、沖縄諸島へと飛び石のように大小の島々が四百里に及びつらなっている。

これらの島のあいだを黒潮が南から北へ走っていた。

種子島は古来、中国大陸との海上交通の要地であった。遣唐使が中国へむかうとき、この島を中継点にした。

天平宝字年間（七五九年）奈良に唐招提寺を建立した唐の鑑真和上も、種子島を経由して日本に至った。

奈良朝が種子島を重視していたことは、島内に国分寺を創建したことでも立証できる。

和泉丸が夕陽を背に到着したのは、種子島北端の浦田湊であった。

「なんとおだやかな形の島やのう」

艫矢倉《みよし》に立つ監物は、午後の遅い陽射しのもとにひろがる山野の緑を見渡す。島の中央部にいくらか高い山影が隆起しているが、ほかにはさほど眼につくほどの山はない。

監物ははじめてきた島であるのに、なぜか旧知の土地であるような気がした。

和泉丸は湊から漕ぎだしてきた五艘の小船に曳かれ、奥深い入江のうちに滑るように入ってゆく。

湊は意外なほど繁華で、水辺を往来する人影も多い。褌《ふんどし》ひとつの島の男たちが、櫂《かい》で巧みに漁舟をあやつり、和泉丸の舷に寄ってきて、笑いながら島言葉で話しかけてくる。

船頭が監物には分らない言葉をあやつり、男たちと話しあい、歓声をあげる。

堺からきた呉服問屋が、監物に話しかけてくる。

「私は種子島へは、これで十度めですのや。この浦田湊では、ちと荷を下して、明日の朝は赤尾木の湊へ入りますのや。ここは家老がいよりまっけど、赤尾木には島主さまがいやはりまっさ。私らは赤尾木で白糸《しらいと》を仕入れたら、来年の春まで風待ちしますのや」

「ならば、宿は赤尾木にあるのか」

商人は笑った。

「それはもう、銭二百疋《ぴき》もやったら、家一軒借りて、身のまわりの世話する女子もつけてくれよりますがな。私は供《とも》の牢人衆にもそうさせますのや」

「そうか、お前らは白糸を買うて帰ったら、十層倍にも売るやろうさかい、銭の千疋や二千疋は何とも思うとらへんやろ」

銭一疋は二十五分、千疋では二両半である。

監物は根来の芝辻清右衛門の弟子善九郎から、種子島の物価が嘘のように安いと聞いていたので、おどろかない。

「旦那はやっぱり、何ぞ物を仕入れにきやはったんでっしゃろ。それでなかったら、こげな辺地まできやはらしまへんわなあ。紀州やったら根来鍛治か熊野神社別当の米良《めら》さまが、鉄をば買いにくるときまっとる。旦那もその縁者だっしゃろ」

　監物は笑った。

「お前も、紀州のことをよう知ってるなあ。儂は杉ノ坊の頭領役覚明の弟や」

　商人は眼をみはった。

「それやったら、私らのような小商人とちごうて、御島主さまと相対《あいたい》で商いしやはるお人や。さようなお偉いお方と知らいで、ご無礼申しあげ、あいすみまへん」

「いや、それほどの者でもない」

　船が鏡のように静かな海面に碇をおろすと、乗客たちが騒《ざわ》めきつつ、迎えの小船に乗り、湊へ上陸していった。

　草葺《ぶ》き、板葺きの町屋が庇《ひさし》をつらねる湊の表通りには、灯火がまたたきあい、聞いたこともない音楽の音が流れていた。

「旦那も陸《おか》へあがらはって、湯風呂で垢《あか》を落してきやはったら、よろしおますがな」

舵場にあぐらを組んだ船頭にすすめられ、監物はその気になった。

「そうやなあ。湊へあがってみるかのう。おきたも垢をば落させてやるか」

船頭が陽灼けした顔を崩し、歯を見せた。

「あげな女子をば、旦那はかわいがってやるつもりかのし。あやつは毒のあるくらげだっせ。うかと近寄ったら刺しよりまっせ。気いつけなはれ。そやけど、手なずけたらおもろいかも分りまへんなあ」

監物はうなずき、合羽板から梯子段を下り、上棚に入った。

酒、米、干魚、酢醬油などを納めている上棚の内部には、甘く蒸《む》れたような食物のにおいがこもっている。

おきたは上棚の一隅に、後ろ手につながれていた。監物は彼女を殺さず、連れてきた。食事と用便のときは腰縄をとって船上に出してやるが、あとは柱につないだままにしている。

「おきた、ここは種子島の浦田という湊や。これから下ひて湊の旅籠《はたご》へ連れてゆき、湯風呂をつかわせてやる。逃げたらあかんぞ。逃げたところで無駄や。島より外へは出られんし、儂がじきに捕まえちゃる」

おきたは黙ったまま、眼を光らせていた。長い髪を紐《ひも》でくくった、野獣のようにたけだけしい娘であるが、すこやかに伸びた全身に、精気がみなぎっている。

「さあ、縄をほどいてやるほどに。あばれるでないぞ」

監物はおきたの縄を解いてやった。

「まえを歩け」

おきたは甘い汗のにおいをふりまきつつ、立ちあがる。

彼女は梯子段のほうへ足をはこんでゆきかけると、突然梅干の小桶《こおけ》を抱きあげ、ふりかえって、監物めがけて投げつけようとした。

監物は身をかわしもせず、足払いをかけた。おきたは桶を放りだし、あおのけに倒れて柱で頭を打った。

「こりゃ、何をひてるのや。気を失うたふりか」

監物は、黒々とした股間《こかん》の茂みをあらわし、のけぞったまま動かないおきたを、足で軽く蹴《け》ってやる。

「狸《たぬき》寝入りをするなら、いっそ寝かせてやろうぞ」

拳をかため、脾腹《ひばら》へ当身をくれようとすると、おきたはあわてては起きた。

「痛い目には遭わさんといておくれ。何でもいうことを聞くけん」

「ほんなら、おとなしゅう歩け」

監物は船上に登り、船倉の開《かい》の口《くち》から島民の小船に乗りうつる。

一文銭をやると、島の男は幾度も頭を下げてよろこぶ。

湊へあがると、番所のなかから四、五人の役人らしい侍が出てきた。先頭に四十がらみの年頃に見える、直垂《ひたたれ》に烏帽子《えぼし》をつけた男がいた。

彼は監物のまえに立ち、会釈をした。

「ご貴殿は紀州よりおわせられし、根来寺杉ノ坊覚明殿の弟御にござろうか」

「さようにござりますが、御辺《ごへん》はいずれのお方かな」

相手はほほえむ。

「それがしは種子嶋家老座の、西村織部丞《にしむらおりべのじょう》と申す者でござる。当家は覚明殿にはかねがねなにかとお力添えを頂戴《ちょうだい》いたしてござれば、ご貴殿には、今宵《こよい》はなにとぞそれがしが屋敷を宿となし下され」

種子嶋家の家老である織部丞は、監物が船に乗っているのを、堺の商人たちから聞いたのであろう。

監物は首を傾《かし》げた。

「それがしは、かようにちと手間のかかる連れを伴うてござれば、お屋敷へ参ずるのもいかがかと存じまするが」

織部丞は笑ってうなずく。

「その者は土佐の女海賊にござりましょう。当家には牢屋もあることゆえ、そやつを一晩泊めるに手間はかかりませぬ」

「それはありがたい。ただ、この者にも湯風呂をつかわせてやりとうござりまするが」

「承知つかまつった。ではご同道めされよ」

織部丞は、町屋のあいだの狭い石畳の小路を幾度か折れ、監物をみちびく。

道は爪先《つまさき》あがりの坂となり、登りつめた見晴らしのよい高台に、頑丈な石塀をめぐらした織部丞の屋敷があった。

「さあ、湯風呂に入れてもらい、牢屋で寝るがよい。明朝には船へ連れ帰ってやるほどにのう」

監物がおきたに告げると、彼女は意外なしぐさをみせた。

監物にすがりつき、はなれないのである。

「お前からはなれとうないきに。湯風呂なんぞに入りとうはない。どうぞいっしょにいておくれ」

監物は、胸に鏃《やじり》のようにするどく刺さるいとしさを覚えた。

「なにも危ういことはない。儂は主殿におるゆえ、何事かあれば声をあげて儂を呼ぶがよい。おのしの声ならたちまち辺りにひびきわたろうが」

監物は笑いすてて、おきたに背をむける。

おきたは侍たちにみちびかれ、牢屋のほうへ去った。

監物は織部丞と肩をならべ、庭前から湊を見下す。

「なかなかににぎやかなる湊にござりますなあ」

「さよう、この湊にはおよそ三千人ほどが住んでござる」

「さきほどより鉦《かね》を叩くに似た音が、湊の遠近《おちこち》より聞えて参りまするが、あれは何の音にござろうや」

織部丞は、こともなげに答えた。

「鉄砲筒を鍛えおる鍛冶どもの槌音《つちおと》にござるのじゃ」

「え、ならば鉄砲なるものを、はや種子嶋殿はこしらえておらるるかや」

「その通りでござるよ」

監物の胸は鼓動をはやめた。

「去年、根来鍛冶芝辻清右衛門の門人、善九郎が当地に参りしとき、ご貴殿が西南蛮種の商人の乗りし船を赤尾木にみちびき、島主種子嶋時尭さまに謁見させたるうえ、鉄砲なるものを手に入れなされしと聞き申した。それをはや、この島にておつくりなされるか」

「さようでござるよ。この島にて張り立てしゅえ、種子島張りと申してござる。こなたへ参られよ。この屋敷にも十五挺をそろえてござるのじゃ」

織部丞は、監物を主殿座敷の廻廊《かいろう》へみちびく。

廻廊の隅に設けた棚には、監物がはじめて眼にする鉄砲という武器が、置きならべられていた。

「これが鉄砲にござるか」

監物はとりあげてみた。

かなり重量がある。およそ七、八百匁もあろうか。黒光りする鉄の筒を、なかば木部で覆い、把手《とって》がついている。

「いまご当家には、種子島張りの鉄砲が、幾挺ほどござろうか」

「さよう、島じゅうの刀鍛冶がいま鉄砲の張り立てをいたしておるゆえ、日に日に数はふえてござるが、いまのところは六十挺はありましょう」

監物は息をのむ。

はじめて異国より渡来した鉄砲が、一年のあいだに六十挺も製造できるのであれば、紀州へ持ちかえれば、根来鍛冶がたちまち生産できるにちがいない。

「鉄砲と申すものは、さだめし値《あたい》高きものにござろうが、さようにたやすく張り立てできるのでござりまするか」

織部丞は笑いつつかぶりを振った。

「さほどに値高きものにてはござらぬ。当家が異国人《とつくにびと》より譲りうけしときの買値は、一挺二千疋《びき》にござった」

監物は拍子抜けする思いであった。

二千疋ならば、五両である。

――儂が持参した砂金八百匁は、二百両にあたる。鉄砲を四十挺も買えるわい――

監物は内心でほくそえむ。

紀州へ帰れば、二百両で仕入れた鉄砲が、十層倍にも売れるであろう。

彼は織部丞に聞く。

「ご当家にて、かくもさかんに鉄砲張り立てをなさるるは、何ぞ子細《しさい》があってのことにござろうか。鉄砲が合戦の得物として効用のあるゆえでござろうのう」

監物が聞くと織部丞はうなずく。

「はじめて鉄砲を伝えし唐人五峰の船が、この島へ参りしは、去年の八月二十五日の夜明けまえでござった。西村の浜辺に、大風にて吹き寄せられたのでござったが、そのときそれがしは西村の宰領をつとめておりまいてのう」

織部丞は、五峰と漢字による筆談をかわし、船を島主種子嶋時堯の住む赤尾木の湊へ回航させることにした。

「五峰は、あとで身許《みもと》が分ったのじゃが、唐人海賊の王直大頭目でござったのじゃ。一統が赤尾木に着くと、慈恩寺の宿坊に泊めてやったのでござる。船頭から船子まであわせて百四、五十人もおりしを、三十六の宿坊に分けて泊めてやりまする。時堯さまは、十五歳の若年《じゃくねん》におわせらるるゆえ、王直と、船中に乗っておりし玉城《たまぐすく》と申す琉球の婦人をなかだちといたし、三人の異人と毎日いろいろ話をいたしまする。

そうするうち、時堯さまは異人が常時提げておる、黒い鉄の筒に目をつけられ、玉城にたずねなされたのでござりまする」

異人は玉城の口を通じ質問されると、笑いながらその棒のようなものを時堯に渡した。

時堯は、それが黒い火薬を発火させるいきおいで、丸い鉛玉を空中に飛ばし、鹿《しか》、猪《いのしし》、空を翔《かけ》る鳥をも撃ち落せる武器であると知った。

「時堯さまは、鉄砲と申すめずらしき得物が気にいられたのでござった」

異人は鉄砲の威力を時堯のまえで披露した。
五、六十歩はなれたところに立てた杭《くい》のうえへ貝殻を置き、鉄砲の筒のなかに鉛玉と火薬をいれ、よく搗《つ》きかためたのちに点火発射した。
貝殻の的ははじけ散り、時堯たちは鉄砲のおそるべき効用を知った。

四

種子嶋時堯が、はじめて耳にした鉄砲射撃の轟音《ごうおん》は、耳朶《じだ》をつんざき、眼前に落雷があったかのようなすさまじさであった。

家来のうちには、おどろきのあまり腰が抜けた者もいた。

時堯は玉城を通じ、ピントと呼ばれる異人に聞いた。

「あのようにちいさき的にも当てられるからには、空飛ぶ鳥も撃ち落せるであろうが」

ピントはうなずき、仲間のボラーリョに声をかける。

ボラーリョは、黒光りのする木製の容器をとりだし、ピントに渡した。ピントは黒い玉薬《たまぐすり》と鉛玉を容器からとりだし、鉄砲の筒口に入れ、そのうえに紙玉を詰めこむ。

彼はしばらく耳を澄まし、鳥の啼《な》き声をうかがい、やがて奥庭の木立に筒先をむけ、引金をひいた。

時堯は閃光《せんこう》と轟音に心を奪われながら、五十間ほども先の木の間から、黒影が地面に落ちるのを見た。

ピントは、薄く硝煙をただよわせている銃口《じゅうこう》を空へむけ、時堯に笑顔で何事か話しかけた。

「鳥を撃ち留めたと申しておりまする」

玉城が告げ、近習がひとり木立のほうへ走った。

織部丞は、そのときの情景を思いだしつつ、監物に語った。

「ピントの鉄砲玉は、鳥に当ってござった。鳥は胴を射抜かれて死んだのじゃ。時堯さまはそれをご覧になられ、自らお試しなされたのでござる」

「ほう、慣れぬ者が使うても、危のうはござりませぬか」

「そのことよ、われらは時堯さまの御身にもしものことがあってはならぬとお留めいたしたが、なにしろ血気にはやる若殿ゆえ、お聞きいれにならぬ。ピントは鉄砲に玉薬と鉛玉をこめ、時堯さまに差しだしたのでござる。そのときはそれがしも手に汗を握ってござりまいたが」

「島主さまは、難なくお撃ちなされてござりまするか」

「さよう、大きな鳶《とび》を見事に撃ち留めなされた」

鳶は慈恩寺の前庭と谷をへだててむかいあう小山の、海にむかう崖《がけ》のうえに翼をやすめていた。

ピントは鉄砲の撃ちかたを教えた。鉄砲には中目当《なかめあて》、前目当《まえめあて》のふたつの照門があり、それを通して的を狙うのである。

「時堯さまは、教えられた通り引金に指をそえ、しばらく狙うておられたのち、撃たれたのじゃ」

時堯は耳もつぶれるほどの発射音にあらためておどろくと同時に、鉄砲の床尾でしたたか頬を打ち、顔をしかめた。発射の反動をかわしそこねたのである。

硝煙に目鼻を刺されつつわれにかえると、家来たちが歓声をあげていた。織部丞も、六十間は離れている崖上の鳶が、はじかれるように半間ほど横に飛び、動かなくなったのを見て、眼をみはった。

「おう、当ったぞ。お殿さまが鳶をお撃ち留めなされたぞ」

「弓矢にては、なしえぬ技じゃ。鉛玉が谷を越えて飛んだぞ。かようなことがあろうか」

家来たちは、騒ぎたてた。

時堯はしばらくのあいだ、硝煙を薄く吐いている鉄砲の筒口に視線を落していたが、やがて縁先に歩み寄った。

「この筒で、六十間先の鳶を落せたか」

「まことに、思い及ばざる力にござりまする」

時堯と織部丞は、鉄砲の威力に眼をみはるばかりであった。

「織部よ、この鉄砲を譲り受けようではないか」

「さようにござりまする」

織部丞は異人たちを、慈恩寺の庫裏《くり》座敷へ呼びいれ、鉄砲を買いうけたいと頼んでみた。

監物は聞く。

「一挺二千疋の値は、いかようにしてつけたのでござりまするか」

織部丞は笑みを見せた。

「いや、値はこなたより申し出たのではござらなんだのじゃ。はじめ三人の異人どもは、金はいらぬゆえ、遣《や》ろうというてくれた。持ちあわせしは三挺であったが、そのうち二挺を遣るというてくれたのでござる。玉薬、弾丸をつけて、ただ貰《もら》い受けるのも心苦しきことゆえ、なにがしかの代価を払うと重ねて申し出《い》でしところ、二挺で二千疋ならよかろうとの返答にござった。それゆえ、手前どもは、二挺で四千疋を払うて申し受けたのでござるよ」

「鉄砲を買いもとめられしは、鳥を撃つためにござりまするか」

「いや、さようの儀にてはござらぬ。根占《ねじめ》の禰寝《ねじめ》重長めに、仕返しをするためでござったのじゃ」

禰寝重長とは、大隅半島根占の領主であった。

禰寝家と種子嶋家は、いずれも平氏を祖としている。種子嶋家は平清盛の長男の孫、禰寝家は次男の孫である。

壇ノ浦の合戦ののち、両家は鹿児島に下り、それぞれ永住の場所を見つけたのであった。

両家は戦国期になって、幾度か戦う。

五峰と異人たちの船が漂着したときから五カ月まえの三月二十二日、禰寝の軍勢三百数十人が、種子島北端の浦田湊に上陸したのである。

禰寝勢は佐多岬から海を渡り、一気に浦田湊に上陸し、赤尾木へと南下した。

不意をつかれた種子島勢は、翌日国上《くにがみ》の城を奪われ、降伏した。

「禰寝勢は六十人が討死にいたしたが、戦《いくさ》に勝ったゆえ、種子島の領分より屋久島を申し受け、凱陣《がいじん》いたせし次第にござった」

種子島島主時堯は、禰寝重長につぎのような神文を差しだし、講和をした。

「天罰起請《きしょう》の事
屋久島一島は今後禰寝領たるべきこと、天地神明に誓い奉るものなり。若《も》し違背つかまつるにおいては、上は梵天帝釈《ぼんてんたいしゃく》、四大天王、下は堅牢《けんろう》地神をはじめ奉り、惣《そう》じて日本国中六十余州の大小神祇《じんぎ》、別して大隅の鎮守正八幡大菩薩《だいぼさつ》、宮ノ浦の益救《やく》大権現、就中《なかんずく》宝満大菩薩、浦田大明神、住吉大明神、真所《まどころ》大菩薩等、天満大自在天神御部類眷族《けんぞく》等、神罰冥罰《みょうばつ》各々罷《まか》り蒙《こうむ》るべきものなり。よって起請くだんの如し」

禰寝重長は屋久島を占領して、百五十人の守備兵を置き、四月末に赤尾木湊から根占へ帰っていった。

時堯は敗戦の傷手も癒《い》えない夏の終りに、鉄砲という、はじめて見る武器を手にして、驚喜した。

彼は平山友重、西村時弘、津曲《つまがり》三河守、西村織部丞らの重臣を集め、さっそく鉄砲張り立ての協議をはじめた。

異人たちは、十月末に北風が吹きはじめるまで、種子島に逗留《とうりゅう》していた。

三人の異人たちの名は、島民のあいだに広まった。ピント、ボラーリョ、デモトである。織部丞たちは、はじめは彼らの力を借りれば、鉄砲をたやすくつくれるであろうと考えていた。

「ピントと申すは大工頭にござったが、鉄砲のつくりかたはわきまえておりませなんだ。ボラーリョは鉄砲撃ちこそ巧者にござったが、これもまた知りませぬ。デモトもおなじこと。ただ、玉薬と火縄のこしらえようはわきまえておりしが、せめてもの救《たす》けにござったのじゃ」

玉薬は、硫黄、木炭と、煙硝という粉を混ぜてつくるのである。

火縄は竹の白身からとった筋で縄をない、こしらえる。

時堯は、種子島の刀鍛冶で、惣鍛冶職をつとめる八板金兵衛に、鉄砲の製作を命じた。

「金兵衛は鉄砲をばらして、まず絵図面を引いたのでござる」

「ほう、異人の手助けもなくいたしたのでござりますか」

監物はおどろいた。

「これが金兵衛のはじめに書きし絵図面じゃ」

織部丞は手文庫からとりだした絵図を畳にひろげ、監物に見せた。

鉄の銃身、木の台座、台にはめこまれたカラクリの部分が描かれていた。

長さ二尺三寸九分の銃身には、火皿から導火孔《みちびあな》の細い孔が筒の内部に通じている。

「金兵衛は、引金をひくと鉤《かぎ》がはずれ、曲げている薄い鉄がはねかえって火挟みが落ち、火皿の玉薬に火がつくカラクリは、こしらえるにさほど手間はかからぬと申してござった。鉄の筒も、鍛えながら芯金《しんがね》に巻きつけてゆけば、できぬことはない。ただ金兵衛がいかに考えても細工できぬのは、筒の底の栓でござったのじゃ」

銃身の底部には、栓がされていた。

栓には刻みめがあり、そこに銃身を掃除する槊杖《かるか》の先端を押しあて、左に九回まわすと栓がはずれて抜け落ち、筒の底に穴があく。

銃身の孔の内側と、栓の周囲には刻みめがあり、それが嚙《か》みあい銃身の底部を塞《ふさ》いでいる。

「その刻みめがなければ、玉薬がはじけるいきおいで、栓は吹き飛ぶかも知れぬのでござるよ。したが、どれほど考えたとて栓の切りかたは分らぬゆえ、鉄砲の底は鉄栓で塞ぐのみにいたし、張り立てを急いだのでござった」

織部丞は金兵衛の仕事場に連日通い、張り立ての苦労を眼の辺りにした。

仕事場の鉄敷《かなしき》には、銃身を置くための溝を二本通した。銃身をこしらえるのに、小指ほどの太さの心棒をこしらえる。

鉄の板を真赤に焼き、心棒に巻きつけて筒をつくるつもりであった。

準備がととのい、銃身の鍛造にとりかかったが、金兵衛は失敗した。赤熱した筒を鍛造するあいだに、筒が心棒に溶着《ようちゃく》してしまうのである。

「金兵衛は心棒に石粉をつけ、筒をまわしつつ鍛えたが、やはりおなじこととあいなった。つぎには心棒を思いきって長くいたし、筒をずらしつつ鍛えてみたが、やはり動かぬようになるのでござった」

筒が熱いうちは、ずらしつつ鍛えれば心棒は動く。

だが、さめてくると鉄は縮み、心棒と嚙みあい動かなくなるのである。

「心棒を二倍ほども長うしてはみたものの、どうにもうまくは参らぬゆえ、心棒の先を細めにいたし、そのほうへ筒をずらしてゆく細工をしたが、これもおなじこと。金兵衛はじめわれらも夜も寝ずに思案のあげく、筒を三、四寸に切り、鍛えたるうえにてそれを幾つか継ぎあわせようと、思いあたってござった」

金兵衛は焼いた鉄板を、タガネで八個に切りおとす。

一個が三寸ほどの長さになった。

長さ三寸、幅一寸五分、厚み三分の鉄板を鉄敷に置き、心棒をあて、鍛えはじめる。こんどは鍛えあげた筒を、首尾よく抜きとることができた。

銃身ができあがると、カラクリをつくるのにさほどの苦労はなかった。火挟みには黄銅をもちい、すぐれたできばえとなった。

ただ、尾栓の捻《ね》子《じ》溝を銃身の内側に刻む方法だけが、どうしても分らない。

「仕様もなかろう。このままこしらえよう」

捻子を切らない尾栓を銃身にはめこみ、金兵衛たちはふた月のあいだに五十挺の鉄砲を張り立てることに成功した。

金兵衛たちは、玉薬の調合をもなしとげた。ボラーリョの指導をうけ、南蛮船から永楽銭三十五疋で買いもとめた一樽《たる》の白煙硝と、硫黄、炭を石臼《いしうす》でひき、混ぜあわせるのである。

炭は目方の軽い麻炭と竹炭をつかう。

三種の粉は、酒を含んで霧に吹き、黒い塊に仕上げるのである。それを薬研《やげん》で擂《す》り、細かい粉にすれば玉薬はできあがる。

「もはや秋の末となってござったが、筒は五十挺できあがり、玉薬、火縄も揃《そろ》うた。われらには、筒の底なる栓が、雌雄の捻子を切っておらぬことのみが、気掛かりでござったが、いたしかたもない。鉄の棒を焼いて栓といたし、詰めたのでござる」

外見は異人たちが持ってきたものと寸分違わない鉄砲が、できあがった。

栓は焼きあげて、筒の底に装着した。仕上げにもう一度焼きをいれる。

十二月のはじめ、織部丞たちは赤尾木の浜へ出て、鉄砲の試射をした。

時堯の家来で、鉄砲射撃に習熟している者が、鉄砲をとりあげ、静かに沖の岩礁を狙った。

織部丞は、その日の情景を思いだしたかのように半眼を閉じ、監物に語った。

「鉄砲放《はなち》の者が、玉薬と鉛玉をこめ、沖に筒先をむけたとき、われらは鉄砲の栓がはじけ飛ばぬよう、神仏に祈ったのでござった」

捻子を切っていない尾栓に、金兵衛をはじめ鉄砲張り立てにかかわった者のすべてが、危惧《きぐ》を抱いていた。

鉄砲は雷鳴のような発射音を海面にはねかえらせ、火を噴いた。

織部丞は息を呑んだ。

射手は三匁玉を発射したあとも、無事に鉄砲を構え、立ちはだかっていた。

「ちと右にはずれたか」

射手の若者はつぶやき、弾丸と玉薬を筒に装着する。

鉄砲はふたたび発射され、こんどは岩礁の突起に弾丸が命中し、白煙をあげた。

「そのとき、鉄砲を張り立てた者はすべて、涙を流してよろこびおうてござった。屋久島を取りかえすことができようと、それがしも胸が波立ってなりませなんだ」

織部丞は述懐した。

屋久島には禰寝勢が三百人ちかく、警固についていた。

種子島勢は二百人に足らないが、五十挺の鉄砲がある。禰寝勢は鉄砲を知らず、その破壊力と轟音に胆《きも》を奪われるにちがいないと思われた。

屋久島まで潮に乗って三刻（六時間）の航程であった。附近の海に慣れた船頭たちが漕ぐ五艘の船で、十二月の末に種子島勢は深夜をえらび屋久島の海辺に到着した。

敵は島内の安房、宮ノ浦、吉田、永田の四ヵ所に砦《とりで》を築いている。

種子島勢はまず吉田を攻めた。矢を放ち、刀槍をふりかざし反撃する禰寝勢は、鉄砲の一斉射撃を受け、おびただしい死傷者を出すと動揺し、たちまち逃げ散った。

彼らは雷鳴のような轟音と火の舌を吐く武器が何であるのか分らないままに、折り重なり、血を噴いて倒れる味方を見て、恐怖に駆られ戦意を失う。

吉田砦から禰寝兵の姿が消えると、種子島勢は宮ノ浦へ殺到した。

「合戦は苦もなく勝ち、禰寝の兵は海へ追いこみ死なせたのでござったが、やはり鉄砲の一挺は栓がこわれ飛び、軍兵ひとりが顔を吹きとばされて死んでござる。また、いかにしても撃てぬようになりし鉄砲が、四挺ござった。さようになりしは、栓が捻子切りされておらなんだゆえにござった」

栓を詰め溶着しただけでは、完全に筒と栓が一体になったとはいえない。

わずかなひびがはいっていても、火薬の爆発する衝撃で、そこから栓ははがれる。

また、四挺の鉄砲が不発になったのは、玉薬の燃え滓《かす》が、筒の内側にこびりつき、鍛身の底にとりわけ厚く溜《たま》り、火皿から導火孔を塞いだためであった。

弾丸を十発ぐらい発射するたびに、底の栓を抜き、滓を掻《か》き落さねばならない状態になるのである。

「槲杖をつかい、滓を掻き出せぬこともありませぬが、栓を抜くほうが手っ取り早うござる。つまり、捻子切りをいたし、取りはずしのできる栓がいる理《ことわり》を、われらは身をもって知らされたのでござった」

監物は聞く。

「ならば、いまもこの島にて張り立てし鉄砲は、焼き締めいたせし栓をつこうてござりますか」

「いや、ピントらの船は去年の秋に大明へ帰国いたしたが、今年の四月にまた異人どもが大船であらわれた。その船には鍛冶職の者がいて、われらはその者よりようやく捻子切りの技を学び、危なげのない鉄砲を張り立てるようになったのでござるよ」

監物は織部丞の屋敷に一泊し、翌朝おきたを連れ、和泉丸に戻った。

織部丞から六匁玉筒二十挺を、一挺につき三千疋で買いいれる内諾をとりつけていたが、赤尾木に出向き島主時堯から正式に鉄砲を持ちかえる許可を、得なければならない。

織部丞も、監物を時堯にひきあわすため、同行することになった。

織部丞が主屋形に座を占めると、畿内《きない》からきた商人たちは遠慮して、座敷の隅にひきさがる。

監物は彼らにすすめる。

「おのしらもここへきて、西村殿にお酒を頂戴《ちょうだい》いたせ」

商人たちは人づきあいに慣れているが、さすがに尻ごみをした。

「御家老さまにお流れを頂けるような身分の者は、ここにはおらしまへん。もったいのうて、お傍へ寄るのは気づつのうおすさかい、ご遠慮させて頂きやす」

おきたは、種子島へくるときと同様に、後ろ手に縛られ上棚の一隅につながれている。

監物は酒盛りのあいまに、おきたの傍へゆく。

「どうじゃ、昨夜は湯風呂で垢を落し、ゆるりと寝たか」

おきたはうなずく。

撫で肩で、たおやかなうなじに、豊かな髪があふれていた。

「小用にゆきとうはないか」

監物が聞くと、おきたはかぶりを振る。

彼は声をひそめ、おきたの耳にささやく。

「赤尾木へ着いたなら、儂は南風の吹くようになる明年の春までそこにおる。おのしを儂の婢《はしため》にいたすゆえ、さよう心得ておれ。よいか」

おきたは返事をしない。

監物はおきたの形のいい顎《あご》に手をかけ、あおのかせた。おきたは声もなくほほえんでいた。

赤尾木湊に着いたのは、日暮れまえであった。湊の正面の丘に、風雨にさらされ古びた城郭が、屋根をつらねていた。

「あれが、島主さまのお屋形でござる」

織部丞は監物に教え、迎えの小船に乗る。

海中は澄みわたり、紀州では見たこともない、赤や黄、紺青の彩りもあざやかな魚の群れが泳ぎまわるのに、監物は目を奪われた。

――鉄砲さえ買うたら、ほかに用とてない。しばらく赤尾木にいるあいだは、おきたをかわいがってやろう――

監物は湊にあがるまで、船内に置いてきたおきたのことを思っていた。

「あれは妙な男でござるのう。赤毛のかつらをかぶっておるのかや。それにしてもなんと上背のある奴じゃ」

監物は白の長衣の裾をひきずり、浜辺に立っている男を見てつぶやく。

織部丞は、笑いつつ告げた。

「あれが鉄砲を持って参った異人でござるよ」

「いかさま、眼の色も違う」

浜辺の砂地へ下り立った監物は、首からうえだけ自分よりも背の高い異人とむかいあった。

異人は監物の手を握り、うち振った。

監物と織部丞を赤尾木の浜へ迎えにきていたのは、ボラーリョであった。

温和な性格のボラーリョは、前年の秋に明国の寧波へ帰り、そこであらためて便船を仕立て、南蛮、天竺の物資を満載して、四月にふたたび種子島へ渡来したのである。

ボラーリョは、八板金兵衛の娘若狭と婚約していた。若狭は十月の末にボラーリョとともに寧波へ渡り、鉄砲に必要な鉛、白煙硝などを、買いもとめてくるという。

織部丞は、湊から赤尾木城へ監物を案内してゆく途中、種子島張りの鉄砲が、大友、島津などの九州の戦国大名に注目されていると教えた。

「ボラーリョ殿は去年の秋、この湊に入った大友家の廻船に乗り、豊後《ぶんご》府中城へ出向き、鉄砲を撃ってみせられたのでござるよ。その後、大友家は十挺の種子島筒を買いあげて参り、今年は三十挺も求めておらるるのじゃ。監物殿がいましばらく遅く参られたなら、島内で張り立てし鉄砲はすべて、大友の廻船に買われて参ったであろうがや」

「さようにござりまするか。鉄砲が買えねば、あらたに張り立てるまで待つ覚悟にござったが、織部丞さまのお指図にて首尾よく手に入り、祝着至極にござりまする。それで、いささか性急かとは存じまするがお尋ねいたす。ボラーリョ殿は寧波より、白煙硝をも持って参られたのでござろうな」

織部丞はうなずく。

「さよう、二百樽を積んできてござる。値は以前よりもちとあがり、一樽につき永楽銭七十疋でござるが。一樽もあれば、百挺の鉄砲を一年使うほどの用に立つがのう」

七十疋とは、千七百五十文である。

監物はせきこんで頼んだ。

「こののち、大友、島津殿の船も入津いたし、白煙硝を求めるでござりましょうゆえ、手前どもにさきに二十樽をお分け頂くよう、ご周旋下され」

「それはおやすきことじゃ。ボラーリョどももあとふた月ほどで寧波へ帰国いたすので、積荷を早う手放したがっておりまする。煙硝のことはそれがしに任しておいて下され」

「かたじけのうござる」

監物たちは赤尾木城の表門をくぐった。

畿内の城郭を見なれた監物の眼には、城は山塞《さんさい》のように小規模な構えであったが、直垂《ひたたれ》姿で主殿の座所に威儀を正している島主時尭は、平氏の血をひくといわれているだけに、高貴な容貌《ようぼう》であった。

「これはお殿さまにござりまするか。手前は紀州小倉庄吐前《けんざき》より参りし、津田監物にござりまする」

「色代《あいさつ》はおたがいに省いて、まず殿上にあがられよ。根来杉ノ坊のご舎弟と承れば、他人のようには思えぬ」

時尭は辺幅《へんぷく》をかざらない、気軽な性質であった。

彼は下座に織部丞とともにかしこまった監物に聞いた。

「ご貴殿は六匁玉筒二十挺を、買いもとめらるるとか、織部丞より聞いたが、さようか」

「しかとさようにござりますれば、御島主さまのお許しを頂戴つかまつりたしと、推参いたしてござりまする」

「なに、鉄砲を一挺三千疋にて買いもとめてくるるなら、上客じゃ。二十挺といわず、三十挺、四十挺なりとも随意にあがない、持ちかえるがよい」

時堯は、壁際の棚に置きならべている鉄砲に眼をやり、監物に聞いた。

「ときに監物殿は、鉄砲を撃ったることがおありかな」

「いまだ、ござりませぬ」

監物は平伏した。

「さようか、ならば帰国なさるるまでに、撃ちなろうて、紀州に戻りしときは衆人を驚かすに足る腕前となっておかるるがよろしかろう」

「おそれいってござりまする」

時堯は小姓に命じ、六匁玉筒を持ってこさせ、監物をうながした。

「さ、この前庭にて一発お放ち召され。なに、ためらうことはない。撃ちならわせば、なにほどのこともなく扱えるようになる」

監物は進み出て、鉄砲を小姓から受けとり、庭へ下りた。

小姓が傍へ寄り、槊杖を用いて玉薬と鉛玉を筒口から詰める手順を、監物に教えた。

時堯が殿上から声をかける。

「さて、玉薬と鉛玉を詰め、槊杖で押しこむとき、筒のうちをのぞきこむのは悪《あ》しゅうござる。不意にはじけ、顔を怪我《けが》することもござるのじゃ」

監物は弾丸《たま》込めを終え、重い六匁玉筒をとりあげる。

「かように構え、台尻を頰にあて、前目当と中目当を通して的を見るのでござる」

武芸の達者である監物は、鉄砲放ちの要領を、すぐに覚えこんだ。

前庭の奥手に巨大な庭石があり、そのまえに白木の的が立っていた。

監物は火挟みに火縄をはさみこみ、狙いをつける。引金をひくと、彼は台尻でつよく頰をはじかれ、尻もちをついた。

笑声があがったが、時堯は立ちあがり高声に告げた。

「見事じゃ。弾丸は的を撃ち砕いてござるぞ」

監物は三十間先の的を茫然《ぼうぜん》と見る。
白木の的はあとかたもなくなっていた。

五

天文十三年（一五四四）四月はじめ、赤尾木の浅瀬に繁茂する浜沈丁《はまじんちょう》が薄紫の花をつけ、南西の風に揺れている朝、和泉丸は種子島赤尾木湊を出帆した。

船上には、前年の秋から滞在していた堺、大坂の商人、乗組みの船頭水主《かこしゅう》衆が立ちならび、垣立にもたれ、浜辺にむらがる見送りの人影に向い、手を振っていた。

「おーい、秋にはまたくるさかいなあ。それまで虫気《むしけ》（感冒）にもかからんと、息災にいてるんやぞお」

「坊《ぼん》か嬢《いと》ができたら、大事に育ててくれ。秋にゃ着物《べべ》持って戻ってくるぞ」

大坂の商人たちは、半年間種子島にいる間に、島の娘とねんごろになった者が多かった。

彼らは愛人に一戸を構えさせている。

にぎやかな別れのさまを、津田監物とおきたは、艫屋形《ともやかた》の櫺子窓《れんじまど》にもたれ眺めていた。

「しばらく別れるときの男女のさびしさは、ひとしおのものやなあ」

監物はひとさし指で、おきたの頰をつつく。

「おのしは、どこへでも連れて参るゆえ、さびしき思いをせずとも済む。儂の持ちものゆえ、傍を離さぬ」

おきたは監物の肩にもたれかかった。

「そげなこというて、紀州へ去《い》んだら、御内儀をはばかって、私を捨てるのではないのかえ」

「なんの、儂は所在定めず旅の暮らしを送っておるのじゃ。紀州の家になど、三日も落ちついてはおらぬわ」

「捨てたらのう、おきたは死ぬんぜよ」

おきたは監物の胸にしがみつく。

「海賊の頭領の慰みものにされるような女子じゃ。儂が捨てたなら、またいかような痴《し》れ者に拾われ、からき目に遭わさるるやも知れぬゆえ、気懸かりで捨てられぬ」

監物は低い笑いをもらしつつ、おきたの背を撫でた。

おきたは土佐中村に近い、以布利《いぶり》という漁村に生まれた。幼い頃、父母と漁に出て海賊に襲われ、連れ去られたまま二度と故郷には戻っていないという。父母きょうだいの生死もさだかではないとのことであった。

監物は、おきたの身のうえ話が偽りではないのを、知っていた。

おきたは監物の女になると、しだいに自分の生いたちを打ちあけるようになっていた。性来嘘をつくのが下手な女である。

監物はわが娘のような年頃のおきたの、かざりけのない性格が、気にいっていた。

「嬰児《やや》ができたら、産むがよい。住みよき屋敷も買うてやろうほどにのう」

監物は和泉丸の船倉に、鉄砲二十五挺、白煙硝二十樽、鉛百貫を積んでいた。

二百両の持ち金をはたいて買いもとめたその荷物は、紀州へ持ち帰ればすくなくとも五層倍の値で売れる。いや、十倍の値がつくかも知れなかった。

監物は根来鍛冶芝辻清右衛門に鉄砲をつくらせるつもりでいた。

――畿内の合戦にこれを使うたなら、どれほど役立つか分らぬ――

監物は、鉄砲を扱い慣れるにつれ、その魅力が分ってきた。

鉄砲の撃ちかたは、習熟するのにさほど時間がかからない。剣術にせよ、槍の扱いよう、矢の射かたにせよ、長年月の鍛練を経なければ、上達しない。

なみの稽古では、戦場で敵と戦えば相打《あいうち》になるだけである。

そのため、二間半、三間というような長槍をつらね、敵の槍衆と叩《たた》きあう槍足軽でさえ、百姓を集めてきてにわかに人数をそろえるわけにはゆかなかった。

だが、鉄砲の扱いかたに、微妙な極意というほどのものはない。

むずかしいといえば、吸湿性のつよい火薬の筒口からの装塡《そうてん》と、その調合のしかたであった。

煙硝は硝石粉末と木炭、硫黄の三種を混合してこしらえる。いずれも吸湿性がつよいので、晴天、曇天、雨天のときによって、調合のしかたを変えねばならない。

昼間と夜間、乾燥した寒中と梅雨季に、おなじ硝薬の調合をしたのでは、発火しない。

弾丸のこめかたも、要領がわるいと危険であった。

銃口から硝薬をいれ、そのうえに弾丸を落しこみ、棚杖で突きかためるのだが、突きかたがゆるいと、発射したとき、弾丸は四、五間先に落ちてしまう。

乱暴に突くと、突然暴発してわが額に鉛玉をくらうことになる。

弾丸込めの要領が分れば、あとは撃ちかたに習熟すればよい。

筒にはそれぞれ癖があり、弾道がわずかずつ違ってくるので、それさえのみこめば、的に当てるのに、さほど苦労はなかった。

火縄筒は、もともと鳥銃といわれ、空を飛行する鳥を射落せるくらいであるので、命中精度が高い。

射撃したとき、肩にこたえる反動が非常にすくないのである。

鉄砲の射撃は、度胸のすわっていないにわか足軽でも、敵前でわりあい平静を失わずにおこなうことができた。

それは敵に肉迫接近しないでもいいからであった。

六匁玉筒の命中精度は、いくらか扱いなれた鉄砲足軽であれば、三十間はなれたところから握り拳ほどの的を射抜くのに困難を感じない。

だから、鉄砲に向ってゆく者は非常な危険にさらされることになる。

どれほど武芸に熟達していても、いかに大力であっても、弱卒の放つ鉛弾をまともにくらえば、死ぬよりほかはなかった。

当時の鉛弾は、現代の猛獣狩りに使用するダムダム弾とおなじように、ニッケル被覆などないので、命中すると弾丸がひらたくつぶれ、それが体内を旋回して突き抜けるとき、弾丸の出たところの傷跡は、たいへん大きなものになる。首などに当れば、ちぎれんばかりの裂傷を負う。

監物は、材木や鳥獣を的に射撃を重ねるうち、鉄砲の恐ろしいばかりの威力を身に沁《し》みて知らされた。

——これを、五十挺、百挺と数をそろえて撃たれたら、向うて参るほうはたまるまい。雷のような音には馬も竿立《さおだ》ちになるであろうし、侍衆が馬で攻めこんだとて、とても歯が立たぬやろ——

かりに千挺の鉄砲をそろえることができたら、天下無敵かも知れぬと、監物は考える。

合戦に勝ちまくって、他国を攻め取り、金銀財宝も思いのままに手に入れられると思うと、胴震いが湧《わ》きあがってくる。

彼の脳裡《のうり》に、根来の町で杉ノ坊の兄者や芝辻清右衛門らが、種子島より持ち帰った鉄砲を手にとり、讃嘆する光景が浮かんだ。

——鉄砲を仰山こしらえて、畿内一円を根来衆、雑賀衆の手に納めるのも、夢ではないかも分らぬ——

監物は、不可思議な機能を発揮する武器を掌中にして、想像をいくらでもふくらませる。

和泉丸が、船倉に満載した荷の重みに吃水《きっすい》を沈め、貿易風を帆にうけ、晩春の海のうねりをこえてゆくとき、艫屋形のうすべりのうえで、乗客たちの双六《すごろく》、チヨボ一博打《ばくち》などがはじまっていた。

「おきた、ついてこい」

監物はおきたを引き連れ、充分に油で磨きあげた六匁玉筒と火縄、弾丸袋、煙硝入れを提げ、艫屋形を出る。

帆柱の際に歩み寄ると、積荷のうえに寝ころんでいた船頭が、笑いながら起きあがった。

「おのし、舵取りせいでも、ええのか」

「へえ、こげな静かな海やったら、放っといても船は北へ進みまっせ。旦那はこれから、鉄砲のお稽古《けいこ》だっか」

「そうじゃ、おのしもするか」

船頭は手を振った。

「嫌だすわ、あげな恐ろしい得物は、私《わたい》らはよう持ちまへん。あの雷のような音聞いただけでも震いまんがな」

監物は舳に向い、銃口に煙硝と弾丸をこめ、槊杖で突きかためる。

「ひゃあ、それを見るだけで身が縮むきに」

おきたが両手を耳朶《じだ》に押しあてた。

「さあ、これでよし」

監物はくすぶる輪火縄《わびなわ》を肩に、鉄砲を構える。

十間先の舳に、頑丈なユスの木でこしらえた町撃《ちょうう》ち的が立てられていた。

七寸の厚みのあるユスの的には、幾つかの六匁玉がくいこんでいる。

「撃つぞ、立放《たちはな》しじゃ」

監物は立ったまま、鉄砲を構えた。

立放しでは、筒の火挟みをおこすときに、両足を爪立《つまだ》てて、火縄をはさむ。

そのあと台尻をとって筒を胸にひきつけ横たえ、的のほうに廻り膝ですこし廻りつつ、左足より踏みだす。右足はこれに応じてひらき、八文字のような足構えとなる。

監物は台尻を頰にひきつけ引金をひく。

六匁玉筒は轟然《ごうぜん》と咆哮《ほうこう》した。

辺りに濃い硝煙が流れる。

「何や、また撃ちなされたか」

音におどろいた町人たちが、艫屋形から顔をのぞかせた。

「おきた、見て参れ」

おきたは町撃ち的に走り寄り、歓声をあげる。

「当っちょるきに。黒丸のなかじゃ」

「さようか、儂もしだいに功者になってきたようじゃ」

監物は満足してうなずきつつ、槊杖で筒の掃除をしたあと、ふたたび弾丸硝薬を装塡する。

「こんどは膝台《しつだい》でやってみるか」

監物はいったん鉄砲を持ったまま正座したのち、火挟みをおこしながら左の膝を立て、火縄を吹いてはさむ。

つぎに鉄砲の台尻を頰につけ発射する。

右舷《うげん》からつよい風が吹いてきたので、弾丸がいくらか左へ押されたかと思ったが、こんども狙いははずれなかった。

「また当ったがな。旦那は上手じゃなあ」

おきたが手を打ってよろこぶ。

「よし、この調子なら儂もあんまり恥ずかしい腕前でないわい。一日に二千発撃てば上達するといわれたけど、それほど稽古せいでも使いこなせるやろ」

「あんまり鉄砲ばっかり撃ってたら、旦那の体に玉薬のにおいが移ってあかん。抱かれるときに気になるきに」

「におい《ぐ》らい辛抱せえ。紀州へ帰ったら、着物《べべ》買うたるわい」

監物は町撃ち的への射撃を、半刻（一時間）あまりもつづけた。

――そうか、鉄砲放もやっぱり剣術や槍あしらいとおんなじことか。腋《わき》を締めて、わが身を敵にまっすぐ向けることが肝腎《かんじん》やなあ――

毎日射撃の稽古をくりかえすうち、命中精度を増すためには、射撃姿勢を正しくしなければならないと分ってくる。

はじめは射撃するとき、緊張して足腰にこめていた不必要な力が抜け、監物は手にする鉄砲が体の一部であるかのように感じることもあった。

日向灘《ひゅうがなだ》を四国へ向ううち、波が高くなり、船体の動揺がつよまってきた。垣立をこえるしぶきが頭上に振りかかってくる。

「時化《しけ》てきたけん、屋形へ入ろう」

おきたに袖をひかれ、監物は艫屋形に戻った。

「ええ天気やが、これだけしぶきがかかったら、どうにもならん。鉄砲が錆《さ》びるさかいのう」

監物は艫屋形の奥の、屏風《びょうぶ》で囲った一隅に戻ると、さっそく鉄砲の手入れをはじめた。

「旦那は鉄砲ばっかり触《さわ》りたがるんやなあ。私《わたい》を触りとうないのかいな」

おきたが頬をふくらませた。

「昼間から触れるものか。人目もあるのに」

「構うものか、見たい者にゃ見せてやりええんぜよ」

おきたは固肥《かたぶと》りの太股《ふともも》をあらわし、すり寄ってきたが、船がおおきく傾いたので悲鳴をあげ、監物にしがみついた。

屏風が倒れ、土瓶がひっくりかえり、うすべりのうえに茶が流れた。

サイコロ博打に興じていた商人たちも、転げて板壁に背を打ちつける。

「船頭はんよ、急に荒れてきたが、どないしたのや」

「へえ、風がかわって横手から吹きつけてきよるさかい、よう揺れますのや。この様子なら、いったん日向へ戻ったほうがええか。一日ぐらい帆待ちしたほうが、お客人らもしんどいことないやろ」

船頭は帆の向きを変え、舵を廻して舳を北に向けた。

いったん後方に遠ざかっていた陸地が、左舷《さげん》に近づいてきた。

海上はしだいに波が高くなってきた。風がつよいので、波上にしぶきが立っている。

「大分えらいうねりや。放りあげられたり、引きこまれたり、いそがしこっちゃ」

和泉丸は船体をきしませつつ、海岸沿いに北上する。

監物は船上に出て、艫《とも》で舵をとっている船頭の傍へゆく。

「どうじゃ、今夜はこの辺りで碇をおろすのか」

「そうだすなあ。やっぱり岸辺へ寄ったら、風は静まるけど、いつ盗《ぬす》っ人《と》どもが出てくるか、分りまへんのでなあ」

海上はまだ明るく、水深が浅くなったので紫紺から藍色《あいいろ》にかわった海面が、せわしくうねっている。

「もう日暮れどきやし、出てきよるなら暗うなってのちやろ。まあええわい、皆で見張ってたら、船へ乗り移ってはこれまい」

監物は、暗鬱《あんうつ》に樹木の茂った海辺を眺める。

樹林のうえでは、餌をあさる鳥の群れが飛び交っていた。

海賊はどこにでもいる。

僻地《へきち》の海辺に住む漁民が、時に応じて海賊行為をはたらくことは、めずらしくない。彼らは海が荒れると、避難してくる「寄り船」がないかと、待ちかまえている。

船に乗り込む水主《かこ》たちの数がすくないと見ると、たちまち襲いかかってきて、掠奪するのである。

手向えば即座に虐殺される。手向わなくても、証拠をあとにのこすと見れば、船に乗っている者のすべてを殺しつくすこともいとわない。

「うちの船にゃ、大勢ご牢人も乗っていやはるし、津田さまのような鉄砲を使う兵法者もいなはるさかい、海賊もめったに寄ってはこれまへんやろ」

「ほんなら今夜あたりは鉄砲撃てるか。これはありがたい」

監物は艫屋形に戻り、鉄砲三挺を手入れして、いつでも使えるようにみがきたてた。

「おきた、海賊がやってきたら、お前は船倉に入っておれ」

「いや、隠れんでも恐ろしゅうないきに、私は旦那の手伝いするぜよ」

海賊の群れに入っていたおきたは、動じなかった。

船客たちは、船体の揺れが納まってくると、船上に出てきた。

「この辺りで帆待ちすりゃ、安気《あんき》なものや。ここはどこかえ」

「日向の都井岬を北へ廻《まわ》りこんだ辺りですら。ここらは静かやけど、海賊が待ちかまえてる土地だすがな。この船のような大船には、攻めてはきよりまへんやろけど」

船客たちは、船頭の言葉を聞くと顔を見あわせる。

「まえに四国で海賊にやられたときにゃ、おきたに痺れ薬呑まされたさかい、負けたけど、こんどは、寄せてくる奴らを皆殺しにしてやるで」

彼らは意気さかんであった。

堺の商人衆を護衛する牢人の群れは、携えてきた長持から、槍、薙刀、弓などをとりだし、腹巻、籠手《こて》、臑《すね》あてを身につけ、きびしく武装をした。

日が暮れると、牢人たちは三つ叉《また》を組んだなかに鉄の火籠《ひかご》を吊し、篝火を燃やしはじめた。

「がいに燃やさんといておくんなはれ。海賊が寄せてくるのを見張るのはええけど、船火事おこしてしもたら、何にもなりまへんさかいなあ」

暗くなったのちも、風は納まらなかった。

海上を吼《ほ》え猛《たけ》って荒れ狂う突風は、巨大な和泉丸をも揺れ動かせた。

「こげな晩は、海賊が寄せてきやすかろう。どれ、ちと見廻りに出てやるか。おきたも弓矢を提げてついてこい」

監物は三挺の鉄砲と、弾丸硝薬の箱をかつぎ、艫の矢倉に登った。

二坪ほどのちいさな矢倉に水主が四人、弓矢を持って詰めていた。

監物は彼らに命じた。

「汝《われ》らは、胴の間を守れ。ここは儂が守ってやるさかいにな」

「おおきにありがとう存じます。津田の旦那がいて下さりゃ、儂らが三十人、五十人おるより安気じゃ」

水主たちはよろこんで、矢倉を下りた。

監物は三挺の鉄砲に入念に弾丸込めをして、膝もとに置く。

「おきた、酒は持ってきたか」

「あいよ」

監物は香ばしい干魚を肴に、酒を呑みはじめた。

二刻（四時間）ほど経《た》った。

胴の間では宵のうちとかわらず篝火が焚かれていたが、牢人や商人たち六十人ほどの半数は、酒に酔い寝込んでいた。

おきたも監物の膝もとで寝息をたてている。

――賊が出てくるとすれば、これからじゃ――

監物は、夜光虫のきらめきで縁飾りをした波が寄せてきては退いてゆくのを、飽きずに眺めていた。

――紀州へ帰ったら、おきたを和泉のどこぞの湊に、住まわせてやろうかい。堺湊でもよかろう。あそこなら大邑《たいゆう》じゃ。おきたのよろこぶ物をば何でも売っておる――

監物は、おきたの体に掻い巻き布団をかけてやる。

南国ではあるが、寒気が身に沁みた。

監物は茶碗の酒を呑みほし、酒壷《さかつぼ》を手にとろうとして、横手の海面を見おろし、眼をみはった。

――やっぱり来よったぞ――

海面に浮き篝を置いていないので、闇にまぎれ、和泉丸の後方から櫓《ろ》の音を忍ばせ数十艘の小舟が漕ぎ寄ってきていた。

監物はおきたを揺りおこす。

「これ、起きよ。海賊がうせおったぞ」

おきたが起きあがる。

「物音をたてるでないぞ」

いいつつ監物は鉄砲をとりあげた。

海上の敵に狙いをつけようと、振り向きかけたとたん、背後に殺気を感じ、身をひねる。

いつのまに船上にあがっていたのか、乱髪の海賊が一人、太刀をふりかざし、斬《き》りつけてきた。

監物はその胸をめがけ、轟然と撃った。

六

弾丸に胸を貫かれた海賊は、のけぞり艫矢倉の階段から転げ落ちた。

綱梯子を投げあげ、舷側に登ってきた海賊たちは、はじめて聞く雷鳴のような轟音と闇を裂く火光に胆をつぶし、立ちすくむ。

「それ、つぎの鉄砲じゃ」

監物はおきたから受けとった鉄砲を、舷《ふなばた》でうごめく黒影にむかい放った。

絶叫とともに、ひとりが海へ落ちた。

海賊の群れは狂暴な喚声をあげ、監物めがけ斬りかかってきた。

監物は慌てず三挺めの鉄砲の狙いを、先頭の巨漢の胸につけ、引金をひく。無駄な一発もなく、監物は三発を放つと腰の刀に手をかける。

「旦那、ほれ鉄砲じゃ」

おきたがいつの間に弾丸《たま》込めしたのか、鉄砲を手渡す。

「ほい、これは助かるわい」

監物は眼前二間ほどに迫った敵の胸板めがけ、むぞうさに撃った。

煙硝の煙がたちこめるなか、二尺ほども火薬が飛び散って、喉《のど》に弾丸をうけた敵は、ちぎれかけた首のつけねから血を噴きださせつつ、あおのけに吹っ飛ぶ。

「あいよ」

おきたがまた弾丸込めした鉄砲を差しだす。

胴の間に寝ていた水主《かこ》、牢人衆が、刀槍をふりかざし、殺到してくると、監物の鉄砲に浮き足立っていた海賊どもは、われがちに海へ飛びこみ、逃げうせた。

「お前は気のきく奴じゃ。火急の際のはたらきは、侍も及ばぬほどであったわい」

監物は火薬にくろずんだ指先で、おきたの頭を撫でた。

「旦那のおはたらきのおかげで、大事にいたらず済んで、ほんまにお礼の申しあげようもござりまへん」

船頭が艫屋形へきて、床板に額をすりつけ、礼をのべた。

「いや、儂はさほどのはたらきをしたわけではない。鉄砲という得物の力に、海賊どもがたまげて逃げたまでのことじゃ」

監物は笑って、三挺の火縄銃を顎で示した。


その後の航海は、何事もなく過ぎた。

和泉丸が土佐室戸岬の沖を北へ回りこむと、海上のうねりは静かになった。

「ここから先は、阿波の日和佐辺りに海賊が出るというが、日向や土佐の奴輩ほどの大人数ではない。堺まではもうじきじゃ」

「いつ頃着くのかえ」

「この凪なら、今夜のうちに着くやろう」

おきたはうつむき、口をつぐむ。

「何じゃ、お前。不興げな顔つきじゃな。何とした」

おきたは黙ったままである。

「これ、何とした」

監物に問われ、彼女はようやく口をひらいた。

「旦那はおきたを捨てるのではないのかや」

「なにゆえじゃ、捨てる気など毛頭ないわえ。妙なことを気にいたす女子じゃのう」

「堺へ着けば、なんというてもにぎわう湊じゃ。おきたより容色《みめ》よき女子もいくらなりともおろうがえ。男はなべて浮気ゆえ、旦那もはやおきたを捨て、あらたな女子に乗り替えるやも知れぬがな」

「阿呆な口を叩くでないぞ。儂はそげな浮気者ではないわい」

「嫁御がおりながら、おきたをなぐさみものにしておるではないか」

「それは別儀《べつぎ》のことよ。儂らは早う逢うたなら、夫婦《めおと》になっておったであろうが、遅すぎたまでのこと。嫁がおろうと、好いた女子ができてなぜ悪い。儂はお前のほかの女子には心を移しはせぬ」

和泉丸は日の暮れがたに、淡路の沖を過ぎ、堺湊に入ったのは、五つ（午後八時）頃であった。

「今夜は堺の上宿《じょうやど》で、ゆるりと泊り、明朝には根来へゆくぞ」

「え、お屋敷へは行《い》なぬのかえ」

「おうよ、行ぬものか。根来へいけば、忙《せわ》しい仕事が待ってるわい。大事な荷を、皆待ちわびておるさかいにのう」

監物は懐中に残った路銀をはたき、荷船を呼び、二十五挺の鉄砲と、鉛、白煙硝の荷を陸へ運んだ。

船宿に着くと、彼は主人に過分の鳥目《ちょうもく》を手渡す。

「この荷は蔵へ入れ、寝ずの番を三人、いや五人つけてくれ。明日の明け方六つ（午前六時）には紀州根来へゆくが、牢人者を五人雇うておいてくれ。供に連れていくさかいにのう」

「へえ、そうだっか。よっぽど値打ちのある荷だすなあ」

監物はしばらく考え、主人に告げた。

「やっぱり、蔵へは入れんわい。座敷へ運んでくれ。儂の傍に置いとかねば、気がすまぬ」

監物は広い座敷を借りうけた。荷をすべて運ばせ、燭台《しょくだい》を並べ、昼間のような明るさのなかで、布団をのべさせる。

「親爺、湯風呂は沸いておるか」

「へえ、いつでもお入りになれまっせ」

「よし、ではおきた。風呂で垢を流してこい。この宿には南蛮渡りのサボンと申す垢すりもあるほどにのう」

「旦那はどうなさるえ」

「お前があがってから入る」

監物はおきたが湯殿へ去ったあと、酒肴を運ばせ、あたたかい夜気を呼吸しつつ、翌朝の段取りを考える。

――和泉の千石堀《せんごくぼり》の辺りでは、雑賀衆と高野《こうや》、根来の坊主どもが絶え間ものう小競りあいをやらかしておるゆえ、遠回りをいたさねばなるまい。なにしろ、二十五挺で二千両にもなろうという宝ゆえ、途中で賊に奪われるようなことがあれば、取り返しがつかぬ――

その夜、監物とおきたはながいあいだ睦《むつ》みあった。

「いかような事が起こっても、おきたを捨てぬかえ」

「くどいわ、さようにおなじことをくりかえすものではないわ」

監物は素姓《すじょう》も知れないおきたを、いままでは紀州の屋敷に置いてきた女房よりも、身近な存在と思うようになっていた。

「男と女の縁《えにし》というものは分らぬわい。儂はいままでは、お前を離す気など持ってはおらぬ。いつまでも、いっしょに暮らすのじゃ」

「おきたも離れぬきに。旦那と別れたなら、乞食にでもなるよりほかに、すべもない身の上じゃきに」

翌朝、監物とおきたは、荷を運ぶ馬車の脇について、堺を出立した。

「根来までは十里あまりじゃ。今夜には着くわい」

空は晴れわたり、頭上で雲雀《ひばり》が騒がしく啼いている。

熊野街道を南へむかう監物たちの頬《ほお》を、段々畑の下手から吹きあげてくる海風が、やわらかくなぶった。

見渡すかぎり、麦畑と菜畑である。ところどころに漫々と水をたたえた大池があった。

監物は集落に入ると、雇った牢人たちに荷車の周囲を守らせ、自分も油断なく弾丸込めした鉄砲を小脇に抱えこむ。

牢人たちは、監物の肩にかけた輪火縄が細い煙をあげるのを見つつ、問いかけてくる。

「旦那、その鉄砲ちゅうものは、鉛玉を飛ばすものじゃと聞いとりまっけど、どこから飛ぶんだっか」

「ここからじゃ」

監物は銃口を指し示す。

「へえ、どないに飛ぶんだっか」

「矢よりも速い」

「へえ、見てみたいものだすなあ。どうや、皆の衆」

牢人のひとりが、仲間をふりかえる。

「見たいもんじゃのう。南蛮渡りじゃと聞くが、そげなめずらしいものが見られたら、眼の法楽《ほうらく》じゃ」

「旦那、鉄砲を一遍だけ使うてみておくれやっしゃ」

「なに、見世物ではないぞ。それに、弾丸も煙硝も大事じゃ。無駄には使えぬわい」

「そげなこといわはらんと、見せたっておくれやすな」

監物は怒気をあらわす。

「お前どももしつこいではないか。儂が牢人を雇うたのは、荷の番をさせるためで、機嫌をとるためではないわ」

牢人たちは黙りこむ。

「何ぞ不服かのう。不服ならばここより堺へ戻るがよい」

「いやそげなことはおまへん。ここから去《い》んだら、満足に日傭賃《ひようちん》を頂戴でけまへんがな」

鳥取の荘という在所を通り過ぎる頃であった。

監物は宿の主人の仲介で雇った牢人たちの様子が、微妙に変ってきたのに気がついた。

――こやつらは、宿の主《あるじ》にこののちも仕事のなかだちをしてもらわねばならぬゆえ、客の機嫌をそこねてはならぬはずだが、どうにも面妖な雲行きじゃ。どうやら、こやつどもは、値高い積荷を奪い取って、逃げるつもりではないか。そうであれば用心せねばなるまい――

監物は途中の茶店で中食《ちゅうじき》休みをする際、おきたに命じた。

「お前も荷のなかより一挺とりだし、弾丸《たま》込めしていつなりとも撃てるようにいたしおくがよい」

淡輪という在所を過ぎると、道は山手にむかった。

辺りは林が多くなり、田畑ではたらく百姓の姿も見えなくなってきた。

坂道にさしかかり、両側に杉の疎林がつらなるところへくると、牢人のひとりが突然立ちどまり、ひとりごとのようにいった。

「ここらでよかろうがえ」

馬借《ばしゃく》人足が、馬を停《と》めた。

「何をするんじゃ、誰が停《とま》れというた」

監物は鉄砲を構え、馬車の荷を背にして叱《しか》りつける。おきたも、傍に寄り添っていた。

牢人の兄哥《あにき》分が、歩み寄ってきた。

「旦那え、悪いがなあ、この荷は金目の物らしいさかい、こっちに貰うで。承知してや。お前《ま》はんらも気の毒やが、口を塞がせてもらうで」

監物は聞くなり、その男の顔に、鉄砲を発射した。

耳をつんざく雷鳴のような銃声に、馬が騒ぎたった。刀の柄《つか》に手をかけ、詰め寄ってきた牢人は、銃弾に顔を吹き飛ばされ、硝煙のなかにくずおれた。

「旦那」

おきたが手にしていた鉄砲を渡す。

監物は引金をあげて、牢人たちに声をかけた。

「おのれども、かような死にざまになりたいか。どうじゃ」

監物の威嚇《いかく》にさからうように、牢人のひとりが刀をふりかざし、黄ばんだ歯なみをむきだし飛びかかってきた。

銃口がふたたび轟然と火を噴く。

地面に叩きつけられた牢人は、胸から血の棒を噴きあげる。

監物は弾丸を装塡していない鉄砲を、残った三人の牢人にむけ、威嚇《いかく》した。

「死にたけりゃ、風穴をあけてやるぞ」

三人は地面に平伏した。

「助けておくんなはれ、私《わたい》らはそそのかされただけだす」

監物一行が無事に根来寺門前町に着いたのは、暮れはてたのちであった。


ひと月が経った。

監物とおきたは、根来杉ノ坊の覚明の屋敷にいた。

二人は毎日二の膳《ぜん》の馳走《ちそう》でもてなされ、丁重な客人の待遇をうけていた。

監物は根来刀鍛冶の芝辻清右衛門の仕事場へ、覚明とともに毎日出向く。

清右衛門は腕利きの弟子十数人を呼びあつめ、鉄砲張り立てに熱中していた。

火熱のたちこめた仕事場では、上半身裸となった工人たちが、汗みずくで銃身製作にとりくんでいる。

清右衛門は、監物の持ち帰った鉄砲の絵図面をもとに、鉄製の銃身、木製の台木、台木にはめこまれたカラクリをこしらえようとした。

カラクリは、薄い鉄板を鍛えつつ延ばしてゆく。細い導火孔を火皿から銃身へあける作業も、さほどむずかしくはなかった。

銃身の基底部にある捻子が難物であったが、これも監物が聞きとってきた製作の手順に従い、こしらえるめどがついた。

銃身は、種子島の番匠がやった通り、三、四寸の短い筒をつくり、それを継ぎあわせてゆく方法をとれば、歪《ひず》みのすくないものがつくれると分った。

長髪を背に垂らした根来の僧兵たちが、鉄砲張り立ての作業場を、しばしば見物にきたが、清右衛門は家に入れるのを拒んだ。

「ここで張り立てた鉄砲が、合戦でえらいはたらきをやったなら、誰にでも見てもらうがのう。いまはまだ、うまくつくれるとも何とも分らんさけに、見てもらえんわい」

清右衛門がはじめて五挺の鉄砲を張り立てたのは、六月はじめであった。

「ようやったぞ、芝辻殿。では儂が試し撃ちをして進ぜよう」

監物は、杉ノ坊の大塔裏の林のなかで、試射をした。

「なにしろ、一挺銀三枚じゃ。うまいこと飛んでくれたら、大儲けになるわい」

清右衛門が期待するのも、無理はなかった。

監物が持ち帰った二十五挺の鉄砲は、五挺を手許に残し、二十挺を一挺につき銀三枚（三十両）という、おどろくばかりの高値で売り払っていた。

買手はいずれも、根来僧兵の頭領たちである。

試射の場には、三千人に及ぶ僧兵が見物に集まった。

「遠町（遠距離射撃）をやるほどの腕ではないが、まあ一町ぐらいなら、当るやろ」

監物は二寸厚み、人体ほどの大きさの杉板を標的とし、一町（約百メートル）離れた場所から撃つこととした。

「人の絵姿を板に書いておくれ。ほんなら、よけいにはげみになるさけのう」

清右衛門は監物の希望に従い、板に具足武者の絵を描く。

「おきた、五挺に弾丸填めてくれ」

おきたは慣れた手付きで、五挺の六匁玉筒に弾丸硝薬を装塡した。

「さあ、撃つぞ」

騒がしく雑談していた見物人が、静まりかえった。

大気をふるわせ銃声が鳴りわたり、硝煙が木立のあいだに流れた。

一町先の標的の傍にいた検分役が、白旗を振った。弾丸が命中したのである。

「めでたや、芝辻殿。この鉄砲は使いやすいぞ」

監物が、傍にひかえる清右衛門に、笑顔で呼びかける。

監物は、五挺の鉄砲をつづけさまに放った。弾丸はすべて標的に命中し、杉板を貫通していた。

「これはなかなかに、力のつよきものじゃな。合戦に使うてみるのも、おもしろかろう」

僧兵たちは、二寸板を貫いた鉄砲の威力におどろいていた。

梅雨があがり、夏空に入道雲が聳《そび》える六月末、紀伊雑賀宮郷《みやごう》と根来寺とのあいだに、境界争いから小競りあいが起こった。

「合戦じゃ、根来からは三百人ほどが押しかけてゆくが、こたびの戦《いくさ》には鉄砲を持ってゆくといたそう」

杉ノ坊覚明の判断で、部隊のうちに二十挺の鉄砲がそなえられた。

「おきた、儂もいってくるで」

監物は腹巻に身をかため、六匁玉筒を提げ、軍勢にまじって出陣する。

「旦那、危ない目をしてはいけん。生きて帰ってちょう」

おきたは監物の袖にすがり、かきくどいた。

根来衆の小部隊は、紀ノ川の堤を河口にむかい二里ほど走って、宮郷の地侍がかためている、紀ノ川支流の橋際に達した。

敵は橋板を取りのぞいていた。

橋を渡るには、橋桁《はしげた》を伝ってゆかねばならない。

橋の向いから、古畳をたてつらねて楯のかわりとした敵兵が、しきりに矢を射かけてくる。

「構わぬ、矢切りをしてやるわい」

一人の僧兵が高下駄をはいたまま、薙刀を横に構え、橋桁を渡りはじめた。

矢がつづけさまに飛んできた。

僧兵は薙刀をひらめかせ、矢を切りおとすが、ついに額ぎわに一本が刺さり、川に水煙をあげて落ちこむ。

「何じゃ、あれしきの畳なら鉄砲に任せておけばよきものを、強がるゆえに落さずともよき命を失うのじゃ。見ておるがよかろう」

監物は手早く六匁玉筒に弾丸硝薬を塡め、対岸めがけて放つ。

畳の裏で敵兵が弾丸を受け、倒れたのであろう、にわかに対岸で人の動きがせわしくなった。

「つぎ」

監物は傍の鉄砲足軽から、鉄砲を受けとり、二発めを放った。

こんども手応えがあった。

「それ、皆の衆。撃ちやれ」

鉄砲足軽は川岸に坐り、膝台の姿勢で畳の障壁めがけ、弾丸を集中した。

効果はたちまちあらわれた。

敵勢は対岸からわれがちに逃げる。

「あれを見よ、敵は逃げ走っておる。いまこそ攻め入るときじゃ」

監物が叫び、先頭に立って橋桁を渡った。

僧兵隊は難なく対岸に進出し、合戦は勝利となった。

監物は勝ち誇っていう。

「どうじゃ、鉄砲はよき得物であろうがや」

「まことに、さようじゃ」

僧兵たちは、鉄砲の威力に感じいった様子であった。

七

夏も過ぎ、秋の虫の音がすずろな九月はじめであった。

根来《ねごろ》の芝辻清右衛門《しばつじせいえもん》の仕事場では、三十挺《ちょう》の鉄砲が張り立てられた。

さっそく根来僧兵たちが馬の調練をおこなう馬場で、試射がおこなわれる。

「これだけ数が揃《そろ》ったなら、いよいよ戦《いくさ》のときには鉄砲放《はなち》だけで一隊を組めようぞ」

監物《けんもつ》は二寸厚みの杉板に、等身大の人の姿を描いた標的にむかい、一町離れた場所から狙《ねら》い撃つ。

僧兵たちが人垣をつくって、見物していた。

「さあ、撃つぞ」

清右衛門の弟子に弾丸を装塡させ、監物はつづけさまに鉄砲をとりかえて撃つ。

標的の傍の検分役が、命中を知らす白旗をつづけさまに立てる。

「なかなか、弾道《たまみち》が確かや。これなら使えるわい」

監物は身辺に硝煙をたなびかせつつ、歯を見せる。

おきたが僧兵にまじって、見物にきていた。標的はたちまち穴だらけになり、足軽があたらしい板ととりかえた。

監物はおきたに笑いかける。

「お前、ここへきて一遍撃ってみよ」

おきたは首をすくめ、かぶりをふる。

三十挺の試射が終るまでに、馬場には黒ずんだ硝煙がたちこめた。

「こげな物をば、五十人も並んで撃ったら、音と煙で敵もびっくりしようかえ」

僧兵たちはうなずきあい、鉄砲の威力にあらためて怖気《おぞけ》をふるう。

「どうなえ、出来栄えは」

試射を終え、顔についた煤《すす》を手拭《てぬぐ》いで拭《ふ》いている監物に清右衛門が問う。

「うん、さすがは根来の刀鍛冶《かじ》や。見事なものやよ。弾道も、おおかたはまっすぐ通ってるしのう」

監物は清右衛門の肩を叩《たた》いて、高い笑声をひびかせた。

「兄者よ、これで五十五挺の鉄砲が根来寺に備わったのや。早速に鉄砲放の一隊を組んで、合戦のときに先手に立てて使うてみよか」

「そうやなあ、先手にも使えようし、退陣《のきじん》のときにも、五十挺も揃えて撃ち放してやったなら、敵は腰抜かそうかえ」

「そうや、五十人揃えて稽古《けいこ》さひちゃれ。五十挺の鉄砲持つ者が、ばらばらにはたらいたら、せっかくの力も出てこんし、おたがいに怪我《けが》するさけのう。隊組んで、三手に分けて撃たすとか、考えんならんのう」

鉄砲は発射の際に、火薬の滓《かす》が一間（一・八メートル）ほども先まで飛び散るので、前にいる者がそれを浴びると怪我をする。

「お前、鉄砲放の頭《かしら》になってくれんかえ」

覚明に頼まれ、監物は頭を掻《か》いた。

「そうやなあ、まあやってもええけど、儂《わし》は主仕えがきらいや。勝手にやらせてくれるのなら、手伝うてもええよ」

監物は射撃の腕前がいい。

「儂は生まれつき、鉄砲撃つのが性《しょう》に合うてるのかも分らん。他人は儂のように的へ当てられんさかいのう」

彼はおきたに自慢した。

「ここしばらくは、鉄砲をば飯の種にできるわい。また種子島《たねがしま》へ出かけて、鉛と白煙硝と、鉄砲をば買うてくりゃ、たちまち大金が儲《もう》かるわい。そのときはお前も連れていっちゃる」

「えっ、種子島へまたいくのかえ。うれしいのう」

目をほそめるおきたを、監物は膝《ひざ》のうえに抱きあげ、乳首をやわらかく揉《も》む。

おきたはたちまち身もだえ、監物に身を押しつけてきた。

「おきたは思うたよりええ女子《おなご》や」

「なんでそげなことをいうのかえ。はじめはええ女子と思うておらなんだのかえ」

「うむ、男のあいだを転がされてきたあばずれと思うてたが、さほどでもない。ちと運が悪かっただけの、ふつうの女子と分ったのや」

「ほんなら、長うかわいがってくれるかえ」

「うむ、そのつもりや」

監物は腎気《じんき》のつよい男であった。

彼は気がのるとおきたを昼間からでも押えこむ。おきたははじめは監物の底知れない精力をおそれていたが、いまでは彼に惚《ほ》れこんでいた。

秋晴れの日がつづいていた。

監物は毎日馬場へでかけてゆくと、僧兵たちに射撃の調練をする。半月ほどのあいだに、三百人ほどの兵士のうちから五十人をえらびだした。

「おのしらは、こののちは鉄砲隊にはいるのや。合戦のときは、いっち先手に出て撃ちあうのやぞ。そのかわり、お前らは役料をば仰山貰《ぎょうさんもら》える。なみの足軽の五層倍もやるんじゃ。しっかりやれよ」

「合点じゃい」

僧兵たちは長髪を振りたて、勇みたった。

――どうやったら、こやつらをば手際ようはたらかせられるやろ――

監物は考えこむ。

夜になって、畳のうえに碁石《ごいし》をならべ、ひとりごとをいいつつ組みかえては溜《ため》息《いき》をつく監物を見て、おきたが笑う。

「旦那《だんな》はなにをしちょるんじゃ。子童《こわっぱ》が碁石遊びをしちょるようじゃが」

「なに、子童とな。この儂がなんで小《ち》っさい子供に見えるんじゃ」

おきたは口に手をあてる。

「見える、見える。考えごとをしよるときが、ほんまに子童に見える」

「なにを、そげなことをぬかしおったなら、仕置きをしてやるわい」

「して、おきたは仕置きされるのが好きじゃ」

監物は、胸乳を押しつけてくるおきたに押され、あぐらを組んだまま、あおのけに倒れる。

「こりゃ、ええ加減にせんかい。仕置きはあとじゃ」

「あかん、いまじゃ。いましておくれ」

おきたが自分で帯を解くのを見ると、監物は自制できなくなる。

彼の鼻先に、女の肌の香がひろがった。

監物は昼間は馬場へ出て、五十人の僧兵の調練をする。

彼は十二人ずつ四組に分けてみた。一組に組頭を一人と、全隊の隊長、副隊長をそれぞれ一人定める。

その組立ては、悪くはなかった。乱戦となったとき、四組が交互に射撃をおこない、たがいに扶《たす》けあうのである。

「よし、これでやってみよら」

監物は行軍のとき、二列に縦隊を組ませる。

「いままでのように、物頭《ものがしら》、寄親《よりおや》のまわりに、寄子《よりこ》が集《つど》うて、なにとはなしに群れだって、戦へでかけるようなことでは、鉄砲放の役目はつとまらん。ちゃんと隊伍《たいご》を組んで、隊長、組頭の下知のもとに一糸乱れず動かな、あかん」

監物は、隊長、副隊長には、隊列の前後の物見役をも兼ねさせる。

「さあ、こういう組立てでやることにするか。毎日々々、稽古せなんだら、合戦の場では見事な進退ができんわい」

秋日和《びより》がつづき、根来の山なみは紅葉の色あいを増してゆく。

五十人の鉄砲衆は、監物の総指揮のもと、激しい調練をつづけた。

「鉄砲の撃ちかたにはのう、居放《いはな》し、膝台《しつだい》、中放《なかはな》し、立放し、逆膝放し、諸《もろ》折り放し、腰放しと、さまざまあるんじゃ。それをば思うがままにこなさなんだら、一人前の鉄砲放とはいえんわい。いざ合戦となったら、撃つ音で耳が割れるようじゃ。玉薬の煙で隣りの味方の顔も見えんわい。指図する組頭の声もよう聞えん。

そのうえ、硝薬の滓《かす》がまっかに燃えつつ飛び散る。敵は目のまえに走ってきくさる。そげなときに、ふだんと変りものうふるまえるには、日頃の稽古がいるんじゃい」

監物は、鉄砲衆の調練に、砂煙をあげて精進《しょうじん》する。

屋敷へ帰ると、おきたが呆《あき》れた。

「旦那の着物は、黄粉《きなこ》まぶしたようじゃが。おまけに袴《はかま》の裾《すそ》は三日ですりきれてしまうのじゃ。ちとどうにかならんかえ」

監物は陽灼《ひや》けた頰《ほお》をゆるめ、笑った。

「おきたよ、まあ見ていよ。そのうちにゃ、敵も味方もびっくらこくような、強い鉄砲衆をばこしらえちゃるわい」

僧兵たちは、監物の指図のままに、疲れて動けなくなるまで調練をつづける。

監物は皆が馬場での調練に馴《な》れてくると、野外へ連れだす。

「お前らは、いつまでも平場で稽古してたとて、一人前にはならんわい。合戦は山中でもやるし、坂道、深田《ふけだ》でもおかまいなしじゃ。そげな所でも、立派に撃てなんだらあかんのや」

監物に叱咤《しった》され、尻《しり》を蹴飛《けと》ばされつつ、五十人の鉄砲衆の技倆《ぎりょう》は、しだいに向上していった。

彼らのうちで、了全、規外という二人の兵の技倆が目立って伸びた。

「おのしらは、なかなかのもんじゃ。儂よりはるかに上手になったわい」

了全たちは、うれしげに答える。

「それは監物さまの教えかたが巧いさかいでござります」

「よし、おのしらは儂の助教になれ」

了全と規外は、なみはずれた視力をそなえていた。

縫い針に糸をつけ、松の枝にぶらさげておいて、三十歩はなれたところから射撃すると、百発百中である。

「この真似だけは儂にもできんわい。おのしらの眼は、鳥の眼えみたいやのう」

監物は感心するばかりであった。

彼が鉄砲を立放しの形に構え、前目当《まえめあて》のわずかな凹みを通し、いかに眼をこらしてみても、三十歩先の針は撃てなかった。

風が吹き、針がチカリと光るのを見逃さず、轟然《ごうぜん》と発射し、駆け寄ってみると、弾丸は外れていた。

了全、規外は一発も外さない。

「お前らは、鉄砲放に生まれついたようなもんや。恐ろしい奴《やつ》らやのう。よし、お前らは合戦になったら、敵の大将を狙い撃ちする役になれ」

鉄砲という利器ができたおかげで、いかなる武芸兵法の達者も、一発で鳥か兎《うさぎ》を撃つように、簡単に命を絶つことができるのである。

たまに調練を見にくる覚明ら、根来衆の頭領たちに、監物はいう。

「どうや、世のなかは月日とともに変ってゆくというが、この鉄砲を上手に使いこなせる者が千人いてたら、どこの大名と合戦やっても、負けることはないわ。いかなる大豪の者でも、一発でコロリと死んでしまうのやさかい、えらいことになってくるで」

覚明たちは了全、規外の妙技を実見すると、舌をふるっておどろくばかりであった。

「これは、狙われたらしまいやなあ。なんと恐ろしい得物やのう。一町先でドンというたら、わが体を鉛玉《なまりだま》で貫かれるのやさかい、防ぎようもないわ」

たまに、死んだ牛馬を目標に射撃することがあったが、その威力はすさまじいばかりであった。

六匁《もんめ》玉筒の鉛弾は目標に命中すると、回転しつつ体内を貫くので、当った部位はちいさな孔《あな》があくだけであるが、射出孔は、径三寸（九センチ）ほどの大孔になる。

「これなら、人の首に当ったら、飛んでしまうのう」

「そうや、足に当ってもブラブラに千切れかけるよ」

鉛弾は柔らかいので、肉や骨の抵抗を受けるとひらたくつぶれ、破壊力を増すのである。

鉄砲衆は、訓練をつむうちに、どのような情況のもとにおいても、効果的な銃撃がおこなえるようになった。

「おのしらは、鉄砲放の技はひととおり覚えこんだが、まだ、玉薬のあわせかたを知らんやろ。これは実もってむつかしいのや。日和によってちがうし、春夏秋冬によってもちがう。それは、これから鉄砲を使いながらに覚えていくよりほかはないのや。いっしょに覚えていこら」

銃身に弾丸とともに装塡《そうてん》する硝薬は、硝石粉、硫黄、木炭粉を調合したものであった。

これらは、いずれも吸湿性が非常につよいので、雨天、湿度のたかい日には、調合の割りあいを変えなければ、発火しないことになる。

監物にも、硝薬調合の経験はみじかいので、教えることはできなかった。「早合《はやあわせ》」と呼ぶ、薬莢《やっきょう》の役目をする紙筒と、玉薬入れは、桐油を充分に塗りこみ、湿気を防いでいるが、雨天の場合はまず鉄砲を使うのは無理であろうと、監物は見ていた。

「この火皿にのせた硝薬に、カラクリで火縄の火を移し、筒のなかの硝薬に引火して、弾丸《たま》が飛びだすわけやが、火皿が雨に濡《ぬ》れたら、どうにもならんのや」

了全が、そういう監物に、思いついたようにいう。

「火皿のうえに、皮かなんぞでこしらえた雨覆いをつけたら、ようござりますやろ」

監物は感心した。

「ほう、おのしはええことを思いつく男やのう。雨に蓑笠《みのがさ》というが、そうやったなあ。火皿に傘かぶせたら雨にゃ濡れんわのう」

監物はさっそく火皿のうえを覆いこむ形の、兎の皮でこしらえた雨覆いをつかい、雨天につかってみた。

湿気がつよいので、不発の場合も多かったが、十挺のうち六、七挺は火を噴いた。

「これはええが。雨中でも立派に撃てるとなったら、敵に不意討ちをくらわしやすいわい。なんとかして、夜中にも撃てたらええがのう」

了全たちはいろいろと試してみたのち、奇妙なものを持ってきた。

「これはホタルグサというものでござりますが、夜になると、根のところが光りますのじゃ。これを先目当と前目当に塗っておけば、夜中でも撃てますやろ」

「うむ、ほんまにそうやなあ。これはええことを教えてくれたのう」

監物たちは、夜間に敵陣へ忍び寄り、鉄砲を撃ちかけることもできるようになった。

師走《しわす》も末に近づいた朝、覚明が監物の座敷へ駆けこんできた。

「監物よ、陣触れや」

「なに、合戦か」

「そうじゃ、また雑賀《さいか》の宮郷の奴輩が、こっちの領分へ押しいって、焼討ちしくさったんじゃ」

「敵の人数は、どれほどや」

「千人ほどもいてるらしい。紀ノ川の土手が、人でいっぱいやと物見がいうてきたのや」

「こっちは幾人出すのよ」

「やっぱり千人ぐらいは、出さなんだらしかたないのう」

「そうか、ほや、まえよりもはたらき甲斐《がい》があるんやなあ。よし、兄者よ。儂らの鉄砲衆を先手に出ひてくれ」

「分ったよ。しっかり手柄たてておくれ」

監物は、鉄砲衆五十人を率い、根来衆千人の先頭に立った。

金銀もまばゆい具足に身をかため、肥馬にまたがり槍薙刀《やりなぎなた》をひらめかす、歴戦の根来衆僧兵たちは、徒歩で鉄砲を担ぎ、あらわれた監物たちを見て、どよめく。

「おう、鉄砲衆か。徒立《かちだ》ちで、あんまり見栄えはせんが、恐ろしい奴らやてのう。狙《ねら》うた的は外さんらしいよ」

監物は先祖伝来の「非理法権天」の旌旗《せいき》を隊の先頭にひるがえし、冬の野をよこぎって戦場へむかった。

紀ノ川の土手に達すると、むかいの土手には、敵兵が蜂《はち》のように群れていた。

「仰山いてくさるわい。一発やっちゃるか」

味方が対岸へ渡るため、川岸につないだ船に乗りこみはじめると、敵方から矢が雨のように飛んできた。

冬枯れどきで水がすくなく、三町ほどの水面をはさんでの矢戦《やいくさ》である。

遠矢の射手には手頃な距離であったが、鉄砲を撃つには遠すぎる。

監物は身辺に楯《たて》をつらね、出番を待っていた。

「さあ、鉄砲衆よ。乗ってくれ」

船が廻《まわ》されてきて、監物たちは乗りこむ。

敵の矢が、舷《ふなばた》に立てつらねた楯に激しく当り、ひび割れをつくる。

「お前ら、撃つ支度《まわり》はじめよ。船が向う岸へ着くまえに、撃ちはじめるろ」

監物は大声で下知した。

八

川船に乗っている鉄砲衆は、櫂《かい》のかげで弾丸をこめる。

一艘《そう》に十二人ずつ乗りこんでいるので、四組の兵士が交互に射撃するのに都合がいい。

対岸に近づいてゆくと、敵兵の怒号が騒がしく聞えてくる。

「根来の売僧《まいす》めが、今日は上臈《じょうろう》連れてきてへんのかえ」

「早う来んかい。おのれらは鉄砲とやらいう奇態なものを使うて戦するそうやが、儂らにも使うてみせよ。餓鬼の手なぐさみぐらいのものやろがのう」

「さあ、その船をば割っちゃるわい」

宮郷の地侍たちは、強弓を引いて遠矢を射かけてきた。

広言の通り、彼らの使う矢は一間ほどもある長大なもので、小薙刀の刃のような鏃《やじり》がついている。

「ほれっ」

「そりゃっ」

矢声とともに射込んでくる矢は、鉄砲衆の乗る船に命中すると舷をおおきくひび割らせ、浸水してきた。

「ふむ、あやつらは小癪《こしゃく》なふるまいをいたしおるわい」

監物はゆるやかに船を対岸へ近づけてゆきつつ、敵兵の姿を観察する。

地侍たちは、鉄砲の威力を噂に聞いているのか、古畳、竹束をたてつらねたかげから、矢を射かけてきた。

「これでは鉄砲を撃っても当らんわい。仕方ないのう、炮烙《ほうろく》を二、三個投げちゃるか」

監物は小者に担がせた胴乱《どうらん》を船中でひろげ、冬の陽射しを眩《まぶ》しくはじく球のようなものを取りだした。

それは、銅製の球であった。直径五寸（十五センチ）ぐらいで、球のなかには爆薬と多数の鉛弾が詰っている。

球にはみじかい竹の柄がついていて、その付け根にみじかい導火縄《みちびなわ》がとりつけられていた。

監物は炮烙火矢と呼ぶその武器を、種子島で十個ほど買いもとめてきていた。それは鉄砲が伝来する以前に、中国から伝えられたものであった。鉄砲のように遠方の敵を攻撃できないが、接近戦では鉄砲よりはるかに大きな威力を発揮できた。

監物は小者に手伝わせ、炮烙火矢の導火縄に点火するなり、船中に立ちあがって気合いとともに陸岸へ投げた。

「そりゃっ」

弧をえがいて飛んだ黒い塊は、敵勢の頭上に達したとたん、地軸をゆさぶらんばかりの大音響を発した。

敵兵が薙《な》ぎ倒されるように倒れこみ、動かない。

監物はつづいて一個、炮烙火矢を投げた。

冬枯れの堤に閃光《せんこう》が走り、黒煙が湧《わ》きあがる。

宮郷の地侍たちは耳をつんざく轟音《ごうおん》に動転し、弓矢を持って逃げ走る。馬が狂奔し、主人を振り落して駆け去ってゆく。

「それ、今じゃ、一の手からいけ」

一艘《そう》の川船が揺れながら岸辺に舳《みよし》をつっこみ、鉄砲を提げた十二人の僧兵が長髪をなびかせ、葦間《あしま》に飛び下りる。

炮烙火矢になかば壊された竹束のかげから、敵兵が烈《はげ》しく矢を射かけてきた。

「撃ちやれ」

岸辺に近づく三艘の川船から、十二挺ずつ三段撃ちがはじまった。

銃口《じゅうこう》が火を噴くと、弓を引きかけていた敵兵がはじかれたように地に倒れる。

弾丸を受け、竿立《さおだ》ちになった馬が転倒したままもがく。

岸に上った一の手の僧兵が、地面に腹這《はらば》いになり、交互に前方の敵影を狙撃《そげき》し、味方の上陸を掩護《えんご》する。

五十人の鉄砲衆が堤へ進出するのに、四半刻（三十分）もかからなかった。

「今度は味方の先手衆が川を渡るのを護《まも》ってやらんならん」

監物は部下を指揮して、河原に散開させた。

「居放しの構えで撃ちやれ。皆、組頭の指図通りに動くのや。ええか、勝手なまねはするなよ」

五十挺がかわるがわる火を吐くと、敵は怯《おび》え近寄ってこない。

監物は味方が集結した後方の堤に小旗を振って、水際を完全に確保したと知らせる。

僧兵たちが小船に押しあって乗りこみ、続々と紀ノ川を渡ってきた。

「大分来たようじゃな」

「うむ、もう三百か、いや四百近う来たやろう」

僧兵の群れは槍薙刀を輝かせ、楯を担いで堤にあがり、陣を敷く。

枯葦が踏み散らされた堤には、怪我で動けなくなった敵兵が、降参して手当を受けていた。

「監物はん、鉄砲で腹撃たれたら、助からんやろのう」

僧兵のひとりが聞く。

彼は眉《まゆ》をひそめ、腸のはみでた敵兵が戸板に乗せられ、運ばれてゆくのを見ている。

「うむ、鉛弾は腹のなかで舞うさかい、傷は深いよ」

僧兵は声もなくうなずく。

堤に伏せていた物見が、大声で叫んだ。

「来たろう、敵が来たろう」

監物は鉄砲衆を堤のうえに散開させた。
四、五町先の鎮守の森蔭《もりかげ》から、土煙をあげ地侍の突撃部隊が押し寄せてくる。
「人数はどのくらいなら」

「三百、いや四百より多かろう」

敵勢は旌旗《せいき》を巻いて馬背に伏せ、冑《かぶと》を傾け突撃に移った。

「うわあっ、うわあっ」

彼らは喊声《かんせい》をあげ、矢玉を怖《おそ》れる様子もなく、地を蹴《け》ってくる。

「あやつらを片端から撃ち倒せ。あわてるなよ。あわてりゃ、仕損じるんじゃ。

四段撃ちで、おちついていけ」

堤のうえから、僧兵たちは十二挺ずつ的確な狙撃をはじめた。

敵の荒武者たちが、将棋倒しに地に転がる。

「侍衆は馬を狙え」

喊声をあげ、寄せ太鼓を乱打しつつ押し寄せてきた宮郷の精鋭は、見る間に人馬の損害をふやし、ついに動揺の色を見せた。

「もうひと押しや。二段撃ちでいけ」

二十四挺ずつ二組の鉄砲衆が斉射を浴びせると、敵はたまりかねたように左右へ逃げ、隊形を崩した。

「逃げる奴輩を一人でもやったれ」

監物が怒号し、鉄砲は火の舌を吐き、咆哮《ほうこう》をつづける。

鉄砲衆が健闘し、敵勢は白兵戦をはじめるまえに、四、五十人も倒され、ついにひるんだ。

猛射をつづける監物たちの耳に、敵の乱打する退き鉦《がね》の音がとどいた。

「あやつらは逃げるぞ。逃げりゃ、追い討ちしかけよ。一人も逃すな」

土手のかげに集結していた僧兵たちおよそ五百人ほどが、合図の押し貝の音を聞くなり、堤を乗りこえ、敗走をはじめた敵のあとを追いはじめた。

監物のきびしい表情が、はじめてゆるんだ。彼は小者に命じた。

「おのしは川端《かばた》で待ってる儂の馬をば、曳《ひ》いてこい」

彼の傍を、僧兵の小部隊が幾つも突撃をはじめ駆け去ってゆく。

「大勝利じゃ。これで儂らの貰いうける恩賞も多くなることやろ」

監物は追撃戦に移った味方の前進するさまを眺めつつ、頬に笑みのかげを浮かべた。


その夜、根来寺では夜の更けるまで戦勝祝いの酒宴がつづいた。

監物たち鉄砲衆は、多くの恩賞を手にして酒肴《しゅこう》に酔いしれる。

僧兵の頭役たちは、かわりあって監物に祝盃《しゅくはい》を捧《ささ》げた。

「鉄砲というものは、鳥威《おど》しみたいなものやと思うてたが、あれほど力のあるものとは知らなんだわい」

「こののちの合戦じゃ、監物殿の鉄砲衆にすがって、はたらかひてもらうことになるやろのう」

覚明が監物の傍にきて、盃《さかずき》を差しだす。

「儂の盃を受けてくれよし。今日はようはたらいてくれたのう。お前は土佐で妙な女子をば拾うてきたが、やっぱり芯《しん》はしっかりひてるわい」

「阿呆なことをいうな、兄者」

覚明は表情をあらためた。

「今日の合戦見て、儂ははじめて鉄砲というものが、得難い道具やと分ったんよ。これから根来寺こぞって、鉄砲を一挺でも多く張り立てようやないか。おのしは種子島へ通うて、煙硝に鉄、鉛をば仰山買《こ》うてきてくれよし。そのための費《ついえ》は、気遣いせいでもいくらでも出すさけにのう」

覚明は根来僧兵の頭領衆と相談して、鉄砲の大増産をおこなうことに決めていた。

鉄砲一挺を張り立てるのに、米三十石はいるが、高値を嫌うことはなかった。新兵器を用いて合戦に勝てば、利益は湯水のように流れこんでくるのである。

九年が経《た》った。天文二十一年（一五五二）夏、監物は三百人の根来鉄砲衆を率い、京都にのぼった。

彼は市女笠《いちめがさ》をかぶったおきたと、馬にあい乗りしていた。

監物と鉄砲衆が京都へあらわれたのは、将軍足利義輝《あしかがよしてる》に招かれたためである。

義輝は管領細川晴元《かんれいほそかわはるもと》とともに、三好長慶《みよしながよし》の軍勢と京都で対戦していた。

第十二代将軍足利義晴《よしはる》が同年五月半ばに病気で世を去ってのち、新第十三代将軍義輝は、三好氏に制圧されている京都を奪回すべく、晴元とともに七月初旬、京都に兵を動かし、吉田、岡崎辺りの洛東に進出した。

義輝、晴元は四千余の兵力であった。三好の兵力は二万に近い。義輝、晴元には近江《おうみ》守護六角定頼《ろっかくさだより》が味方していた。定頼が総力をあげれば、三好に対抗しうる兵力を集めうる可能性がある。

監物は、吉田山に本陣を置いた義輝のもとにおもむいた。

義輝は、銀閣寺裏山の中尾の峯《みね》にも城郭を築いていた。

義輝は細川晴元を呼び、監物に会わせた。

「そのほうども、南蛮渡来の火縄筒を巧みに使うと聞くが、この場にて使うてみせよ」

「かしこまってござりまする」

監物は一町の距離を置いて角《かく》（標的）を撃つ、町撃《ちょうう》ちの技をまず披露することにした。

彼は五十余の角を立てさせ、十二人ずつ四組の鉄砲衆に実弾射撃を試みさせる。

四組交替での射撃は、吉田の峯々に轟々《ごうごう》と鳴りひびき、標的の板はすべて割れ飛ぶすさまじい光景であった。

「これはおそろしや。百雷の落つるがごとき音もさることながら、的を外さず撃ち割るいきおいは、ひたすら息をのむばかりじゃ」

義輝は晴元と顔を見交すばかりであった。

「つづいて三十匁玉筒を撃ってご覧にいれまする」

義輝は、巨木のような三十匁玉筒の威容に圧倒された。

「それを撃てば、いかなる的が射抜かれるのじゃ」

「さようにござります。まずは城門の扉とか、陣小屋などは木《こ》っ端微塵《ぱみじん》とあいなりましょう」

「それはおもしろや。ならば陣小屋を撃ち砕いてみよ」

監物は、芝辻清右衛門が苦心の結果つくりだした三十匁玉筒に弾丸硝薬をこめ、重い銃身《じゅうしん》を膝台で支え、三町先の陣小屋を狙った。

義輝、晴元以下、諸臣が息をのみ見守るうち、三十匁玉筒は耳も潰《つぶ》れんばかりの発射音とともに、火の舌を吐いた。

「おう、あの様を見よ」

義輝は膝をうち、立ちあがった。

三町先の陣小屋は、形もなくうずたかい木屑《きくず》となっていた。

「これほどの兵具があれば、三好方など怖るることはない」

監物は義輝、晴元から盃を頂戴《ちょうだい》して、面目をほどこした。

その夜、義輝の有力部隊がたてこもっている、中尾城に近い民家に泊った監物は、閨《ねや》でおきたに聞かれた。

「旦那は、大君さまや管領さまが勝てると思うてるのかえ」

監物は暗い天井を向いたまま、答える。

「いや、あかん。阿波の三好は荒れ獅子《じし》や。誰も勝てんわい」

「ほや、何で味方するのよう」

「金じゃ、金にきまってるわい。なみの日傭賃《ひようちん》の百倍もの金を出ひてくれるさかい、きてやったんや。そやさけ、皆にもよういいふくめてるんよ。合戦で負け色が見えてきたら、一目散に逃げることじゃ。ぐずついて命落すなとのう」

「ふうん、幾日ぐらい保《も》つかのう」

「さあ、分らんがのう。近江の六角が本腰いれてきたら、形勢も変るやろが、いまのところは、まずあかんのう。三好の衆が狂うて出たら、半日も保つまいかえ」

監物たち根来衆は、九年のあいだに紀ノ川口の雑賀衆とともに、日本最大の鉄砲集団に成長していた。

彼らの備える鉄砲の数は、五千挺にのぼるといわれる。誰にも実数は分らないが、根来の芝辻鍛冶が堺に進出し、大量生産をはじめてから久しい。

鉄砲を雨中でも使いこなすことのできる、根来、雑賀の鉄砲衆は、たちまち諸国の戦国大名たちによって、勝利を得る唯一最高の持ち駒《ごま》として、重宝されるようになっていた。

監物が京都へ連れてきた根来鉄砲衆は、諸国を渡り歩いた歴戦の傭兵たちである。

「うちの連中は、戦のかけひきには馴れてるさかい、ぐずついて命とられるようなことはすまいがのう。まあ、お前は儂の傍を離れんように気いつけておれ」

監物はおきたの豊かな胸乳に手をのばす。

三十に近い年頃になったおきたは、監物に体をまさぐられると、身をもだえすり寄ってくる。

「お前は、いつまで経っても飽きのこぬ女子やなあ」

監物はおきたの体を抱き寄せ、組み敷く。

おきたとの九年余の歳月で、子供は産れなかったが、監物は満ちたりた思いを味わってきた。

おきたは優しく、彼にまといつくようにして生きてきた。

監物は紀州の妻子に逢わなくなって、久しかった。

ときたまおきたに聞かれる。

「紀州の嫁御が、気にならんかえ」

監物は笑って、かぶりを振る。

「もう忘れてしもた。いま頃は子供らも儂がおらぬほうが、心地よい暮らしを送れると思うてるのと違うかのう」

監物は、妻子には豊かに暮らせるだけの金子《きんす》を送っていた。

「儂は、お前とは死ぬまでいっしょにいんのや。男と女子の縁はふしぎなものやなあ。半年も経たぬうちに別れようと思うておったお前と、これほど長うつきあうことになろうとは、存念のほかであったからなあ」

監物たちは、翌朝から吉田山にいて、義輝の身辺を護衛した。

三好の猛将三好長逸《ながやす》と十河《そごう》一存《かずまさ》が指揮する阿波の精鋭が、賀茂川の西岸に旗差物をなびかせていた。

「あやつらを、一夜といえども安穏に眠らせるでないぞ」

晴元は毎夜のように足軽勢を出し、三好の陣所を襲わせた。

足軽勢の人数は二百人ほどであるが、機敏に進退して敵を悩ませ、おどろくほどの戦果をあげていた。

九

将軍義輝が在陣する中尾城は、小規模ではあるが、花崗岩《かこうがん》を豊富に用いた頑丈な山城であった。

空濠《からぼり》を三重にめぐらし、二重に壁をつけ、そのあいだに石を詰め、鉄砲玉の貫通を防ぐ仕掛けをしている。

義輝を擁する細川晴元は、本陣を吉田山に置く。近江守護六角定頼の陣は、北白川瓜生山《うりゅうやま》にあった。

晴元、定頼はともに、二万余の三好勢を警戒し、総攻撃をしかけなかった。

晴元は七月十四日の夕刻、監物に命じた。

「今宵《こよい》、足軽勢五百ほどが、敵に不意討ちを仕懸くるゆえ、そのほうどもが加勢してやってはくれぬか」

「承知いたしてござりまする」

監物は不敵な笑みを見せ、承知した。

彼は陣所へ戻り、組頭、小頭に出陣を告げる。

「これから山下《さんげ》へ参って、ひと合戦するさかい、目当に蛍をつけよ」

蛍とは、蛍火のように燐光《りんこう》を発する苔《こけ》である。

それを照準器の前目当、中目当に塗りつけると、月のない闇夜《やみよ》でも射撃の狙いをつけられる。

「今夜は風もないし、えらい蒸し暑いが、腹巻つけるかえ」

「儂はそげな物はいらんで。暑さでへこたれるより、死ぬしかええわい」

根来衆の壮丁たちが、にぎやかに雑談をしながら戦支度をはじめた。

「草鞋《わらじ》の鼻緒は、布とか髪毛のはいってない、切れやすいものがええぞ。岩角に引っかけたりひて、ぐずついてたら、いっぺんにあの世行きや。敵は待ってくれんさかい、何事も手っ取り早うなけら、あかんわい」

監物は隊伍のあいだを廻って歩き、小声でいう。

「お前ら、心得てることやろけど、くれぐれも深入りするんでないろ。ええか、こげな合戦で首取られたら、死に損や。そやさけ、皆ひとかたまりになって、おのおの組ごとに町撃ちをやったら、近寄ってくる敵は居てくさらん。

儂らはここの陣場《じんば》をば借って、手柄たてて金儲けするんや。このことを忘れるでないろ。金儲けもようせんと、体に風穴《かざあな》あけられたら阿呆じゃい」

陽が落ちると、まもなく東の山なみに月が昇った。

五百人の足軽勢は、やがらもがら、金砕棒《かなさいぼう》、鉞《まさかり》、大身の槍など、白兵戦で手っ取り早く威力を発揮する武器を担いでいる。具足をつけず、上体が裸の者も多かった。

監物は笑いつつ、三百余人の根来衆へ下知する。

「儂らは足軽衆が斬《き》りこみやすいように、鉄砲さえ撃ちかけてりゃええのじゃ。今夜は狭い町なかの合戦やさけ、組ごとに切れ目なしに撃っちゃれ。そうすりゃ、敵は近寄れまいよ」

「分ったよし」

足軽勢は夜討ちに慣れた者ばかりであった。

彼らは触れあえば音の出る道具には、すべて襤褸《ぼろ》を巻いている。監物ら根来衆は、あとにつづいた。

足軽大将は、額に大きな刀疵《きず》があり、右頬《みぎほお》に槍先で突かれた引きつれのある、獰猛《どうもう》な面がまえの男である。

背丈はさほど並みはずれてはいないが、五尺四、五寸はある。飛ぶように敏《びん》捷《しょう》な足取りで近づいてくると、監物にいった。

「この先の大路へ出たら、十河の人数が仰山いよりますのや。逆茂木《さかもぎ》やら柵やらこしらえよって篝《かがり》をば焚《た》いとりまっさかい、儂はまず近所の町家へ火ぃつけまっさ。ほんなら敵があわてて出てきよる。そこを搦《から》んでいって、掻《か》きまわして逃げますのや。そこで、御辺《ごへん》らが出ておくれやす。寄せてくる奴《やつ》らを撃ちとりますのや」

足軽大将は、監物らが持つ恐るべき威力をそなえた新兵器に、興味を示した。

「頭領《とうりょう》はん、合戦のあとで一遍その鉄砲をば、撃たせてもらえまへんやろか」

「撃つのはかめへん。いくらでも撃ちよし。しかし、無駄玉はあかん。敵の一人など狙うて撃ってよう」

監物は笑いながら、足軽大将の肩を叩いた。

「さあ、ここら辺りで陣を張れ。弾丸《たま》込めて、組ごとに控えやれ」

三百人の鉄砲足軽は、十二人ずつの小集団に分れて、暗い道筋に散開する。

「いつ、どこから仕懸けてきたとて、すぐに対応できるように、油断せんと控えてるんやぞ」

監物は低い声で部下に告げて回る。

彼は敵が来たら、鉄砲の一斉射撃で度胆《どぎも》を抜いてやると、待ちかまえていた。

細川の足軽勢は、大将が無言のまま手ぶりで示すと、猿の群れのように迅速に進退し、町屋の軒下へ消えた。

まもなく風上に火の手があがった。

ひとところではなく、諸所に炎が噴きあがる。

「火事やあ、逃げよ」

「戦やぞ。ぐずついたら命ないぞ」

町の男女の叫び声があがり、鶏犬がいっせいに啼《な》きはじめる。

路上に子供の手を引く女房、重荷を背負った亭主、馬車、牛車をせきたてる商人たちが湧《わ》くようにあらわれ、風下へと先をあらそい逃げてゆく。

彼らのあとを追い、槍、薙刀《なぎなた》の刃を光らせた三好衆の軍兵があらわれた。

重い具足をつけ、滝のように汗を流している彼らは、いらだって喚《わめ》く。

「付け火をしたるは、敵のスッパか。出てうせよ。勝負いたせ。いたさぬなら、こなたより参ろうぞ」

彼らは陣所に火の粉が降りかかり、飛び火しはじめたのでうろたえ、柵の外へ押し出してきた。

「それいけ」

細川の足軽大将の下知で、二百人ほどの足軽が大路に躍り出て、敵に矢を射ちかけておいて、斬りかかった。

「細川の手の者、千人推参したるぞ」

「こなたよりも千人じゃ」

白兵戦がはじまった。

細川勢はやがらもがら、金砕棒など重量のある得物を振りまわし、敵の槍薙刀をはねとばした。

精鋭で聞えた十河一存の足軽たちも、細川勢の烈しい攻撃にたじろぎ、浮き足立つ。

「それ今じゃ、いけ、いけ」

細川勢は四方に駆け走り、町屋の物蔭《ものかげ》を利してめまぐるしく隠れてはあらわれる。

三好勢の死傷はふえるばかりであった。

監物の傍にひかえ、戦況を見ている根来衆組頭がいう。

「惣頭《そうがしら》はんよ、細川の衆はあれほどがいにはたらいて、敵をば斬りまくってるのに、なんで二百人しかはたらかんと、あとの三百人が隠れてるのよし」

監物は教える。

「あれは誘うてるんじょ。十河の人数は、およそ一万ほどもいてる。そやさけ、いまに誘いだされて大勢出てきんさる。そうすりゃ、こっちは逃げるんよ。追うてきた敵は、左右の伏兵に横手をば突かれて、散り散りばらばらになるんや」

戦況は監物のいう通りに展開した。

見る間に数を増した三好の軍兵が、揉みあうように大路を狭しと溢《あふ》れ出て、斬りたててくると、こんどは細川の足軽勢が浮き足立ち、総崩れとなった。

彼らは攻めこむのも速いが、逃げ足も速い。たちまちなだれをうって、根来衆の待ちうける方向へ退却してきた。

「こりゃ、待て」

「逃げたとて無駄じゃ。ひっ捉《とら》えて素《そ》っ首《くび》打ちおとしてくれるわ」

三好勢は喚きたてつつ、追ってくる。

さすがに物頭たちは深追いに気づいて、味方を押しとどめようとした。

「待て、停《とま》るんじゃ。このうえ行けば、穽《わな》にはまるぞ。待ち伏せじゃ」

だが、三好の軍兵たちは聞きいれず、獅子《しし》奮迅のいきおいで、逃げる細川勢を追う。

「ほれ、やったろお」

監物が叫んだ。

大路の左右から、三百人の細川衆があらわれ、敵の横手へ斬りこむ。

三好勢は大混乱に陥った。

「引け、引かねば皆殺しにされようぞ」

「後巻《あとま》き（加勢）を呼んでこい。これしきの敵にやられてたまるか」

散々に打ちやぶられた三好勢は、刀を引き、陣所のほうへ火焔《かえん》をかいくぐりつつ退いてゆく。

「なんと大火事になったのう。いまは追風やが、風がこっち向いてきたら、火の手は敵よりおとろしいわい」

「煙硝に火ぃつかんように、覆いかけて、水に漬けよ」

四辺の空気は息もつまらんばかりに熱してきた。

細川の足軽大将が、腹巻を返り血に染めて戻ってきた。

「根来の御大将よ。こんどは御辺《ごへん》のお役目じゃ。よきお手際を見せてくれ」

「あい分った。任せといてくれ」

監物は自ら三十匁大鉄砲に弾丸硝薬を装填し、待ちかまえた。

細川勢が逃げるあとを、地響きたてて三好勢が追ってくる。

監物は落ちついて敵を引き寄せ、下知した。

「それ、撃ちやれ」

大路に散開した百挺の鉄砲が、咆哮《ほうこう》した。

百雷の一時に落ちたかと思える。天も裂けんばかりの轟音に、三好衆は腰を抜かした。

つづいて、二番手の百挺が火の舌を延ばす。

三好の軍兵は、将棋倒しに転倒した。

三番手の百挺の一斉射撃を受けると、彼らは恐怖に駆りたてられ、武器を捨て逃げ走る。

彼らの背後から、容赦なく銃弾が降りそそいだ。

「何じゃ、あの音は」

「大勢やられたというが、何という得物じゃ」

三好の精兵《せいびょう》たちも、はじめて見る鉄砲の威力にふるえあがった。

銃弾《じゅうだん》に倒れた者のなかには、剛勇で知られた三好弓介の与力もいた。

「あれは南蛮の弩《いしゅみ》か。何という恐ろしい得物じゃ。あれを相手では、いかなる武勇すぐれし豪傑も手のほどこしようもないというものじゃ」

「はてさて、あの耳も潰《つぶ》れんばかりの音には、馬も驚き騒いで、進退もなりかぬる有様であったわい。あのような物を持ち出されては、合戦も嫌じゃ」

わずか五百人の足軽と、三百人の鉄砲衆の善戦によって、万余の三好衆が敗北すると、合戦見物の京都町衆は喝采《かっさい》を送った。

「細川の足軽衆と根来鉄砲衆は、なんと強うおすなあ。ほんまに、一騎当千とはあのことや。それにひきかえ、吉田山の公方《くぼう》はんの軍勢や、瓜生山の六角の軍勢は、なんしとるのやろ。形勢を眺めるばっかりで、山を下りる気配もないわ」

義輝、晴元勢の主力は、三好勢との激突を避け、動きを見せず、せっかく監物たちが導いた勝機を見逃してしまった。

三好勢も積極的な攻撃を仕懸けず、いったん兵を山崎まで引いた。彼らは、鉄砲という新兵器に対抗するすべを知らなかったので、被弾による戦死者が数百人に及び、戦意をそがれるに至ったのである。

監物は中尾城に近い陣所で、しばらく滞在することにした。

「公方はんの軍勢には、合戦するつもりがあるのやろか。いままで三好衆と幾度か手合せして、手ごわさを知ってるのやろが、公方はんの近習の臆病《おくびょう》ぶりはどうや。陣場へ出るのも億劫《おっくう》な様子や。これでは、いつまで付いておってもろくなことはないわ。頃あいを見て、引き揚げよら」

監物は、義輝から参陣の褒美《ほうび》として過分の金子《きんす》を貰うと、昼間から酒をくらい、おきたと睦《むつ》みあう。

おきたは監物の傍にいて、片時も離れようとしない。

「お前は、よくよく男好きやなあ」

「なぜじゃ」

「儂と長いあいだ暮らしておるのに、いつでも首に手をまわしたり、うしろから抱きつきにきたりするやろが。それに閨《ねや》の仕事も二刻（四時間）ぐらいは平気じゃ」

「それはそうじゃ。私《わたい》は男好きや。お前が好きで好きでたまらんぜよ」

昼間からほのぐらい寝部屋に蚊帳《かや》を吊《つ》り、二人は汗にまみれてからみあう。

おきたは体力をつかいはたすと、裸形《らぎょう》のまま昏々《こんこん》と熟睡する。

――合戦で、金がいくらでもはいってくるとはいうても、いつ命を落すか分らん。生きてるうちに楽しむのを、はばかることはないのや――

監物は欲望のおもむくがままにふるまい、体裁を飾らなかった。

根来衆の男たちも、僧侶《そうりょ》であるが酒色をほしいままにしていた。彼らは金子に窮することがないので、毎夜京都の町を遊興して歩く。

薄《すすき》が銀の穂をそろえ、深紅のトンボの群れが都大路に飛ぶ十月はじめ、中尾山の監物の住いへ、三好長慶の使者がひそかにおとずれた。

監物は取次ぎの僧兵に、うたた寝の夢をさまされた。

「ようやく来くさったか」

彼は蚊にくわれた毛臑《けずね》を掻《か》きつつ、小袴《こばかま》をつける。

三好の使者は、三好長慶麾下《きか》の物頭であった。

「何の御用や」

「われら主人長慶よりの、書状を持参いたしてござりまする」

「なに、書状とな。近頃、眼が悪《あ》しゅうて、とんと文字を読む気がせぬ。おのしが読んでくれ」

監物は字が読めるが、わざという。

使者は燈台のほの明りで、つかえながら書面を読み下す。

監物はひと通り聞くと、皮肉な笑みを浮かべる。

「長慶殿は、三好党の御大将やが、とるに足らぬこの儂に、味方についてくれと頼まれるのやな」

「さようにござります」

「うむ、三好党と申せば、いまではいかなる強敵をも捻《ね》じ倒せる力を持ってござるのに、根来衆の鉄砲を所望されるのやな」

「さようにござります」

「そうか。儂も公方さまよりは、長慶殿のほうが頼もしいと、ひそかに思うておったところじゃ。都合によっては寝返ってもよかろうぞ」

「それはまことにござりますか。かたじけのう存じます」

「ところで、根来衆三百人を寝返らせるのに、幾らの金子を支度してくれるのや」

「幾らなりとも、いわはるままに支度をさせていただきまする」

「そうか、ほんならいうが、銀百枚や」

銀一枚は、現代の価格で六百万円である。百枚を足軽三百人に均等に分ければ、二百万円ずつになる。

「けっこうでござります」

「しかと承知かえ」

「御約定《やくじょう》は違《たが》えませぬ」

「よし、明晩にはその銀百枚をここへ持ってきてくれ」

「明晩の四つ（午後十時）に、北白川の土橋際へおいで下されませ」

「あい分った」

監物は使者が帰ったあと、組頭、小頭を集めた。

「こげな話が三好長慶からきたんや。はじめに手渡す銀が百枚や。そのあと合戦のたびに恩賞が出る。どうや、いくか」

僧兵たちは顔を見あわせ、うなずきあう。

「それやったら、やったりまひょら」

監物たちはたちまち相談をまとめた。

「あとは夜逃げの算段じゃ」

将軍義輝と細川晴元からも、過分な手当てを貰っている彼らは、不義理を承知で三好方へ走ることにした。

義輝と晴元は、足軽勢と鉄砲衆のみに合戦を任せきりにして、精鋭といわれる将軍近習衆でさえ出撃の気配を見せない。

このままではいずれは三好勢に追いまくられ、大敗戦となるのが目に見えている。

いまのうちに寝返らないと、危ないと監物は判断した。

翌晩、新月が淡く野辺を照らしていたが、監物と根来衆はひそかに陣所を脱出した。

細川の哨兵《しょうへい》が、根来衆の山を下りる姿を発見したが、咎《とが》めもせず、駆け寄ってきて頼んだ。

「私《わたい》もいっしょに、連れていっとくれやす」

監物たちは北白川土橋際へさしかかる。

「ひょっとすると、敵の穽かも知れんさけ、油断すな」

監物は全隊を三段に分け、鉄砲に弾丸込めさせた。

くらがりに蛍火のような火縄の火が、おびただしく明滅し、きなくさいにおいがひろがる。

地虫の声を聞きつつしばらく待つうち、橋のむこう側で、人影がうごめく。

やがて小声で呼びかけてきた。

「津田監物殿はおられるか」

「ここにござる」

監物が答えると、前夜の使者の声が戻ってきた。

「約定の銀子百枚、持参いたしてござるゆえ、そちらへ運びまする」

間もなく幾人かの人足が、重たげに荷を担いできた。

十

監物たちが三好方に寝返ってのち、一カ月半ほど過ぎた十一月十九日の払暁、長慶麾下の摂津、丹波、河内の諸軍勢が、山崎から京都へ乱入した。

総勢四万人という、雲霞《うんか》の大兵力である。

彼らは中尾城下の北白川、吉田、岡崎の諸郷を焼討ちした。

松永長頼らの三好勢別動隊は、山科《やましな》から上醍醐《だいご》、笠取《かさとり》（京都市伏見区、宇治市北部）を通過し、近江の粟津《あわづ》、松本（大津市浜大津）へあらわれ、一帯を焼いた。

十一月二十一日の明けがた、義輝、晴元らは恐怖に駆られ、戦わずして中尾城と瓜生山陣所に火を放ち、坂本へ退却していった。

将軍義輝と細川晴元の逃げ足は速かった。

彼らが中尾城という堅固な拠点《きょてん》を擁していたのに総崩れとなったのは、津田監物の率いる根来衆が三好方へ寝返ったためであった。

監物は蛸《たこ》薬師の辺りに新築の屋敷を貰《もら》い、広大な長屋に三百人の鉄砲衆を置き、酒色にふける日を過ごす。

京都は四万の大軍を率いる三好長慶に制圧された。

「洛中洛外の社寺は、金銀をみやげに長慶殿をたずね、軍兵《ぐんびょう》の乱妨停止《らんぼうちょうじ》の禁制を、先を争って貰いたがっておるというではないかえ。親玉のところに金子がなだれこんでおるのに、こちへまわってはこんわえ。三好本陣の台所役にかけおうて、もっと酒肴をはこばせてこい」

監物は僧兵たちをけしかける。

黒衣の袖《そで》をまくりあげ、丸太のような腕をあらわした僧兵たちは、長髪を背中に揺らせ、かけあいに出向く。

彼らが三好本陣へゆくと、合戦に慣れた阿波衆のあらくれ男たちも、道をひらいた。

「おう、これは根来の鉄砲放の衆か。おのしらの合力《こうりょく》によって、われらは随分とたすかったわい。将軍家の足軽勢も、鉄砲を撃ちかけられては、ひとたまりもなかったではないか」

僧兵たちは声をかけられ、肩を叩かれつつ、台所口へ足を踏みいれる。

「うむ、これはよきにおいがいたしておるようじゃ」

彼らは料理人たちがせわしくはたらいている間に歩みいり、こしらえかけた料理の数々を遠慮なくつまむ。

「このわけの飯は旨《うま》いのう」

「それより、こなたの鮓《すし》のほうがええわい」

「いや、儂は雉汁《きじじる》が好物でのう。ここな小鳥のあぶったのも旨い」

「酒はないか。諸白《もろはく》の上酒《かんしゅ》をもって参れ」

僧兵たちは傍若無人にふるまうが、彼らの威勢をおそれた料理人たちは、とめようともしない。

やがて台所役がやってくる。

「これ、そのほうども。何をいたすのじゃ。これはお殿さまがたへ差しだす膳《ぜん》のものゆえ、おのしらが手を触れるものではない」

僧兵は眼を剝《む》く。

「さような大口を叩いてよかろうかのう。儂らは根来鉄砲衆じゃ。おのれが気がきかず、ちと酒肴に不足いたせしゆえ、われらのお頭がお指図で、貰いうけにきてやったのに、なんといういいぐさじゃい。くれぬならそれでもええわい。帰ってお頭にいいつけるだけよ」

僧兵たちが背をむけ、立ち去ろうとすると、台所役はあわててひきとめた。

「まあ待て、さように気みじかにふるまわずともよかろう」

彼は台所をあずかる奉行に、僧兵の要求を伝えにゆく。

奉行は考えもせず、いい放った。

「なに、根来の者どもが酒肴を欲しいと申しおるか。それならば、望むがままにやるがよい。お殿さまは、根来の監物が申すことなら、何にても聞いてやれと仰せられておるわ」

僧兵たちは、牛車に酒樽《さかだる》、干魚などを山のように積ませ、胸を張って帰っていった。

監物は酒肴がくると、庭へ篝火を焚かせ、酒宴をひらく。

「京の冬は寒うてならぬ。毎日毎夜チラチラと白いものが降りくさって、骨の髄《ずい》に沁《し》みとおる寒さや。こんなときは火を焚いて、酒を呑《の》むにかぎるのよう」

彼はおきたを抱き、大鯛《おおだい》の焼きものを手でほぐし口にはこんだ。

監物たちは正月のあいだ、酒に溺《おぼ》れる日を送る。

長慶からの手当ては、使いきれないほどであった。僧兵たちは五条橋の辺りへでかけ、遊女を買い、戻ってきては博打《ばくち》をする放埒《ほうらつ》な暮らしをつづけている。

監物はおきたに、衣裳《いしょう》やかんざしを買いもとめてやった。

「お前はもとがええ女子やさけ、ちとよき衣裳を着せたら、見違えるように引き立つのう」

「そうかえ、それほどきれいに見えるかえ」

おきたは眼をほそめる。

「京都にはいつまでおるんぜよ」

「そうじゃなあ、三好の威勢のええうちはここに尻をおちつけるつもりや。何というても、合戦もせずにありがたい暮らしができるのやさけにのう」

梅が咲き、庭前にかたまっていた雪もしだいに消え、昼間は汗ばむほどつよい陽射しが照りつけるようになると、僧兵たちは黒光りのする鉄砲を日向《ひなた》へ持ちだし、手入れをする。

三貫匁《もんめ》もある三十匁玉筒を、かるがると片手で提げる大力者《だいりきしゃ》もいる。

「天気がようなってきたら、また戦に出てみたいわえ」

「何というても、合戦すりゃおもしろい目にあえるさかいなあ」

彼らは鉛玉を型にはめてはこしらえて弾袋にいれ、白煙硝、木炭、硫黄を薬研《やげん》ですりつぶして調合し、火薬をこしらえる。

二月五日に陣触れがきた。

長慶の使い番が監物に告げた。

「七日の明け六つ（午前六時）に、戦支度をととのえ、三条縄手へ繰り出されよ。御辺らは松永長頼の先手になっていただきまする」

「さようか、あい分った」

監物は承知したが、使い番が帰ってゆくと僧兵たちにいった。

「松永長頼いうたら、久秀の弟やろ。あげな者の先手に使われたら、根来衆の名がすたるわい。まあ、三好のもとから引き揚げるときがきたようやなあ。この合戦には出陣するが、まともなはたらきはするなよ」

二月七日、松永長頼は三千の兵を率いて大津へむかった。

近江堅田にいる義輝と晴元を攻撃するのである。松永勢は志賀峠を越え、湖東平野へ出て義輝の退路を断った。

堅田の義輝陣営には千に足らない人数しかいない。彼らは狼狽《ろうばい》して琵琶湖《びわこ》の対岸観音寺城にいる六角義賢に急を知らせた。

義賢は急遽《きゅうきょ》大軍をもよおし湖を渡って押し寄せた。

監物は湖面を埋めて近づいてくる六角衆の船団を見ると、根来衆に命じた。

「先手へ出たとて、命を的のはたらきはせんでもええ。敵を寄らさんように、弾《た》丸《ま》を撒《ま》いてたらええのや」

二月九日、松永勢は六角勢と志賀里で戦った。

根来衆は敵が迫ってきても、まばらに鉄砲を撃ちかけるのみである。松永本陣から督励の使者がくると、監物は嘘をついた。

「昨夜の雨で煙硝樽に水が入ってのう。これでは鉄砲が撃てんわい」

鉄砲隊の威力を発揮するのは、もっとはなばなしい戦場でなければならない。こんな小規模な遭遇戦で消耗させられてはばからしいと、監物は考えていた。

松永長頼にも戦意が乏しいようであった。

戦巧者である長頼にしてはめずらしく、消極的な戦いぶりで、五千の六角勢が突撃してくると、伏兵も置かずまっすぐ退却する。戦いは半日で終った。

監物は長頼の意中を察した。

「なるほど、長慶殿は長頼に将軍家を殺せとはいわなんだのやな。早う朽木館《やかた》へ去《い》ぬようにと、脅してこいというたのか」

監物がみた通り、義輝と六角の連合軍は松永勢を蹴散《けち》らしたが、義輝は勝利を得たにもかかわらず、二月十日、堅田から竜華、葛川谷を越え、奉公衆朽木氏のいる朽木谷へ落ちのびていった。

松永勢が志賀表にまで進出してきたのに、怯えたのである。

監物は蛸薬師の屋敷で、おきたの膝まくらでうたた寝する暮らしに戻った。

「これでしばらく戦もなかろう。そろそろ紀州へ引き揚げる算段をするか」

監物が京都の無事に飽いてきた三月四日、事件が起こった。

その日、三好長慶は吉祥院城（京都市下京区吉祥院）にいた。

城とは名ばかりの、濠《ほり》をめぐらした山城守護屋敷であったが、長慶は幕府政所《まんどころ》執事で近頃三好方に就《つ》いた伊勢貞孝を招き、酒宴をひらいた。

京都の政治に詳しい貞孝に、長慶は教えを乞《こ》おうとしていた。

夕刻になって屋敷の塀に沿い、稚児風の少年がしきりに行きつ戻りつしているのを、見回りの侍が見咎《みとが》め、問いただした。

「そのほうは何者じゃ。名を申せ。なにゆえこの辺りを徘徊《はいかい》いたす」

少年は顔面蒼白《そうはく》となり、逃げようとした。

「こりゃ待て、胡乱者《うろんしゃ》であろう」

侍は少年を捕え、吟味蔵に入れ激しい拷問を加えた。

少年は苦痛に堪《た》えかねて、白状した。

「私は大樹（将軍）さまのお指図にて、お屋敷へ火を放ち、長慶殿と貞孝殿をともに焼き殺す算段にござりまいた」

少年の仲間二人は、吉祥院城に近い町屋にひそんでいたが、追捕され、その日のうちに斬首《ざんしゅ》、さらし首にされた。

翌日捕えられた連累者は、六十余人に及んだ。

監物は少年刺客の首がさらされている大路へ、見物にでかけた。

彼は土色になった首級《しるし》を眺め、家来にいう。

「将軍家も、いよいよ奥の手を使いはじめおったか。長慶殿をば亡きものにいたそうとのたくらみは、まだまだつづくであろうがや。ちと様子を見てよう」

三月十四日、伊勢貞孝の屋敷で再度の異変が起こった。

伊勢屋敷では、酒宴がにぎやかにおこなわれた。将棋乱舞などがおこなわれ、長慶も数日まえの事件を忘れるほどであった。

だが、屋敷へ刺客がまぎれこんでいた。

幕府奉公進士晴舎《しんじはるいえ》の甥《おい》、進士賢光《かたみつ》である。彼は招かれていなかったが、邸内に入ると機をうかがう。

座敷で乱舞がはじまると、彼は刀を抜き、長慶に斬りかかった。だが武術に長じている長慶は、白刃を脇息《きょうそく》で受けとめた。

進士は懸命に二太刀めを打ちこむ。

太刀先は長慶の肘《ひじ》をかすめ、直垂《ひたたれ》が破れ血がほとばしる。

「えええい、えええい」

進士は気合いとともに三太刀めをふるったが、長慶はなかば斬り割られた脇息でかろうじて受けた。

「おのれ、何をいたすのじゃ」

長慶の右隣りにひかえていた三好家の相伴衆である同朋《どうぼう》が、危急を救った。

彼は白刃をふるう進士を羽交い締めにして、必死の力で取りおさえた。

「こやつが、御大将を狙《ねら》いしは何奴《なにやつ》が差しがねじゃ」

進士は吟味蔵へ引きたてられ、すさまじい拷問を加えられる。

手足の爪《つめ》に木綿針を刺し通す。顔に濡れ手拭《てぬぐ》いをあて、そのうえから土瓶の水をわずかずつ垂らす。

賢光は気絶しては覚醒《かくせい》することをくりかえし、ついに白状した。

「儂は御所さまのご下命によって、長慶を殺しにきたのよ」

義輝の刺客が多数京都へ潜伏していることが、進士の口から判明し、長慶は再度の襲撃をはばかって山崎城へ帰った。

「公方もやりおるのう。今宵あたりは気をつけよ。いかなる椿事《ちんじ》が出来《しゅったい》するやも知れんぞ」

津田監物は鉄砲衆に、いつ敵が襲ってきても対応できるよう、支度を命じた。

「おきたよ、桜も散ってええ時候になってきたが、どうやら京都もまた合戦の巷《ちまた》となりそうや。ひとはたらきしたら、紀州へ去《い》のかえ」

監物はおきたのひきしまった体を抱きつつ、今後の策を練っている。

三好長慶に協力するのはいいが、ながく彼のもとにとどまっているのは、上策とはいえない。

長慶のいうがままにはたらいてやっていると、鉄砲衆の威力によって勝利を得てやっても、しだいにありがたく思われなくなってくる。

「つぎにひと合戦あったなら、鳥目《ちょうもく》をたんまりと貰うて、引き揚げようかえ。そうするうちにゃ、また難儀が起こって、儂らを迎えにくるやろかえ」

監物は義輝勢がゲリラ戦を仕懸けてくるであろうと、推測していた。

軍勢の総力をあげての戦いであれば、公方勢は三好衆の敵ではなかったが、ゲリラ戦では京都の地理にくわしく、町衆の支持をもうけているので、活躍しやすい。

長慶が刺客に襲われた数日後、京都長坂口（京都市上京区千本通、船岡山の西側を北上して丹波に至る街道）から、公方勢が乱入してきた。

監物の予測した通り、香西元成《こうざいもとなり》、三好政勝らのゲリラ兵である。

彼らは丹波の地侍衆で、幕府最精鋭部隊であった。

京都にいて文弱にながれる幕府奉公衆とはちがい、山間にあって野性を保っているゲリラ兵たちは、洛中へなだれこんでくると、三人、五人の小集団に分れ、諸町に放火する。

昼間は空家、山蔭《やまかげ》に潜伏し、日が暮れると荒れ狂う。

「儂が思うておったように、やっぱり出てきおったわ。あやつらは手がつけられん。追えば逃げ、また引きかえしてくる蠅《はえ》のようなうるさき者どもよ。そのうえ、小競《こぜ》りあいのかけひきに長じておるさかい、うかと仕懸けりゃ手痛き目に遭わされるのや。あげな蝿どもを相手じゃ、儂らの出てゆく仕事はないわ」

監物は根来衆を屋敷のうちにとどめ、動かさなかった。

三好本陣から出陣の催促がきたが、監物は追い返した。

「われらはもっと大きな戦にはたらくために、御大将に雇われておる。あげな木っ端のごとき夜稼ぎの者どもに、鉄砲撃ちかけたとて何の験《しるし》もないわ。三人、五人と分れて攻めいるごとき者どもに鉄砲撃ちかけたとて、仕方もあるまい」

丹波からのゲリラ兵は、執拗《しつよう》に焼き討ちをくりかえし、三好の大軍を翻弄《ほんろう》した。

彼らは千本通りを二条から五条辺りまで南下し、町屋を焼く。

丹波衆の攻撃は四カ月ものあいだ、さみだれのように小刻みにくりかえされた。

「こげな鬱陶《うっとう》しい取りあいばっかりやったら、儂らは用なしや。高い鳥目を頂戴《ちょうだい》してるのも心苦しいさけ、そろそろ退散させていただきたいものやが」

監物が三好本陣へ願い出ると、松永長頼はあわてて引きとめた。

「おのしどもに去《い》なれては、こころもとのうてならぬ。いまにひとはたらきしてもらう時がめぐってこようゆえ、待っていてもらいたい」

監物は機嫌がわるかった。

「儂は京都の夏が嫌いでのう。糞《くそ》暑うて、鍋《なべ》で煎《い》られるようじゃ。早う紀州へ帰って根来の山で昼寝がしたいわえ」

根来衆は無聊《ぶりょう》に倦《あ》き、めざましいはたらきのできる合戦の機を待ったが、七月十四日の夜になって、ようやく願いがかなった。

その夜、長坂口から大勢の丹波衆が乱入してきた。

丹波口の三好方陣屋から狼煙《のろし》があがり、急を知らせる使い番が、二条の松永本陣へ駆けこむ。

「丹波より、三好、香西の者ども多数討ちいってござりまする。人数はおよそ四、五千。弓、鉄砲をも撃ちかけ、町屋に火をかけ、狼藉《ろうぜき》のかぎりをつくしおりますれば、一刻も早うお取りあい召されませ」

丹波衆に加勢して、岩倉（京都市左京区）の山本氏、近江志賀（大津市山中）の山中氏ら近隣の地侍と、かつて三好政長の配下であった織田左近大夫、十河大介、岸和田将監らの人数もまじっている。

三好政勝、香西元成の軍勢は大挙して船岡山から南下し、二条等持寺辺りに迫り、相国寺（土御門内裏北側）に布陣した。

三好勢は虚をつかれたが、ただちに八方へ急使を派し、摂津、阿波、和泉の兵力をあつめ、その数は四万人となった。

津田監物の率いる根来鉄砲衆も、相国寺包囲に動員された。

根来衆は、重量のある六匁玉筒をたずさえ、出撃した。

一発で馬の平頸《ひらくび》をなかばちぎるほどの破壊力のある鉛玉を、一人あたり百発ずつ携行している。

十一

三百人の鉄砲放は、五十人ずつ隊を組み、それぞれ小頭に率いられ、ひそやかに草鞋の音をたててゆく。

合戦がはじまるので、大路には早くも人影が消えていた。

盗賊が空家を蒸しているのであろう、遠近で犬が騒がしく啼き、諸方に火事の焔《ほのお》があがっている。

夜になっても、地面から昼間の熱気がたちのぼり、うだるような暑さであった。

「暑いが腹巻をはずすわけにもいかんし、鉄砲を放りだすこともならぬわい。ものの一町も歩いたら、水を浴びたようになって、身がふやけてしまうぞ」

根来衆の壮丁たちは汗のにおいを放ち、暗い大路を緊張の様子もなく、声をかけあいつつ進む。

「もう去にたいれえ。紀州に去んで、片男波《かたおなみ》で泳ぎたいよ。京都へきてからというものは、潮浴びもできんし、あせもひっこまんわい」

彼らは合戦のたびに過分の鳥目《ちょうもく》を得て、郷里のみやげものを買いととのえている。

行列のなかから、先頭の監物に話しかける者もいた。

「旦那え、わいらはもう合戦に飽いたよう。鳥目も大分溜《たま》ったことやし、去にたいれえ。この合戦すんだら、一遍紀州へ去なひちよう」

監物は笑って応じる。

「そうやなあ。このうえ稼ぐこともなかろうさけ、秋風の立つ時分に引き揚げるとするかえ。まあ、いずれにひても、今夜は派手に燻《くす》べちゃれ。敵は三千ほどで、味方は四万やさけ、猪《しし》狩るより楽な合戦取りあいじよ。花火打つつもりで筒をば撃て」

相国寺へ近づくと、路上には旗差物を押したて、肩印をゆらめかす軍兵の大群がひしめいており、動くこともできない有様である。

「こりゃ、えらい人数やのう。鉄砲燻べる場所もないいれえ」

根来衆は汗と埃《ほこり》にまみれた姿で足をとめ、鉄砲を肩からおろす。

あたりには濃霧のように砂埃がたちこめていた。

牛馬の尿《ゆばり》のにおいがする埃を呼吸しつつ待つ。

遠方から呼び声が聞えた。

「根来の者はいずれにおる。返答せい」

小頭の一人が、大音声《だいおんじょう》で答えた。

「ここにおるれえ。根来の鉄砲はこっちじゃい」

やがて白母衣を背負った使い番が、雑兵の群れを叱咤し左右へ追いつつ馬首を向けてきた。

「これは津田監物殿、ここにおわせしか。御大将がお呼びでござるゆえ、御本陣へおいで下され」

「あいわかった。三十匁玉筒を五挺、馬に曳《ひ》かせておるほどに、道を空けて下され。このままでは通れぬわい」

監物たちは母衣武者に先導され、相国寺山門前に出た。

松並木のあいだの、熱気のよどんだ闇《やみ》に篝火がさかんに火の粉をあげている。

幕をめぐらした本陣では、松永長頼が幕僚たちと戦評定《いくさひょうじょう》をおこなっていた。

「津田殿推参つかまつってござりまするに」

使い番が注進すると、長頼が床几《しょうぎ》から立って手招く。

「監物か、よう参ったぞ。ここへ参れ」

監物は長手拭いで流れる汗をぬぐいつつ、長頼のまえに出る。

「どうじゃ、支度はよいか」

「ようござりますが、京の夏は釜《かま》で煎《い》らるるようじゃというが、まことにさようでござりますなあ。夜なかというにこの熱気は昼間と変りませぬ。蟬《せみ》までが眠れぬのか啼いておりまするが」

長頼も濡れ手拭いで顔を拭きつつ応じる。

「暑ければ、それだけに恩賞をはずんでつかわそうぞ。これは戦勝の前祝いじゃ。取るがよい」

彼は砂金の袋をとり、監物に渡す。

「かたじけのう存じまする。遠慮なく拝領つかまつる」

「さて、今夜の合戦じゃ。こなたの人数は多いが、敵は相国寺の築地《ついじ》うちへとりこもっておるゆえ、うかと仕懸けりゃ手痛き目に遭わさるる。いかように攻めればよいかのう。

そのほうは合戦取りあいにかけては右に出《い》ずる者なき巧者ゆえ、意見を申せ」

監物は即座に返答した。

「それならばまずは忍びを放ち付け火をいたし、そのうえにて先手の衆が大門より押し入り、敵の固めを打ちくだきしうえにて引きさがりまする。

先手といれかわるのはわれらにて、まず三十匁玉を十発ほど撃ちこみ、敵の度胆を抜きしうえにて、五十人組がいれかわり撃ちたて、敵の備えを崩しまする。

そののち味方の総勢が斬りこまれなば、少人数の敵はひとたまりもなく崩れ去り、退《の》き口さえあけてやれば、逃げうせるでござりましょう」

長頼は膝をうち、諸将に令した。

「これより監物が手筈《てはず》の通りに攻めるといたす。まず付け火をいたさせよ。そののち先手の者ども四千人に四門を打ち割らせ、すみやかに引き退かせよ。かわって大門口より根来衆が鉄砲を撃ちかけ、総攻めといたす」

監物は大門のまえに鉄砲衆を勢揃《せいぞろ》いさせた。

彼らの前には、鉞《まさかり》、掛矢《かけや》をたずさえた先手の軍勢がひしめいている。

小半刻（三十分）ほども蚊にくわれつつ待つうち、寺院のいらかがつらなる辺りの空に火光がにじんだ。

やがて火光は焔《ほのお》となり、燃えあがった。

敵陣はにわかに騒がしくなってきた。火焔《かえん》が寺内の幾カ所からいきおいよくひろがり、バリバリと音をたて、暑熱に乾ききった建築を燃えあがらせる。

「それ、いまじゃ」

先手の衆が弓鉄砲を放ち、ときの声をあげて突進し、門扉を掛矢で打ちくだく。

「ここは堅いぞ。鉞じゃ」

「よし、心得た」

分厚い門扉に鉞がうちこまれ、木っ端微塵にされる。

門扉が砕かれると、寺内から槍先をそろえた精兵が喚《わめ》きたて突進してきた。

先手の兵はたちまち退却する。

丹波勢はあとを追って大門の外までなだれ出た。

そのとき、落雷のような大音響がつづけさまにとどろきわたり、丹波勢が将棋倒しとなった。

三十匁玉筒が放たれたのである。

「それ、撃ちやれ」

鉄砲六組の小頭が下知して、六匁玉筒が五十挺ずつ交互に咆哮をはじめた。

丹波勢は火焰を背にしているので、絶好の標的である。

「これは角場（射撃場）で町撃ち（遠距離射撃）してるより、よっぽど楽や。それ、やったれ」

合戦に慣れた根来衆は、冷静に鉄砲をあやつり、襲いかかってくる敵勢を薙ぎ倒してゆく。

丹波勢は三好の大軍のなかへ長槍をかまえた槍衆を先頭に突入し、血路をひらくつもりであったが、あてがはずれた。

天地も崩れんばかりの轟音とともに、切れ目もなく撃ちつづける鉄砲の弾幕に、将兵が吹き飛ばされるように倒されてゆく。

「おのれ、鉄砲ごときにへこたれてたまるか。突き抜け、突き抜け」

丹波勢の侍大将が声をからして下知するが、死傷が続出する先手の槍衆は足をとどめ、やがて隊形を崩して左右へ散った。

監物は扇子をつかいながら、濃い硝煙がひろがってゆく夜気をすかし見る。

「ええぞ、その調子じゃ。撃ちまくれ。敵ははや崩れたったぞ。すき間もなく攻めたてよ」

鉄砲隊は轟々と一斉射撃をつづける。

続々と押しだしてきていた丹波勢は、ついに寺内へ退却しはじめた。

松永長頼は、組みあげ井楼《せいろう》のうえに立ち、戦況を見ていたが、大音《だいいん》に下知した。

「総攻めじゃ、いまこそ手柄をあぐるときぞ。それいけ」

相国寺を包囲していた三好の大軍は、ときの声をあげ、土塀を乗りこえ寺内へ殺到した。

やがらもがら、大薙刀、長巻などをふりかざした阿波三好の強兵がまっさきに殺到する。あとに、摂津、和泉の兵がつづいた。

怒濤《どとう》のように押し寄せる三好勢は、寡勢の丹波勢を取りかこみ、殺戮《さつりく》する。

「殺せ、一人もあまさずぶち殺せ」

彼らは返り血を浴び、赤鬼のような形相《ぎょうそう》で喚きたて、逃げまどう敵を追いまわす。

夜明けまえ、わずか数百に減った丹波勢は血路をようやくひらき、丹波口へ逃走した。

夜が明けはなれても相国寺は黒煙を吐いて炎上し、ついにすべて灰燼《かいじん》に帰してしまった。

「一寺滅亡し了《おわ》んぬ」

と伝えられる惨状であった。

丹波衆の壊滅によって、将軍の京都帰還は絶望的となった。

合戦のあとで、監物は松永長頼から莫大《ばくだい》な恩賞を受けた。

「そのほう、こののちわれらが先手について、侍大将とならぬかや。手柄を重ぬれば、いずれは長慶殿にお頼みいたし、城持ちにも取りたてていただこうほどにのう」

監物は笑って答えた。

「それがしに主仕えいたすつもりはございませぬ。それよりも諸方の合戦に陣場を借り、気儘《きまま》に恩賞を稼ぐが性《しょう》に合っておると申すものにござりましょう」

「さようか、三好が殿は、いずれは天下人となられよう。その暁には出世は望みしだいであろうが」

監物は笑って答えない。

彼は三好長慶に、将軍を廃して自ら天下に号令しようとするだけの器量がないと見ていた。

長慶は将軍を土壇場に追いこんでも、いま一歩というところで抹殺をためらう。

監物は京都の三好勢の忍者たちが、ひそかにささやきあっている噂《うわさ》を耳にしていた。

長慶はせっかく軍事的に幕府を制圧しておきながら、将軍をふたたび京都に迎えようとしているというのである。

「長慶と申す男は、戦いは巧者なれども、昔よりの幕府の仕組みに頼らねば生きてゆけぬ、情なき奴よ。儂らは、雇われし身上ゆえ、さようなことは何とでもなればよいがのう。このうえ京都におったとて、たいしてめざましき合戦もなかろうかえ」

監物は根来衆の組頭、小頭に内心を告げ、八月下旬に京都を引き揚げることとした。

京都から紀州へ帰る道程には、群盗が横行している。

おびただしい金銀を馬の背に積み、引き揚げてゆく根来衆に、彼らが目をつけないわけはなかった。

淀《よど》から近江川（淀川）を船で下ってゆく根来衆は、一艘に三十人ずつ分乗し、鉄砲に弾丸をこめ、輪火縄《わびなわ》に火を点じ、いつ変事が起こっても対応できるよう支度をととのえていた。

三百人の鉄砲衆は、大名の合戦の勝敗をも左右する強大な戦力をそなえているが、野盗たちはそれを顧慮せず、襲いかかってくる。

彼らは人数をいくらでも呼び集められる。

必要に応じ、千人でも二千人でも糾合して、ゲリラ戦を挑んでくる。

鉄砲は、手もとにいりこんだ敵に対しては無用の長物であった。

大坂の野田の河岸で船を下りた根来衆は、そのまま紀州へむかった。

熊野街道を南下するうち、和泉大津の集落に着く頃、日が暮れた。

「この辺りは海賊が多いゆえ、堺津に宿をとればよかったか。ちと先を急ぎすぎたのう。どうするか。このままいくか」

監物は組頭に相談する。

「いきまひょらい。ここから紀州までは十四、五里や。いまから夜通し歩いたら、明日の朝にや、着くよし」

監物はおきたを馬に同乗させていた。

「おきたよ、今夜は夜明かしで進んで、明日の朝には根来へ着く。ちと夜風はつめたかろうが辛抱せえ」

おきたは平然と答える。

「私は一日や二日は寝ずにおったとて、何とも思わんきに」

暮れはてた山野には、虫の声がすずろであった。

空には弦月がかかっている。

僧兵たちは二列になり、金銀と三十匁玉筒五挺を積んだ馬十頭を中軍に歩ませていた。

風がないので、夜盗に襲撃されるおそれはすくないと、監物は見ていた。が、油断はできない。

本隊の左右に並行して十人ずつ哨兵《しょうへい》を歩ませているが、道の両側に崖《がけ》が迫っているところでは、長蛇の列とならざるをえない。

「切所《せっしょ》では、いつ曲者《くせもの》があらわれるか分らぬゆえ、いつなりとも鉄砲を燻《くす》べられるよう、支度いたせ」

激しい警戒をおこたらず進むうち、夜がふけてきた。

ときたま寝静まった集落を通りすぎる。

野犬がたまに吠《ほ》えついてくるが、人の気配はない。

監物は彼と馬首をならべている使い番に小声で命じた。

「この先の樫井川を渡った辺りから山手に入るがのう。あの辺りがどうにも危ういように思えてならんのや。道も狭うなるし、横手から仕懸けられたら、どうにもなろまい。組頭を呼んでこい。ちと相談したいのよう」

使い番が列の先頭へ走った。

まもなく組頭が傍へきた。

「何でござりまっかいな」

「うむ、ここから山手へ入るが、今夜このまま歩んで根来へ戻るのがええか、夜が明けてから物見を大勢出ひて戻るのがええか、どっちやろ」

「さあ」

組頭は考えこんだ。

「やっぱり明るうなってのほうが、よかろうのし」

「お前もそう思うか」

「そうやのし。金、銀、銅銭をば二百貫のうえも持ってるからには、狙いをつけてきくさる盗《ぬす》っ人《と》も、かなりの人数やろさかい、鉄砲の狙いをつけやすい朝に山手へかかるほうが、よかろうのし」

「うむ、先に使い番をば走らひて、迎えの人数をよこしてもらう手もあるわのう」

「それもええ考えやのし。何にしても、暗いうちに山手へかかるのは危かろうのし」

監物と組頭の意見は一致した。

根来衆は街道沿いの村に宿営することにして、村長《むらおさ》を呼びだす。

村長は深夜に鉄砲をたずさえた異装の僧兵が三百人もあらわれたので、怖れて膝をこきざみに震わせている。

監物は村長に告げた。

「儂はこの村の者に危害をなすつもりはない。ここに参っておるのは根来寺の鉄砲衆や。金に不自由いたしてはおらぬゆえ、盗みをはたらく気はない。

今夜は宿を借り、表に篝火を焚くが、鳥目ははずんでやるゆえ、損にはならぬ。ほれ、この袋をとれ」

監物は片手でとるには重いほどに銅銭のつまった布袋を村長に与えた。

根来衆は村のなかに篝火を焚き、怪しい者が近寄らないよう、哨兵を置いたうえで、村内に入った。

監物が指図してまわった。

「身支度は解かず、そのままで仮寝をいたせ。鉄砲はいつなりとも放てるようにせよ。また、人数の半ばは寝て、半ばは起きておれ。二刻（四時間）眠った者は起きよ」

監物は村長の家の庭で床几に腰をかけ、朝を待つことにした。

僧兵の半数は仮眠をとり、半数は村長の家の周囲に散開布陣して異変にそなえる。

「ここなら、五百人や千人の盗っ人が押しかけてきたとて、気遣いなかろう」

監物は組頭とうなずきあった。

十二

夜が更《ふ》けてくると気温が下り、冷えこんでくる。

虫の音のみがすずろに聞えていた。風もなく静まりかえっている。

おきたは村長の家の帳台の間で掻《か》い巻き布団にくるまって寝ている。

「これから夜明けまえにかけて、いっち冷《ひ》えこんでくるのう」

監物は篝火をまえに、組頭と濁酒をくみかわす。

野戦に慣れた僧兵たちは、野原に散開するとき腰のまわりに、古小袖《こそで》、帷子《かたびら》などを巻きつけている。

夜露の冷えは体に毒であることを、彼らは知っている。冷えは知らぬ間に足から這《は》いのぼってきて、腹痛を誘う。

腹痛をおこさないまでも、厠《かわや》が近くなる。

いま用を足したばかりであるのに、腹がさしこんでくる。

「静かやのう。犬の声が聞えんようになったわえ」

篝火の照り返しをうけた監物の顔に、きびしい警戒の表情があらわれている。

「そうやのし。ぼちぼち出てきくさったかのし」

組頭があいづちをうつ。

野盗が大挙してあらわれたかも知れない。

監物たちはおびただしい金、銀、銅銭と鉄砲三百挺、三十匁玉筒五挺を持っている。

鉄砲の代価は一挺につき米十五石である。足軽の年当り扶持《ぶち》が一石八斗《と》の時代であった。

千人、二千人の野盗が襲いかかってきてもふしぎではない価値の品を、監物たちは運んでいる。

「物見にいくかえ」

監物が声をひそめ、組頭にいう。

全部息を吐いたのちの、忍者独特の低い風音のような声である。

監物は楠《くすのき》流軍学をたしなみ、根来忍法をもこころえていた。

「よろしやす。お供するよし」

二人はすばやい身ごなしで、篝火のまえをはなれ、闇に身を沈めた。

彼らは半弓と矢筒を身につけている。

稲田の畦《あぜ》を足音もなく影のように走り、小川の畔《ほとり》に出た。先行する監物が身を伏せると、組頭も地に耳を押しつける。

川の対岸、およそ半町ほど離れた辺りに、人のざわめく気配がした。監物と組頭の鍛えた聴覚は、二十町先の軍勢の移動をも聞きとることができるので、眼前の闇のなかにひそむおびただしい人の動きは、手にとるように分る。

——この辺りの野原一帯にひろがっておるようや。人数は千ほどか、いや、二千ほどか。これはちと大事になりかねんわえ——

監物はささやく。

「なかなかの人数やなあ。どれほどかのう」

「そうやのし。まあ二千ほどかのし」

組頭も監物と似通った数を口にした。

「川渡るかえ」

監物は組頭とうなずきあい、二間ほどの幅の川を身軽に飛びこえる。

「犬に気いつけよ」

忍者の最大の障害は犬である。

夜目のきく二人は腹這いになり、人の気配のほうへ這い寄ってゆく。

突然、間近のくらがりで誰かが咳《せき》をした。

監物たちは行手をすかし見る。太い松の木の下に、四、五人の男が腰をおろしている。

彼らのうしろに、懐《ふところ》ガンドウ提灯を地面に置いているのであろう、蛍火のような明りが見えた。

その辺りには無数の人影が動いている。

四、五人の声がはっきりと聞えた。

「いまやるか、夜明けどきにやるか、どっちにするかや」

「いまやれ。いかに根来衆というても、三百人や。四方から取り抱えて仕懸けたなら、物の数ではないわえ」

「いや、それは下策や」

監物は耳をすます。

どうやら盗っ人どもの頭衆が、監物たちにいつ襲いかかるか相談しているらしい。

「あれだけ篝を焚きよるのは、いつ仕懸けられても遣《や》り返せるように支度しよるさかいや。いま、うかと仕懸けたら、こっちの人数が多けりゃそれだけに、手負い死人が仰山《ぎょうさん》出よる」

「ほんなら、どうすりゃええんや」

「いまは触《いろ》わんと、明日の午《うま》の刻（正午）にかかる時分にゃ、熊野道とろうと浜手の道とろうと、どうせ山手へかかるやろ。そこを狙うて仕懸けるのや」

「なるほどのう。切所で一気に押し切るか」

「そうや、あやつらが陣を組めぬところで、勝負するのや。ほんなら鉄砲を撃ったかて当らんわい」

「そうか、それが上々の手やろなあ」

「よし、それでいこか」

監物と組頭はうなずきあい、這って小川の岸へ戻った。

村長の庭に着くと、監物は小頭たちを集めた。

六人の小頭は、監物から野盗の大群が間近に迫っていると聞かされると、顔色を変えた。監物は盗っ人どもの動きを伝える。

「そこで、どうするかや。あやつらもなかなか巧者《こうしゃ》なことを吐《ぬ》かすわい。儂らが一列で山道にさしかかるところへ仕懸けてくるというのや。さて、どうするかや。明日はここを動かんようにするが、じっとひてたら、盗っ人どもの数はふえてくるばっかりや。いったん大坂へ戻って、雑賀荘から根来へ入る手もある。しかし、海路をとったら、海賊に狙われようかえ。そこで、いますぐに使いを根来へやって、後巻き（加勢）をよこしてもらうのが、まずまちがいのない手やろと思うが、どうなえ」

小頭たちは相談しあうが、やがて一人が答えた。

「お頭のいいなはる通りでええと勘考いたしますらよし」

「そうかえ、ほやそうしようか。使いには誰をやるかえ」

「お頭が決めてよし」

「うむ、了賢と実範にいかすか」

「そら、ええのし」

了賢、実範は根来衆のうちで、聞えた忍者であった。

年頃はいずれも三十路を過ぎているが、体力ははたち前後の若衆も及ばない。

監物は二人を呼ぶ。

「お前ら、すぐに根来へいって後巻きを呼んできておくれ。儂らはいま和泉大津の在所で盗っ人に取り囲まれてるさけ、助けにきてくれとな」

「盗っ人は、どれほどいてるんよし」

「いまは千のうえ、二千までやが、時が経つうちにゃ、ふえるいっぽうや。ぐずついてたら身動きもならぬようになってしまうわい。そのように杉ノ坊へいうて、五、六百ほどの味方を連れてきてくれ」

「分ったよし。ほや、ひと走りいってきますらよし」

了賢と実範は身支度をととのえ、南方へ走り去った。

彼らは熊野街道をとらず、間道を伝ってゆくのである。盗っ人たちは街道筋には伏せ奸《かまり》という伏兵を置いているにちがいなかった。

「さて、了賢らが根来へ着くのは午の刻過ぎる時分やろ。杉ノ坊で後巻きの人数仕立ててこっちへ向いてくるのは、早うても日暮れどきや。鉄砲持って大人数でやってくりゃ、夜通し歩いても朝までかかる。それまではここで持ちこたえんならんわい」

了賢たちは百姓の身なりで、頭巾《ずきん》をかぶって出ていった。

監物は途中で捕えられるようなことはあるまいと思うが、もし根来と連絡がとれなければ最悪の情況を迎えねばならないかも知れないと、みぞおちの辺りに不安がうねった。

当時の野盗の戦力は、軽視できなかった。彼らは武器を豊富に装備している。戦国大名で、彼らの急襲を受け横死した者がめずらしくなかった。

野盗はいったん好餌《こうじ》を発見すると、数千の人数になり、損害をかまわず餓狼《がろう》のように食いついてくるので、みくびっていると思いがけない損耗を強《し》いられるのである。

「見張りをふやせ。もう一町ほど先まで出しておけ」

夜が明けてきた。

おきたが起きてきた。

「今日は根来へ戻れるのかえ」

監物は苦笑いして答える。

「さあ、分らんがのう。おきたよ、お前も腹巻ぐらいはつけておけよ」

「なぜじゃ、合戦でも起こるのかえ」

「うむ、盗っ人や」

「盗っ人ぐらい、追い払うたらええぜよ」

「そうはいかん。二千のうえもあろうという人数や」

おきたは眼を見張った。

「鉄砲で撃ち払うてやりゃ、ええきに」

「あやつらも、かしこいさけのう。撃たれるような所へは出てきくさらんわい」

「ほんなら、どうするんじゃ」

「いま加勢を呼びにいってるさけ、あと一日ここで足を停めてりゃ、後巻きの人数がくるやろ」

「それやったら、大事にはならんぜよ」

おきたは腹巻をつけるため、村長の家に戻った。

彼女は大胆で、危地に陥ったときも、なみの軍兵たちが及ばないほどおちついて進退した。

組頭が笑った。

「おきたはんは、胆《きも》に毛ぇ生えてるよし」

夜が明けてきた。

村の四方に出していた物見の兵が、続々と駆け戻ってきた。

「盗っ人が大勢いてますよし」

「こっちにも蓆旗《むしろばた》立てくさって、遠巻きにひてるよし」

「川の西手の街道筋も、盗っ人でいっぱいやよし。とても通れんほど集まってくさるよし」

監物は笑って応じる。

「気にすんな。いま根来へ後巻きの人数呼びにいってるさけ、ここで今日いっぱい持ちこたえたら、助かるわい」

僧兵たちは村長の家を中心に円陣をつくった。

「いまのうちに腹ごしらえしておけよ。合戦がはじまったら、飯食う暇もないようになるさけのう」

小頭が兵士たちに声をかけ、村人に焚き出しを命じ、炊きあがった飯を握らせ、酒とともに配る。

血なまぐさい合戦のまえに、少量の酒は戦力であった。軽く酔えば恐怖を忘れる。

監物は村長の家の藁《わら》屋根に登り、敵の情況を偵察する。

彼らはしだいに人数を増している様子であった。遠近に土埃がたっているのは、盗っ人どもが集団で移動しているためである。

「儂らを嚇《おど》して、早う出立させたいのやろ」

監物はうしろをふりかえり、棟にまたがっている組頭にいう。

「そうやろのし。旗の数が滅法多うなってきたのし」

「うむ、もうじき汚れた褌《ふんどし》まで旗がわりに立てくさるやろ」

野盗の人数は、この様子では三千人をこえるかも知れないと監物は推測していた。

「ちと三十匁玉燻べちゃるかえ」

敵は監物たちが異変に気づいているのに静まりかえっておれば、萎縮《いしゅく》していると見て、先制攻撃を仕懸けてくるかも知れない。

「よかろうのし」

監物たちは屋根から下り、三十匁玉筒五挺を並べている村道へ出た。

充分に手入れをほどこされた大鉄砲は、油光りする銃身を朝陽にさらしている。

傍《そば》にそれぞれ五十発ずつの銃弾と弾丸簞笥《だんす》が置かれている。

監物は地面に折り敷いている銃手に命じた。

「一発ずつ撃っちゃれ」

銃手たちは煙硝を銃口から流しこみ弾丸をいれ、槊杖《かるか》で突きかためる。

「さあ、撃ちゃれ」

五人の僧兵は長髪を朝風になぶらせ、重い銃を抱え、膝撃ちの姿勢をとった。

右端の射手が輪火縄を火挟みにさしこみ、仰角を充分にとったうえで、引金をひく。

くわっ、と辺りの空気が震動し、銃口から火の舌が一間ほども延びた。

五挺の鉄砲が逐次咆哮し、辺りに濃い煙硝の煙が流れ、きなくさいにおいが鼻をつく。

弾丸は十五町ほども飛んで、敵中へ落下する。

耳をすませていた僧兵たちは、はるか遠方で騒がしい人声が湧きおこったのを耳にして笑いあう。

監物はつづいて命じる。

「もう一発ずつ、燻べちゃれ」

三十匁玉筒は、晴れわたった空の下で乾いた音響を発した。

野盗の群れが立てつらねる蓆旗《むしろばた》の列を眺めていた監物が、ふくみ笑いをした。

「あれ見よ、うろたえて逃げくさる」

旗が揺れ動きつつ後退してゆく。

「これはおもしろいわえ。もう一発見舞うちゃれ」

十五発の三十匁玉を撃ちこむと、野盗の大集団は、およそ五、六町ほども退却した。

「油断すなよ。あやつらはいったん逃げてもまた思いもかけぬところからやってくるさかいのう」

僧兵たちは輪火縄を肩にかけ、いつでも発砲できる支度をととのえている。

「あやつらは竹把《ちくは》を先に立ててやってくるかも知れんが、そのときは大鉄砲をぶちこんだれ」

監物たちは支度をととのえて待つ。

野面《のづら》は静まりかえっているが、遠方に蓆旗がつらなったままであった。

「待ってるのは、気色《きしょく》の悪《わ》りもんやのう。いつどっから化物《ばけもの》が出てきくさるか分らんさけにのう」

監物が組頭に笑いかける。

陽が頭上に近くなった頃、村はずれの木に登っていた見張りが叫んだ。

「きた、きた。こっちへ寄せてくるろう。出会え、出会え」

持ち場を離れていた僧兵たちが、転がるように戻る。

四方に出ていた哨兵たちが、息をきらせて村内へ駆けこんできた。

地鳴りのようなどよめきが、遠方から聞えてきた。野盗どもが喊声《かんせい》をあげている。

「えらい土埃や、大人数で押してきくさるわい」

僧兵たちは緊張して歯音をたてる。

野末に敵があらわれてきた。濃い土埃があがり、わあ、わあと叫びたてる声が聞え、押し太鼓の音もまばらに鳴っている。

「やっぱり竹把を持ちだしくさったのう。あげなもの、吹き飛ばひちゃれ」

監物が悠然と下知する。

野盗の人数は三千か四千であろうと、彼は見ていた。

たしかに数は多いが烏合《うごう》の衆である。鉄砲を撃ちこめば、たちまち崩れるにちがいない。

「近寄せて竹把を吹き飛ばひて、度胆を抜いちゃれ」

野盗は東の山手から押し寄せてくる。

見通しのいい海側から攻めれば、鉄砲の標的になるばかりだと見たのであろう。

先頭に立つ男たちは、弾丸よけの竹束を前に立てている。

「あげなにわかづくりの竹把で、儂らの弾丸をはじきとばせると思うてるのか」

僧兵たちは冷笑した。

「早う撃つな、近寄せよ。無駄玉つかうでないろ」

小頭が気を逸《はや》らせる部下を、たしなめている。

敵は威嚇《いかく》の声をあげつつ迫ってくる。

一町の距離に近づいてきたとき、監物が下知した。

「それ、撃ちやれ」

三十匁玉筒が火を噴き、野盗たちの竹束がはじけ飛んだ。

うろたえた敵は逃げまどう。

つづいて鉄砲が轟然と天地に鳴りどよもし、乱射をはじめる。

野盗の群れに銃弾を浴びせると、人影が吹き飛ばされるように地面に叩《たた》きつけられる。

彼らはわれがちに逃げ走る。味方を突きのけ遠ざかろうと焦る背中に弾丸が命中し、血しぶきをあげる。

うろたえた敵は総崩れになった。

「撃て、撃ちまくれ」

監物が怒号する。

僧兵たちはつるべ撃ちに撃ちまくる。

戦闘は一瞬に終った。

野原には百をこえる野盗の体が転がっている。すでに息絶えた者もおれば、呻《うめ》き声をあげている者もいた。

視野を暗くかげらせていた硝煙がはれると、監物は組頭に命じた。

「手を負うておる奴には、血留めをしてやれ」

僧兵たちは呻吟《しんぎん》している野盗の傍に走り寄って、手当てをしてやる。

「まあ、はじめの色代《しきたい》(挨拶《あいさつ》)はこんなところかえ」

監物は組頭にいう。

「あやつらは、こんどはどの手できくさるか。夜に入って何ぞ仕懸けてくるやろ。火矢攻めかのう」

敵は十五、六町離れた辺りに集結し、動きをあらわさないでいた。

十三

野盗どもは監物たちを遠巻きにしていた。

野面で無気味な余韻の尾をひいて竹法螺《たけぼら》が鳴る。彼らの人数はふえつづけている。

ひぐらしの啼《な》く野末に、騒がしい人声が聞え、土埃があいかわらず霞のようにたちこめていた。

大きな獲物が仕懸けた網にかかったと知って、野伏《のぶせ》りどもが続々と集ってきているのである。

「ちと雲行きがおおごとになってきたのう」

監物は傍にひかえる組頭に小声でいう。

「そうやのし、このまま明日まで動かなんだら、押しつぶされようのし」

組頭も小声で答える。

どちらものびやかな顔つきで、蟻《あり》地獄に落ちこんだ蟻のような危険にさらされている男たちのようには見えない。

「了賢と実範のいずれかが根来へ着いててくれりゃ、儂らは助かるがのう。根来から後巻きの人数がこなんだら、ここで死ぬことになるやろかえ」

監物がひとごとのようにいう。

組頭は低い笑声を洩らす。

「まあ、やられるにしても、ただじゃ死にまへんよ。あやつらの二千人ぐらいは道連れにひちゃりまひょら」

表情をあらわさない馬面の組頭は、またみじかく笑った。

彼は戦闘の際、難局に立てばそれだけ勇みたつので、胆に毛が生えているといわれている。

ひぐらしが啼き、烈日が頭上に照りつけている。

僧兵たちは木蔭に入り、涼風に髪毛をなぶらせつつ寝そべっていた。戦に慣れた彼らは、野盗の数がどれほどふえようと、なんとか切り抜けられると楽観していた。

僧兵たちの持つ六匁玉筒は、おそるべき威力をそなえた武器であった。

半町先の人馬を確実に殺傷できる狙撃効率の優秀さにくわえ、鉛玉が命中するとひしゃげて偏平になり、渦巻くように回転するので、創口《きずぐち》がおどろくばかりに大きくなる。

馬の首でさえ千切れかけるのである。

野盗たちは命知らずであるが、さきほどの銃撃戦での死傷者のむごたらしい有様に、胆をひやしたにちがいなかった。

「弾丸も煙硝も仰山残ってるさけ、まだまだあやつどもをば薙ぎ倒してやれるのう。根来衆に手ぇ出ひたら、どれほどの辛《から》き目を見るか、思い知らせてやろらえ」

監物は酒をふくみつつ、野面を眺め渡した。

組頭も遠方をよく光る丸い眼で見渡す。彼は鉄砲の名人であるとともに、根来の行人《ぎょうにん》のなかでは屈指の太刀遣いであった。

彼の年頃は四十なかばであるが、いままでに斬った敵の数は五百を超えているといわれていた。

斬人の経験をかさねてきた男に共通の、ものに驚いたような目付きをした組頭が、いつか虜《とりこ》となった敵の首を斬ったところを、監物は見たことがあった。

組頭は力をいれないやわらかい身ごなしで刀を振りかぶると、いきなり振りおろす。血の棒が延び、首は四、五間ほども宙を飛んで地面に転がった。

「かぶりつきくさったか」

組頭は首のない屍体《したい》の足のうらへ、十文字に斬りつける。

地面へ嚙《か》みついた死人は祟《たた》るといわれていたので、祟り封じをしたのである。

彼のような荒《すさ》んだ所業をことさとしている男でも僧侶《そうりょ》の身なりをしているが、経典は読めなかった。

根来三千といわれる堂塔は実数八百前後であるが、そこに住む僧は学侶《がくりょ》と堂衆に分けられている。

学侶は字が読めて、いちおうは経典を理解できる僧であった。堂衆は文字を知らず、入山の試験を受けるときは、経文をそらんじている。

彼らは富裕な百姓、商人の次、三男で、僧侶になれば生涯衣食住に窮することがないため、試問をする役の僧に賄賂《わいろ》を贈って資格を得るのである。

根来の堂衆は鉄砲遣いの集団として、紀伊雑賀衆とともに天下に名が聞え、傭《よう》兵《へい》として年中諸国大名からの要請で転戦しているので、収入は莫大《ばくだい》であった。

根来山内では経を誦《しょう》することも、加行《けぎょう》をおこなうこともしない。

合戦稽古《げいこ》に明け暮れるのみであった。

角場《かくば》あるいは町撃ち場と称する射撃場では、夜の明けがたから日没まで、鉄砲を発射する轟音と硝煙が絶えなかった。

五千人を超えるといわれる僧兵たちは、長髪を背に垂らし、金銀まばゆい具足に身をかためため、鉄砲稽古のほか、刀槍を操っての戦いの訓練をもはげしくおこなう。

監物の率いる三百人は、僧兵のうちでも撰《え》りぬきの精兵であった。

彼らは野盗の群れがしだいにふえてゆくのを眺めても動揺のいろをあらわさず、平然と酒をくらい、身を休めて戦闘にそなえている。

監物は組頭にいう。

「まあ明日の夜明けまで持ちこたえたら、根来から後巻きがくるやろかえ。今夜になったら火攻めをば仕懸けてくるかも分らんのう。こっちは弾丸箪笥に火いついたらあかんさけ、村から離れないこまいかえ。いまのうちにあの辺りをば見てくるか」

村の東方、半町ほど離れたところに小高い丘陵があった。

雑木がまばらに立つ草山である。監物たちは五人の兵士とともに村内を流れる小川に足をいれ、身をかがめて丘へむかった。

「水は冷《ひ》やこうて、気色ええわい」

監物たちは臑《すね》まで水に浸し、川岸に繁茂する蘆荻《ろてき》を掻《か》きわけ、丘に近づく。

「この辺りは盗っ人どももおらんやろかえ」

警戒しながら岸にあがると、監物は地面に耳をつけ、しばらく物音をさぐる。

附近に人の気配はなかった。

「盗っ人どもにゃ見えんように気いつけよ」

監物たちは地面に腹這いになり、丘へにじり寄ってゆく。

「さあ、ここまできたら、あとは木隠れじゃ」

彼らは巧みに樹木の幹を利用し、敵に発見されないよう、丘に登った。

頂上の草のなかに腰をおろした監物は汗を拭《ふ》く。

「これだけ四方が見渡せたら、拳下《こぶしさが》りに撃ちやすかろ」

「そうやのし、斜面《なぞえ》にゃ身を隠すところいうたら木ぃだけやさかに、切り倒しときゃ、近寄れんのし」

組頭もうなずく。

「山の傍《わき》に川あるのもええわのし。水はあるにこしたことはないさけにのし」

夏場は鉄砲の銃身が射撃をつづけるうちに火のように熱してくるので、常に傍に水桶《みずおけ》を置き、濡れ手拭いで冷やさねばならない。

頭上の陽が傾き、西の海に没して辺りが暮れなずむまで、監物たちは丘上にいた。

「見通しが悪りなるかわたれどきを見はかろうて、ここへ引き移ることにしょうら」

監物は村にいて火矢攻めにされるよりも、丘のうえに陣を置くほうが有利であると判断した。

彼は村へ戻ると部下に命じる。

「篝火をできるだけ数ふやせ」

辺りが暗くなると、村はずれに数十の篝火が火の粉を散らす。

「これから宿替《やどが》えじゃ。あそこの高処へ引き移れ。五人、十人とまばらに出よ」

僧兵たちは弾丸簞笥を押し、三十匁玉筒の砲車を曳《ひ》いて丘へむかった。

小半刻（三十分）のうちに、彼らは移動を終えた。

「あやつらは間なしに仕懸けてくるろ」

監物は丘上から敵情をうかがう。

村から十町ほど離れたところに、野盗どもが集結していた。

「三十匁玉で撃たれるのをはばかって、あげな離れたとこにいてくさるんやが、もうじき寄せてくるろ」

監物は傍に立つおきたにいう。

「近寄せて撃ちはろうちゃれ。胆玉でんぐりがえって逃げゆうがか」

おきたは落ちつきはらっていた。

野盗の数は、日暮れまえに眺めたところでは三千ほどであった。いまはもっとふえているかも知れない。

歴戦の僧兵たちは五十人ずつ丘の中腹に散開していた。彼らは敵の出様《でよう》に従い、臨機応変に部署を変えて戦うのが常である。

丘の麓《ふもと》に物見の兵が出ていた。彼らは敵が動きをあらわすと、ただちに監物に知らせにくる。

「引きつけるだけ引きつけてから、撃てよ」

監物は闇中に鉄砲を構えている兵士たちへ、声をかけてまわる。

「合点やよし。ええ潮どきをば見はからいますらあ」

自信ありげな返事が戻ってきた。

野盗たちのあいだでは、ガンドウの明りが蛍火のようにまたたいていたが、突然無数の松明《たいまつ》の火が上下しはじめた。

「あやつらは動きだしたろう。弾丸《たま》込めたか。輪火縄の支度《まわり》せえ」

小頭たちが低い声で指図をする。

くさむらをかきわけ、物見が戻ってきて、監物に告げる。

「盗っ人どもは、竹束を押したててくるよし」

監物は笑った。

「村へ押しよせていきゃ、儂らに横っ腹見せることにならあ。横手から撃ったら、防ぎようもなかろ」

野盗どもは夜空《はや》にときの声をあげ、押しよせてきた。

「きた、きた。早うこの前まできくされ」

僧兵たちは引金に指をかけて待つ。

地を踏む野盗どもの足音、喊声《かんせい》が迫ってくる。

「このままっすぐ突っこんでくるんか。芸がないのう」

組頭がいったとき、野盗の先手から朱色の焰《ほのお》の尾を引く火矢が放たれた。

「やっぱり火攻めじゃ」

火矢は数えられないほど、切れめもなく飛ぶ。

村の草屋根がはやくも燃えあがった。

火の手は隣家に燃えうつり、ひろがってゆく。辺りが明るくなり、昼間のように照らしだされる。

野盗の群れは火矢を放ちつつ、村内に乱入する。

「さあいまじゃ、撃ちやれ」

小頭たちが号令をかけ、僧兵たちは眼下十四、五間の辺りを駆け走る人影にむけ、轟然と発砲した。

野盗たちは驚愕《きょうがく》し、足をとめる。汗と垢のにおいをはなつ集団は狼狽《ろうばい》し、どこから弾丸が飛んでくるのか判断に迷った。

「早ういけ、後ろがつかえてらあ」

「弾丸はどこからくるんじゃ。竹把で凌《しの》げんのか」

彼らは村へなだれこもうとして、豪雨のようにそそぎかけてくる弾丸に薙《な》ぎ倒される。

「弾丸は前からこんわえ。横手じゃ、あそこじゃい」

彼らは左手の丘に発砲の火光を見つけ、崩れたった。

「あそこへ移りくさったか。こらあかん。皆殺しにされるぞ。逃げよ」

群盗は迅速に敗走をはじめた。

「無駄玉つかうな。狙うて撃て」

僧兵たちは盗っ人どもを着実な狙撃で倒してゆく。

怯《おび》えた野盗どもは、とどまることができない。三町ほども遠ざかったと見ると、監物が命じた。

「大鉄砲つかえ。度胆抜いたれ」

五挺の三十匁玉筒が咆哮した。

逃走する敵中につづけさまに火柱がたち、悲鳴が丘のうえまで聞えてきた。

「大分やったのう。これでしばらくはよう仕懸けてこんやろかい」

監物は数百の敵を打ち倒したであろうと推測した。

「夜が明けるまでに、まだ間があるのう。もう一遍は寄せてくるやろ」

監物は敵が散開して押し寄せてくるのを警戒していた。

目標が密集していないと、射撃効率が悪くなる。丘は三方がなだらかで、一方が崖になっていた。

崖下には茨《いばら》が生い茂り、足場が悪いので押し寄せてこれない。

「百人ずつ三方へ分れよ。敵が寄せてくるほうへ撃つのや」

野盗が多人数を利用して、損害をかえりみず殺到してくれば、三百挺の鉄砲では支えきれない。

「あやつらがどれだけ鉄砲を怖れてるかで勝負がきまるわい。まあ思いきった動きはできんやろうがのう」

監物は物見を四方へ出した。

暗夜であるため、敵がどこから寄せてくるかをいちはやく発見しなければ、対応がおくれる。

「夜さりは冷えるのう」

監物は愛用の五挺ガラミ筒を小脇《こわき》に引き寄せていた。

丘の四方で竹法螺が鳴りつづけていた。

おきたは焼きむすびを頬張《ほおば》り、瓶子の口から酒を呑《の》む。

「おきたよ、よう呑むのう」

監物が低い笑声をたてる。

「生きちゅううちに、胃の腑《ふ》にもええ思いさせちゃるきに」

おきたは口もとをぬぐいながらいう。

「死ぬかも知れんのに、おそろしゅうないのか」

「なんともないじゃねや。生きようと死のうと、たいして変りはないぞ」

組頭が声をかけてきた。

「御大将よ、盗っ人どもがきくさるようやのし」

監物は立ちあがって敵の様子を見る。

闇に慣れている彼の眼は、野原に胡麻《ごま》を撒《ま》いたように散開して迫ってくる野盗の群れをとらえた。

「やっぱりばらけてきくさったか。ほや、こっちも一匹ずつ狙い撃ちするか」

横列になり、たがいの間隔をひらいて迫ってくる敵勢に、一斉射撃を加えても、効果はすくなかった。

監物は小頭たちに命じた。

「敵はばらけてきくさったさけ、勝手に撃て」

熟練した鉄砲衆に、細かい指示はいらない。敵の動向を見て、自由に反応させておくのがよい。

僧兵たちは闇中を迫ってくる敵影に狙いをつけた。野盗たちは竹把を担いでいる。

「重たい物を担ぎくさってからに、なんじゃ。ここへ登ってくるときにゃ、捨てるやろさかいに、待ってよら」

敵は近づいてきて、麓《ふもと》からあがってくる。

六匁玉筒は集中射撃を加えれば竹把を吹き飛ばすほどの威力があった。

左手の闇で銃声が一発はじけた。

同時に、監物の身近で、つづけさまに五発、六発と発砲する。

丘を登ってくる野盗たちは、斜面に身を伏せ、這《は》いあがってくる。

「這うてきくさったか。待てよ、まだ撃つな」

僧兵たちは息をひそめ、敵を待つ。

おびただしい人数が蟹《かに》のように這ってくる鼻先へ、僧兵が火矢を射こむ。

全身が火光に照らしだされ、うろたえ立ちあがりかけた野盗が銃声とともにのけぞり、転げ落ちてゆく。

それまで地を這っていた敵が、一斉に立ちあがり、喊声《かんせい》をあげ押し寄せてきた。

鉄砲が五十挺ずつ斉射をはじめた。銃声は切れ目もなくつづき、野盗の群れは恐怖の叫び声をあげ、駆け下りてゆく。

「思いのほかにあっさりと逃げたが、もうこれで朝までこんやろかのう」

監物たちは闇をすかして見る。

鉄砲の射程をはずれた三町ほど先に、黒山のように群れている人影が見える。

「なんと大勢じゃのう。五千ほどもあろうかえ」

「いや、もっとある。六、七千はいてるろう」

僧兵たちは完全に包囲され、退路を塞《ふさ》がれているのを知った。

十四

蟬《せみ》の声とともに夜が明けてきた。

眼下の野面に黒い染みのように見えるのは野盗の屍体《したい》である。彼らの仲間は死んだ味方の武器と衣類を剝《は》ぎとり、血にまみれた赤裸の遺骸《いがい》を棄《す》て去っていた。

屍体の数はすくなく見ても三百をこえている。

監物は灌木《かんぼく》の葉蔭《はかげ》で組頭と敵の動きを眺めている。

「あれ見よ。あれだけやられてもまだ人数ふえてるのう」

「そうやのし。まあ八千はあろうかのし」

歴戦の組頭の眼に狂いはなかった。

丘陵を取り巻く人数は前夜よりもはるかにふえている。

「和泉にこげな盗っ人の大人数いてたか」

監物がいうと、組頭はよく響く声で笑った。

監物も笑声をたてるが、心中では死ぬかも知れないと覚悟をきめていた。これだけの人数を三百挺《ちょう》の鉄砲で支えきれるか、やってみなければ分らないと考える。野盗たちが襲ってくれば、千人ぐらいは殺傷できよう。彼らが怯《おび》え後退すればよいが、遮二無二《しゃにむに》突っこんでくればなすすべはなかった。

刀をふるっての斬《き》りあいになれば、七千人と三百人では戦いにならない。監物たちはたちまち蒸発するにきまっている。

丘の三方に散開布陣している僧兵たちは干飯《ほしい》をかじり、竹筒の水を呑《の》み、雑談を交しているが、合戦の数をかさねた彼らは現在の絶望的な情況を承知しているはずであった。

根来《ねごろ》から後巻《あとま》きの人数がこなければ、監物たちは死ぬにきまっていた。

――まあ、あとしばらくの勝負や。弾丸《たま》のあるかぎり撃ちまくってやらあ――

監物は腹をすえた。

空には野盗の屍体をついばみにきた烏《からす》の大群が旋回している。

「儂《わし》らも今日のうちに、あやつどもの餌《えさ》になるかも分らんわえ」

監物が空を見あげる。

東の山なみに陽が昇った明け六つ（午前六時）、野盗の群れが動きはじめた。竹法螺《たけぼら》が四方で鳴り、八千の人声が地鳴りのように聞えてくる。

野盗たちは丘の麓《ふもと》に達すると、天にどよもす喊声《かんせい》をあげ、竹把《ちくは》を先頭に登ってきた。監物は僧兵たちに下知した。

「さあきたろう。弾丸惜しむな。惜しんだとて長生きはできんのじゃい。一人なと多く道連れにひちゃれ」

まず三十匁玉《もんめ》筒五挺が咆哮《ほうこう》した。

密集した敵のなかに五つの土煙があがった。射撃に熟練した僧兵たちは弾丸装塡《そうてん》を迅速におこない、交互に射撃する。

三十匁玉二十発を見舞うと、敵は浮き足だってきた。

先手が逃げようとし、うしろから押してくる人数と揉《も》みあう。

「いまじゃ、燻《くす》べちゃれ」

監物の下知で、三百挺の六匁玉筒が咆哮しはじめた。雨のような銃撃を浴びた野盗たちはたまらず、叫び声をあげなだれをうって退却しはじめた。

「こりゃ、思いのほかに脆《もろ》かったのう。これでしばらくの間は命拾いじゃ」

監物はおきたと顔を見あわせ、笑った。

「あやつどもは臆病風《おくびょうかぜ》に吹かれくさったわい。この調子なら晩まで保《も》つかも分らんのう」

監物は傍の組頭にいう。

「そうやのし、晩までは保とうかえのし」

夜になると鉄砲の狙《ねら》いがつけにくくなり、無駄玉が多くなる。

そうなれば野盗たちは人数にものをいわせ怒濤《どとう》のように押し寄せてくるにちがいなかった。

「盗っ人どもは、公方《くぼう》の軍勢とはちがうさけ、腰くだけにはなりやすいが、なんせ欲に吊《つ》られてる奴《やっ》らや。少々撃ち殺ひても、おのれらの分け前ふえるぐらいにしか思わず、押してくるやろのう」

「そうやのし、私《わたい》らの命もそこらあたりまでやろのし」

組頭は他人事のようにいいつつ、干飯を咀嚼《そしゃく》している。

弾着圏外に後退した野盗の群れは、騒がしく喚声をあげていたが、容易に攻撃をあらわさない。

鉄砲の威力をくりかえし見せつけられ、戦意を失っているのである。

ひぐらしの声を聞きつつ木蔭に寝ころんでいる監物は、おきたと言葉をかわす。

「お日ぃさんは頭のうえや。もう九つ（正午）やなあ。この様子やったら、まあ晩までは何事もなかろうが、おきたよ。今夜で死ぬことになるやろのう。根来の後巻きも、いよいよ来《こ》んときまったようやさけにのう」

おきたは動揺する様子もなかった。

「ええわ、こげな濁世に生きのびたところで、何のこともないぜよ。お前《ま》んといっしょに死んだら本望じゃきん、未練ないわえ」

監物は内心ではまだ望みを捨てていなかった。

いま根来から後巻きの衆がくれば、助かる。日没までにきてくれれば、命拾いできると、南方の山稜《さんりょう》に眼をこらした。

監物の願いもむなしく時は過ぎ、陽は西海に傾き、夕焼けのなかに落ちていった。

「いよいよ最期のはたらきを見せるときがきたろう。皆撃ちまくって矢玉が尽きたら盗っ人どもをば斬りまくって、銘々にどこへでも逃げよ」

監物が大音声で下知した。

野盗たちは山野が闇《やみ》に沈んだ頃、地響きをたてて迫ってきた。

「それ撃て」

三十匁玉筒、六匁玉筒がいっせいに火を噴いた。敵は将棋倒しになるがひるまず、丘を登りはじめた。

監物は五挺ガラミ筒を手に、おきたに呼びかける。

「儂の傍《かたえ》を離れるでないぞ」

「分っちょるけん。死ぬまでやっちょりんさい」

おきたの声は力がみなぎっていた。

辺りに硝煙のにおいが濃く流れ、銃口《じゅうこう》から噴きだす火薬の滓《かす》が花火のように見える。

喊声がしだいに迫ってきた。監物は草のあいだを這《は》い登ってくる敵影に五挺ガラミ筒の狙いをつけ、引金をひく。

彼は突然遠雷のような物音を聞き、眼を見張る。

「あれは何じゃ」

丘の下にむらがる野盗どものただなかに、火柱が立った。三本、四本、五本。

「おう、味方の後巻《いまき》きがきたか。あれは百匁玉筒じゃ」

間もなく豆を煎るような銃声《じゅうせい》がつづけさまに湧《わ》きおこった。

丘を登ってきていた野盗どもが足をとめた。火柱がつづけさまに立ち、彼らは恐怖のどよめきをあげる。やがて後陣が崩れ、潰走《かいそう》しはじめた。

「根来の新手がきくさったわえ」

「大筒撃ってくるさけ、逃げよ」

敵は波うって逃げ去る。

「こっちからも燻べちゃれ」

丘上から三百挺の鉄砲が火を噴く。

「助かったのう。危ういところで命拾いじゃ」

監物は組頭と肩を叩《たた》きあい、よろこぶ。

「後詰めを迎えに誰ぞ行け。ここまで案内《あない》してくるのや」

監物は僧兵二人を連絡に走らせた。

小半刻（三十分）ほど待つうち、馬のいななき、砲車のきしむ音が聞えてきた。

「監物殿はいてるかえ」

闇中から大声で呼びかけてくる者がいる。

「おうよ、ここじゃ。その声は小みっちゃかえ」

「そうじゃ、監物殿は悪運強う生き残ったか」

はじけるような笑声が聞えた。

根来の小みっちゃといえば、近国に聞えた豪傑であった。みっちゃとはあばたのことで、渾名《あだな》のとおり顔に痘痕《とうこん》がある。小柄であるが薙刀《なぎなた》、鉄砲をつかえば名人の技倆《ぎりょう》であった。

腰まで伸ばした長髪を組み紐《ひも》でくくった小みっちゃは、具足の金具を鳴らせあらわれた。

「小みっちゃ殿。おおきによ。これで半分棺桶《かんおけ》に入ってた足が抜けたわい。さあ去《い》のか」

「うむ、いまのうちに退散したほうがよさそうじゃのう。夜明けになったら、こっちの人数がばれるさかいなあ」

「幾人連れてきたんかえ」

「八百人じゃ」

「それはまた、がいに大勢連れてきてくれたんやのう。うちのとあわせて千百人か。大筒は何挺や」

「盗っ人どもは何千人もきてくさると聞いたんで、百匁玉五挺持ってきたんやが重とうてなあ。山道に雨降られたら動かんようになると、日和《ひより》ばっかり気にひてたが、明日は雨になりそうや。いまのうちに去《い》のう」

「よし、ほや皆呼んで支度《まわり》さすよ」

半刻（一時間）のち、監物と小みっちゃの率いる僧兵千百人は、砲車、弾丸箪《だん》笥《す》車を馬に曳《ひ》かせ、丘を下りた。

「盗っ人どもは物見を立ててくさるさかい、こっちゃが動いたらじきに後追うてくるぞ。いつでも鉄砲撃てるように支度ひとけ」

監物は兵士たちに指図をした。

千百人は闇中を四列縦隊で進む。肩に担ぐ六匁玉筒には煙硝、鉛弾を装塡《そうてん》し、腕にかけた輪火縄《わびなわ》には点火している。

「いまから行たら、夜のあける時分にゃ根来へ去ねるよう」

「そうやなあ。山道へさしかかった辺りで挟み討ちをば食らわなんだら、無事に去ねよかえ」

「殿《しんがり》に物見をば二十人ほど出ひて、盗っ人らが先回りせんように見張らすか」

「それがよかろかえ」

彼らは土埃《つちぼこり》を捲《ま》きあげ砲車を曳き、東方の山地へむかった。

葛城《かつらぎ》の山道へさしかかる頃、隊列の後方で銃声が湧きおこった。殿軍の物見が射撃しているのである。

「やっぱりあとを追うてきくさったか」

監物と小みっちゃが顔を見あわせるうち、物見の一人が注進に駆けつけてきた。

「お頭《かしら》、あやつらはやっぱり追うてきたよし」

「そうか。追い払うたか」

「へえ、後からきた奴らは逃げくさったけど、なんせ大勢やさけ、回り道されたらどうにもならんのし」

「そうか。紀見峠へいくのは危ないようじゃなあ。ほや、浜手道いくか。深日《ふけ》から加太へ出て、雑賀《さいか》の十ヶ郷をば通り抜けるんや」

監物がいうと、小みっちゃはうなずく。

「浜手道ならあやつどもも先回りできんわなあ」

浜伝いの道は片側が海、片側が切り立った崖《がけ》である。

深日という淡路島とむかいあう湊《みなと》から加太へ抜ける二里あまりの峠道も、先回りできる迂回路《うかいろ》はない。

「あやつらは、儂らが葛城越えして紀見峠へむかうと思うて、そっち向いて走りくさってるんやろかい。こっちへきたと知ったら、あわてて追うてきくさるぞ」

「まあ淡輪《たんのわ》あたりで仕懸けてきくさるやろ。そのときゃ、まんまるになって引き退《さが》ろらえ」

大部隊に取り巻かれたとき、切り抜ける方法は円陣をつくるよりほかはない。

円陣になり、鉄砲の三段撃ちで敵を近寄せず後退してゆくのである。

監物は、平地での戦いは山道で待ち伏せされるよりはよほど有利であるが、ある程度の損害は避けられまいと覚悟する。

僧兵たちは葛城のほうへとむかうと思っていたのに浜手へ導かれてゆくので、とまどったようであった。

「お頭、どっち向いていくんかのし」

彼らは監物と小みっちゃに聞きにくる。

監物は使い番を走らせ、浜手道をとると全軍に知らせた。

使い番は触れてまわる。

「葛城へいきゃ山道で待ち伏せ食ろうて抜きさしならんよになるさけ、浜手道いくんや。そやさけ、淡輪あたりで盗っ人どもが仕懸けてくるかも分らん。そのときゃまんまるになって退くんじゃ」

一里ほど南下したとき、また後方で銃声がおこった。

監物は馬上で耳をすます。

銃声はしだいにはげしくなってきた。二十挺や三十挺が射撃しているのではない。百挺をこえる数が咆哮している。

「いよいよきたようじゃのう」

「うむ、ここらで丸うなるかえ」

監物は大音声で命じる。

「皆の衆よう。まんまるになれ。ええか、盗っ人どもが、儂らの動きを読んで浜手へ戻ってきくさったぞ。相手は大勢やさけ、丸うなって三段撃ちするのや。さあ、陣を組め」

根来衆は機敏に動き、円陣を組む。五十人一組で交互に射撃をおこない、接近する敵を追い退けるのである。

千百人の僧兵が交互に前へ出て射撃をすれば間断なく発砲できるので、八千人の大勢に仕懸けられても寄せつけずにすむ。

監物はおきたを連れ、円陣の中央に馬を進める。殿の銃声はさらに激しくなってきた。

闇のなかに野盗の群れの呼びかわす声が聞えてきた。頭上を矢が唸《うな》って過ぎる。

「いよいよきくさったか。互いの間をあけたら入りこまれるぞ。撃ちまくっちゃれ」

監物が部下をはげます。小みっちゃは黙然と人声のするほうを見つめる。

突然、間近に喚声があがった。松明《たいまつ》をつらねていた野盗の群れから一団がはなれ、突っこんできた。

数百挺の鉄砲が火を噴く。

「こっちからもきたろう」

「こっちもじゃい」

「ほれ撃て」

小頭たちが怒号し、夜空を銃弾が飛ぶ。銃口から火薬の滓が一間ほども花火のように噴出する。

千百人の根来衆は間断なく発砲をくりかえしつつ、海沿いを南下する。

「いったんは押しこんでくるろ」

円陣をつくった根来衆の前後左右には、野盗どものかざす無数の松明がうごめいていた。

「もうじき淡輪やな。敵が押し寄せてきても、二十間より内へ入ってくるまでは撃ったらあかんぞ。深日《ふけ》の峠越えるまでは、弾丸保《も》たさんならんさけのう」

僧兵たちが発砲をひかえはじめると、野盗たちは詰め寄ってきた。

彼らが二十間の内へ入り込んでくると、僧兵たちが轟然《ごうぜん》と集中射撃を加える。

一進一退の攻防がつづき、深日の峠に近づいてきた。

「あと十町の辛抱や。十町過ぎたら峠にさしかかるさけ、敵をふりきれるやろう。いましばらくの辛抱や」

監物は僧兵たちをはげます。

だが、野盗の群れは地響きたてて監物たちを追い越してゆく。

「先回りして峠を塞《ふさ》ごうというのかえ。塞ぎくさったら、加太まで追い落ひちゃる。紀州へ入ったら、あやつら皆殺しじゃ」

小みっちゃが眼を光らせた。

右手に海が迫ってきた。左手は切り立った岩山である。

「わああああっ。わああああっ」

野盗たちがときの声をあげ、殺到してきた。僧兵の千挺の鉄砲が一斉に放たれた。

すさまじい火力に野盗たちは圧倒されるが、竹把や材木を楯《たて》として弾丸を防ぎ斬りこんでくる。

監物は馬上から五挺ガラミ筒を放ち、敵を撃ち倒す。白刃をふりかざした盗っ人どもは円陣に突入しようとして屍体の山を築く。

「あとひと踏んばりじゃ」

監物は峠まで二町ほどになったのを見て、ようやく逃げきれると安堵《あんど》した。

十五

津田監物は深日《ふけ》の峠で野盗の追及をしりぞけ、無事に根来へ戻ったあと、広大な寺域に一庵を借りうけ、おきたと起居していた。

「金銀は馬に喰《く》わすほどある。当分ははたらかいでも生計《たつき》に困《こう》じることもないさけ、ゆっくりしょうらえ」

監物は小倉庄の家族たちのもとへ帰るつもりはない。

妻子の暮らしむきに不自由のないよう、銭を送っている。

「あやつどもは、旨《うま》いものに食い飽きて昼寝でもひてりゃええんじょ」

監物は風通しのいい座敷で、ひぐらしの声を聞きつつ酒盃《しゅはい》を口にはこぶ。

おきたも酒が好きである。監物はいくら呑んでも乱れないが、おきたは威勢よく呑むうちに泥酔して、監物に閨《ねや》へはこばれることになる。

彼女は酔うと好色になった。

「お前はゆっくりしょうらえというが、何をゆっくりするのかえ」

「分ってるわえ。おきたが欲しがるものはきまってようが」

監物は婢《はしため》どもの手前もはばからず、昼間から閨でおきたと睦《むつ》みあった。

彼はたまに寺内の角場《かくば》（射撃場）へ出向き、町撃《ちょうう》ちの稽古《けいこ》に立ちあう。僧兵たちに弾薬の装塡から射撃の要領に至るまでていねいに教えてやるので、監物は鉄砲衆に信頼されていた。

監物の指導を受ければ、硝薬を銃身に入れ槊杖《かるか》で突きかためるだけで暴発させ、指や顔に負傷していた初心者が、闇中、雨中の射撃ができるようになる。

彼は刀槍《とうそう》をとっても名人といわれていた。根来衆のうちで監物と互角の太刀打ちのできる者は三人といない。

彼は気がむけばタンポ槍《やり》をとり、僧兵たちと突きあう。相手になる者は七、八合も槍先をまじえるうちに脇腹《わきばら》、腋《わき》の下を突かれるか、槍の柄《つか》を打ち落され、タンポで顔を横なぐりに打たれ鼻血を出した。

「監物どんには敵《かな》わん。あれは何というてもいっち強い」

僧兵たちは監物と斬りあい、突きあいの稽古をするとき威圧され、萎縮《いしゅく》する。監物はおきたを抱いているとき、ふしぎそうにいう。

「儂《わし》はなんで疲れることが分らんのか。お前を抱きたいだけ抱いたあとで、山の衆と太刀打ち稽古、槍稽古やってもひとつも息切れせんわい。さっぱり疲れんが、ふしぎやのう」

おきたは監物の二の腕を撫《な》でる。

「ほんまにお前の腕は、馬の前脚ほどあるがえ。こげな太い腕で抱かれるけえ、私《わたい》は体がばらばらになるほど疲れゆう」

紀州の夏はうだるような炎暑がつづく。湿気がたかいので、野道をゆきかう男女は水を浴びたように汗をかいている。

「根来の山中に住んでりゃ、和歌の海辺にいてるよりよっぽど過ごしやすいわえ。まあ藪蚊《やぶか》は多うてかなわんけどのう」

監物は蚊がきらいで、昼間から麻蚊帳《かや》を吊《つ》らせ、褌《ふんどし》ひとつで昼寝布団のうえに寝ころんでいる。

たまにはおきたを連れ、山内の大池へ泳ぎにでかけた。おきたが泳ぐと、附近の百姓家から男たちが見物にくるので、監物は笑った。女が泳ぐのをめずらしがっているのである。

「お前が襦袢《じゅばん》と二布《ふたの》だけで泳ぐさけ、男どもが眼の法楽《ほうらく》をばしたがって見にくるんじょ。ほんまに男に肌見せるのを恥ずかしがらん女子じゃのう」

「なんでこげなことが恥ずかしいんじゃ。土佐におるときゃまっぱだかで泳ぎよったけん。なんならはだかになってやろか」

監物は興にのってそそのかす。

「そら皆よろこぶわえ。やって見ちゃれ」

蟬の鳴きしきっている昼さがり、監物とおきたは林の道を辿《たど》り大池の畔《ほとり》に出た。

入道雲が碧瑠璃《へきるり》の穹《そら》に聳《そび》え、熱気がゆらめく草原には草いきれがたちこめている。池では近所の子供たちが十四、五人水音をたて遊んでいる。

「さあ、はだかで泳いじゃれ」

「おうよ、見とりんさい」

おきたはためらう様子もなく帷子《かたびら》を脱ぎすてる。

「なかなかによき眺めやのう。こげな所で見たらいちだんと引きたつわい」

「抱きとうなるかえ」

おきたは舌を出す。

彼女の浅黒い体は胴がくびれているが上体の筋肉が見事に発達しており、背筋があざやかに凹んでいる。

臀《しり》が毬《まり》のようにふくらみ、太股《ふともも》から足首にかけて鹿《しか》のように引きしまっている。

おきたが水際へ出ると子供たちがこちらを眺めた。

「儂もつきおうちゃるわ」

監物は帷子と小袴《こばかま》を脱ぎ、褌《ふんどし》もはずしてあとを追う。二人は水音たかく池へ躍り入る。

「泳ぎ競べするぜよ」

おきたが丈のながい髪を水面に引きながら監物を誘う。

「よし、やってみるか」

おきたは見事な横泳ぎで水すましのように池のなかほどへ進む。監物はしぶきをあげ抜き手を切りあとを追った。

「うむ、これは速うて追いつけぬわえ。よし、背《せな》で泳ぐか」

監物があおのけになり、両手と両股で水を煽《あお》ると、先をゆくおきたとの距離がたちまち縮まり、追い抜きかけた。

「小癪《こしゃく》なのう、負けるか」

おきたも懸命に水を掻《か》く。

二人は抜きつ抜かれつ十町ほどを力のかぎり泳いだ。急に泳ぐのをやめたおきたを見た監物が戻ってくる。

「何とした」

「足がこむらがえりしゅうが」

「儂の首に手をまわせ」

監物はおきたを背負うかたちでゆるやかに水を掻き、汀《みぎわ》へ戻ってきて声をあげる。

「おきた、見よ。仰山見物にきてるがえ」

池畔《ちはん》の林中におよそ四、五十人ほどの百姓がしゃがみ、おきたが水からあがるのを見物していた。

二人は水をしたたらせつつ汀に立ち、監物が大声で呼びかけた。

「遠慮せんと見にこい。そげな所で隠れていよすな」

百姓たちは歯を見せながら林から出てきた。おきたは彼らのまえへ股《また》をひろげて立つ。

「さあ見んさい。観音さんを拝ましちゃうき」

いっとき暑気を忘れた二人が住居に戻り、井戸で冷やした真桑瓜《まくわうり》を切って食べかけたとき、人声がした。

「ご免なひて、ここは津田監物はんのお宿かのうし」

「そうや、誰かのう」

監物が土間をのぞき、声をあげた。

「こりゃめずらし連中やのう。源左に宗助に二郎三郎か」

三人の男は頭を下げる。

いずれも監物の屋敷がある小倉の庄の地侍であった。

「まああがれ、暑気ばらいに一杯やるかえ。ところで何の用事よ」

年嵩《としかさ》の源左衛門が腰をかがめながら近づいてきた。

「まあ、こげな器量よしの女子はんといてるさけ、小倉へは寄りつかんのやのし。ほんまにうらやましいわ」

「いらんことというな。用事は何や」

「今年の日前宮《ひのさき》はんのお流鏑馬《やぶさめ》に、旦那《だんな》に出て頂あきとうてのし。お頼みにあがったんじょ」

「ふうん、流鏑馬のう。ここ何年かは諸国へ出てたさけ、ごぶさたやのう」

「旦那が留守のあいだはほかの者が出たんでのう。負け通しで、いつでもよその郷よりゃ上様への年貢をば仰山《ぎょうさん》納めんならんし、賭《か》けにゃ負けるし、散々のていたらくでのうし。今年はひとつ他の郷をば見下しちゃりたいのよし」

上様というのは日前宮神官である。

日前宮は雑賀五搦《からみ》と呼ばれる五つの荘郷のうち、宮郷、中郷一帯を支配している。毎年米の収穫期が近づいてくると、日前宮支配地の村落から一人ずつ流鏑馬の射手を出し、競技をおこなわせる。

各村への年貢米高は、競技の成績順によって決められるのである。

流鏑馬に優勝すれば年貢が軽減されるし、見物客の賭け金からの配当も村に与えられるのである。

「日取りはいつや」

「九月の朔日《ついたち》やよし」

「よっしゃ、ほやいっちゃるで」

「おおきにありがとうさんやよし。ほんまに助からのし」

「さあ、用事すんだら一杯呑んでいけ。遠路歩いてきて喉《のど》かわいてるやろ。川で冷やした諸白《もろはく》の酒をば呑まひちゃるさかい、着物脱いで縁へ坐《すわ》りよし」

監物は三人を縁先へ招いた。

ひと月が過ぎた。

根来の山野に薄《すすき》が銀の穂を波うたせている。九月朔日の早朝、監物はおきたと馬に乗り根来寺を出た。

五人の僧兵が四匁五分玉筒をたずさえ、護衛役についた。監物は根来衆にとって欠くべからざる武芸の指南者である。

岩出村を過ぎ紀ノ川の河原に下り、浅瀬を渡って堤にのぼる。赤トンボが群れをなして中空に浮いていた。

色づいた稲田が豊かな穂波をうねらせている。さわやかな秋風が頬《ほお》をなぶってゆく。秋の大風もなく穏やかな稔《みの》りの季節であった。

監物は雑賀の荘の地侍どもに狙われていた。四年まえの夏、雑賀の荘と宮郷の領地争いがあった。

紀ノ川の支流である和歌川の東岸、中島村附近の境界について百姓どもの紛争があり、雑賀荘の侍たちが鉄砲をたずさえ宮郷の百姓を威《おど》した。

監物は要用があって小倉の屋敷にいたが百姓どもから急を知らされ、二匁玉二連筒をたずさえ現場へ駆けつけた。

雑賀衆はすでに発砲していた。相手は三人であったが、宮郷の百姓がひとり肩先を打ち抜かれ、朋輩《ほうばい》に担がれ退いた。

「こりゃ、理不尽なことをすな」

監物は一喝した。

宮郷の百姓どもは木蔭や畦道《あぜみち》の脇に身をひそめ、息を殺していたが、監物がきたのでいきおいを盛りかえした。

宮郷の侍たちはまだ姿をあらわしていなかった。日前宮の社人がひとり、立木のかげで刀の柄に手をかけ、色蒼《あお》ざめていた。

雑賀荘の侍たちは監物がひとりであるとみて、罵《ののし》った。

「なんじゃ、おんしゃは小倉の鉄砲放《はなち》かえ。監物ちゅう名あやろ。名人と聞いてるが、一発燻べてみよ。手なみをば見ちゃらあ」

彼らのひとりが、いきなり四匁五分玉筒を抱えあげ、立撃ちで監物を狙撃《そげき》した。鉛玉が耳朶《じだ》をかすめ、監物は激怒した。

「下手糞《へたくそ》めや。鉄砲はこげに撃つもんじゃい」

監物はいうなり肩にかけた輪火縄の火を二連筒の火皿に押しあて、轟然と二発つづけさまに撃った。

雑賀衆の二人が鉄砲を抱えたまま、吹き飛ばされるようにのけぞり転倒した。ひとりは頭の上部がなくなり脳漿《のうしょう》を辺りにまき散らした。いまひとりは胸から背中へ大孔《おおあな》をあけられた。

「どうなら、勝負するか」

監物が畦道のかげで鉄砲に弾薬を装塡し中腰で相手に声をかけたが、雑賀の荘の侍ひとりと百姓は逃げ去ったあとであった。

境界争いは双方の年寄役が交渉して和解したが、監物は殺した二人の侍の親族から命を狙われるようになった。

道を歩いているとき、いきなりくさむらから狙撃されたことも幾度かあり、監物は根来寺から外出しなくなった。彼が旅に出るようになったのは、命を狙われるのが鬱陶《うっとう》しかったためでもあった。

彼はおきたに話しかける。

「儂は日前宮で流鏑馬に出たら、鉄砲の的になるかも分らんわい。もし撃たれたらお前は逃げて去《い》ね。金銀は仰山あるさけ、食うにゃ難儀せんわい」

日前宮へ近づいてゆくと、大勢の人が群れていた。

「おう、監物どんがきてくれたろう。これで今年の流鏑馬は小倉村の勝ちじゃ」

小倉の年寄役たちが烏帽子《えぼし》直垂《ひたたれ》の盛装で駆け寄ってくる。

監物が鳥居の前で下馬すると、五人の僧兵が長髪を背に垂らした異様ないでたちで群衆の視線を集めつつ、周囲を警戒する。彼らが肩にかけた輪火縄が燻《くす》ぶり、いつでも発砲できる支度がととのっていた。

雑賀の荘の住人らしい侍がそれを見て冷やかす。

「あれ見よし。どこで合戦するんか知らんが、火縄に火ぃつけてるろう。なんと物騒な坊主やのう」

監物は僧兵たちに命じた。

「火縄の火ぃ消せ」

参道脇には葦簾《よしず》で小屋掛けをした露店がつらなり、客が群れていた。

拝殿の周囲には広い桟敷《さじき》が組まれ、宮郷、中郷の各村から集まった流鏑馬の射手が身支度をととのえている。

日前宮に近い神前村の射手は人目に立つ紫の直垂を身につけているところであったが、監物を見ておどろいたようにいった。

「あれ、小倉の射手は監物はんか。こらあかんのう。監物はん、いつ帰ったんなえ」

　監物は笑って答える。

「ほんこないだよう」

「また仰山儲《もう》けてきなはったかえ」

「そうじゃなあ、二十年やそこらは遊んで栄耀《えよう》できるほど稼いできたさかい、しばらく遊んでよかえ」

　神前村の射手は身をのけぞらせ感心する。

「なんとえらいもんやなあ。けなるいのう。わえらも一遍そげな身分になりたいもんじゃわえ。それでまた今日は流鏑馬で稼ぐんやのう。監物はんの鏃《やじり》にゃ眼ぇついてるさけ、わえらが束になってかかっても敵《かな》わんよ」

「そげなことないよ。勝負は時の運じゃ」

「運では勝てんよ。腕が違うさけのう。今日はまた眩《まぶ》しいような女子つれてきて、金と力のある男はうらやましいわえ」

　監物が桟敷にあがり、おきたに手伝わせ着替えをはじめると、見物人たちが人垣をつくって眺める。

　五人の僧兵はいったん火を消した輪火縄にふたたび点火し、桟敷にもたれ一服するふりをして辺りを油断なく眺めまわした。

監物が弓袋から弓を取りだすと、僧兵が手伝って弦《つる》を張る。

「へえ、やっぱり監物はんじょ。流鏑馬に二人張りの弓使うんかえ。わえらやったらそげな弓引いたら、馬から転《こ》かり落ちよかえ」

疾走する馬のうえから的を射る流鏑馬では、引きのゆるい弓を使うのがふつうであった。

揺れる馬上で体の均衡をとるのがむずかしいのに、剛弓を引けば手足に力がはいり転落しかねない。

「儂はこれくらいの物を使わなんだら、はりあいないわ」

監物は冴《さ》えた弦音をたて、弓を引いてみてうなずく。

「これでええわ。何とかやれようかえ」

神前で拍子木が鳴り、社人が告げた。

「さあこれから流鏑馬がはじまりますろう」

流鏑馬をおこなうのは、三町ほどの参道である。

射手たちは肥馬にまたがり拝殿脇へ集まる。監物は僧兵に馬のくつわをとらせ、二十三騎の射手の最後尾についた。

的は参道脇に五つ並んでいた。疾走しながら的を射抜くのである。監物は悠然と空を眺めていた。

先頭の射手が二町ほど彼方から走ってきた。監物は一瞥《いちべつ》して射手の尻が浮きあがっているのを見てとる。

――あやつはあかんわい――

監物が予想した通り、その射手は二個の的を落したのみであった。

五個の的をすべて射落したのは三人であったが、的の芯《しん》にあたる直径三寸ほどの黒丸はそろって射はずしていた。

監物の順番がめぐってきた。

彼は馬腹を蹴《け》って参道を駆けさせる。猛然と砂利をはね散らし走る馬の背で、監物は胸を張り弓に矢をつがえる。

最初の的を射抜いて、二の矢でつぎの的を射る。つづいて二本の矢を箙《えびら》から抜きつつつがえ、三、四の的を射た。

最後の的は間近であるため、矢を抜くなり狙いもつけずに射る。

泡を吹く馬をなだめて戻ってみると、社人たちが的をさしあげて見せた。

「やっぱり監物殿は、ほかの射手とはちがうわい。すべて芯を抜いていなはるで」

監物は馬に跑足《だくあし》を踏ませ拝殿のまえへ戻ってくる。

他の射手たちが彼を褒《ほ》めそやした。

「えらいもんやなあ。あんなのを神技というんやろ。狙いをつけるまもなしに芯を抜くんやさけにのう」

監物は汗もかいていなかった。

「おきた、弓を持っていけ」

彼がおきたを呼び、弓を渡そうとしたとき、轟然と銃声が湧いた。

十六

監物は馬から転げ落ちた。

おきたが悲鳴をあげ駆け寄る。

「お前《ま》んはどうしよったんじゃ。これ、撃たれよったか」

おきたは倒れたまま動かない監物にとりすがり、抱きつく。

「儂は撃たれてないぞ。しばらく動かんほうがええ、お前は辺りへ聞えるように泣き声たてよ。まだこっちを狙うてる奴らいてるかも分らんさけにのう」

監物が小声でいう。

おきたはうなずき、髪をふり乱し泣き喚《わめ》いた。

「あっ、もう息をしちょらんぜよ。もうあかん。死にゆうが。私《わたい》はどうしよりゃええんじゃ」

護衛の僧兵は三人が四匁《もんめ》五分玉筒の太い銃身を周囲の群衆にむけ、いつでも撃てるように引金に指をかけている。

女子供はおどろいてあとじさりする。

「根来の坊《ぼ》んさんが喧嘩《けんか》するんや」

「怒ってるぞ。監物はんが撃たれたので坊んさんが怒ってるぞ」

「撃たれたら怖《おと》ろし。逃げよ」

僧兵二人は境内の群衆をかきわけ参道脇の露店を蹴散《けち》らし、曲者《くせもの》をとりおさえようと走った。

「狼藉者《ろうぜきもの》はどこにいてくさる。お前ら、見たろうがえ。いま鉄砲撃った奴はどこへ逃げた」

長髪を揺らせて走る僧兵たちは、身をすくめる老若に聞くが、返事はない。

前から歩いてきた地侍の一団が、わざと僧兵のまえに立ちふさがり、肩先をうちあて怒声を発した。

「こりゃ坊主、何の遺恨あって儂に行き当ったんじゃい」

眼を血走らせた僧兵は足をとめ、侍たちを睨《にら》みつけた。

「お前んら、いまの筒音を聞いたろうが。うちの監物はんが撃たれたんじゃ。誰が撃ったか見てたらいうてくれ」

地侍の一人が肩をいからせ進み出た。

「何じゃい、行き当った詫《わ》びも吐《ぬ》かさんと物を聞くんか。無礼なまねしくさったら見逃さんぞ。こりゃ待て」

僧兵たちは鉄砲の筒先をむける。

「動くなよ。この引金ひいたら、おんしゃの胸に風穴あくぞ」

「そうかえ、おもしゃいこと吐かすのう。ほや風穴あけてくれ」

二人の僧兵はあとじさった。

地侍は四、五人であったが、朋輩らしい若者が湧くようにあらわれてくる。

「何じゃい、根来者と喧嘩するんか」

「鉄砲持ってるなあ。ほや、こっちも持ってこい」

僧兵たちは後退するほかはなかった。

地侍たちは雑賀衆であった。四年まえの夏の遺恨をはらすために、彼らは監物に喧嘩を売りにきたのであろう。狙撃したのは雑賀衆にきまっていた。

二人の僧兵は落馬した監物の傍《そば》まで戻ってきた。

「何じゃこいつらは」

監物を護《まも》っている三人が聞く。

「喧嘩売りにきくさったんや。こいつらは」

雑賀衆の人数は、いつのまにか三十人ほどになっている。彼らは倒れて身じろぎもしない監物をのぞきこみつつ、罵声《ばせい》をあげた。

「喧嘩売りにきたてかい。行き当ってきたのはおのれのほうじゃ。詫び吐かせ。詫びいわんと去ぬつもりなら通さんぞ」

雑賀衆は刀の柄に手をかける。

そのとき監物がはね起き、怒号した。

「儂はこの通りじゃ。さっきの下手糞の撃った鉄砲玉は、いま頃はそこらの松の木につき刺さってるわい。さあ皆、馬に乗れ。手向うてくる者いてたら、撃ち殺せ」

僧兵たちは鉄砲を片手に馬に乗り、筒口を雑賀衆にむける。

監物が刀を抜きはなち、ふりかぶった。

「退《の》け、退かぬ奴らはぶち切るぞ」

馬腹を蹴って雑賀衆のなかへ駆けいってゆく。

うろたえた雑賀衆の男たちはなだれるようにうしろへ逃げた。僧兵たちは彼らの頭上へ四匁五分玉筒を轟然と放った。

雑賀衆は地に伏す。その隙《すき》に監物たちは馬首を返し、日前宮《ひのさき》をあとに逃れ去った。後方で鉄砲のはじける音が二、三度響いたが、追手はこなかった。

監物たちは紀ノ川の堤へ上ると後ろをふり返り、吐息《といき》をついた。

「危ないところやったのう。儂は鉄砲玉に当ったふりしてたさけ、いきなり起きあがっちゃったら度胆《どぎも》抜かれたようなのう」

「そうやのし、あやつらの虚をついたんで、怪我《けが》もなしに逃げられたが、さもなくばただでは去《い》ねんところであったのし」

「まあしばらくは紀ノ川を下《しも》へゆくのはやめじゃ」

監物はおきたの胸乳のふくらみを背におぼえつつ、馬を歩ませていった。

当時の根来寺は広大な所領を保有し、八千人から一万人の僧兵がいた。彼らに仕える従僕の数を加えると、その人数はおびただしい。

諸国大名から傭兵《ようへい》の注文は切れめもなく届く。彼らは精強な鉄砲集団が味方につけば合戦に確実な勝利を得られるので、求められるがままの報酬を支払う。

根来鉄砲衆が三好長慶に従い京都で活躍した噂《うわさ》は畿内《きない》にひろまり、津田監物の名も高まっている。

「まあしばらくはいずれの注文もうけつけず、天下の形勢を見ているのがよかろうかえ」

監物はおきたとともに、根来の秋をたのしむことにした。


天文二十三年（一五五四）六月、京都の三好長慶の使者が根来をたずねてきた。

監物は山内長老とともに使者に会った。使者は長慶から指示された口上《こうじょう》を述べた。

「このたび摂津有馬郡の守護所、三田の城主有馬重則より加勢の頼みが参ってござる。播磨《はりま》別所の三木次郎に攻められ、助勢を受けねば城を落されるとのことにて、三好長逸殿が人数を出されまする。ついてはわれらが主人には是非にも監物殿のご加勢を願うて参れとの指図にてござりまするに」

杉ノ坊以下の長老たちは監物の意見を聞いた。

「監物殿よ、どうならよ。加勢ひてやるかえ」

監物はしばらく黙っていたのち答える。

「いたしかたもなや。長慶殿の頼みならば聞かぬわけにもゆくまい。ところで鉄砲衆を幾人所望かのう」

「三百人にござりまする」

「それなら、鳥目《ちょうもく》はいかほどかえ」

「白銀百枚にござりまする」

監物は首をふった。

「それでは参れぬわい。百五十枚を所望いたす」

使者はすかさず答えた。

「ようござります。それがしより主人に申しまするに」

監物は承知した。

摂津武庫川《むこがわ》上流の有馬郡の守護は、南北朝以降赤松氏の庶流有馬家が任じ支配してきた。戦国期になると、三好長慶の保護を仰いだ。

天文二十二年（一五五三）頃から有馬重則と西方の隣国播磨美嚢《みのう》郡別所城主の三木次郎が国境の争奪をくりかえし、しだいに劣勢となった重則が長慶に救援を求めてきたのである。

三木次郎は公卿冷泉《れいぜい》氏の末裔《まつえい》と称し、美嚢郡細川庄を支配している。

「さあ、またひと儲《もう》けしてくるか。おきたもいっしょにいこら」

監物が根来衆三百人を率い、堺湊《さかいみなと》へむかったのは暑熱も盛りを過ぎた七月末であった。

堺には三好一族の長老三好長逸が一万余人の摂津衆を集結させていた。監物らが本陣に到着すると長逸は門前に出迎える。

「監物殿が参らわしなら、われらは千人力じゃ。これで三木攻めは大勝ちときまったぞ」

摂津衆の軍兵たちは土煙をあげ続々と到着する砲車に積まれた三百匁玉筒を見て歓声をあげる。

「これは頼もしい味方がきたのう。こげな大筒を撃ちかけたなら、三木の奴輩《やつばら》は胆《きも》をつぶそうかい」

堺湊の三好勢は一ヵ月のあいだ兵粮《ひょうろう》、弾薬を集積し、八月末に軍船をつらね兵庫湊へ移動した。

汗と皮革のにおいを放つ三好勢は兵庫の浜で勢揃《せいぞろ》いをしたのち、鵯越《ひよどり》えを通過し押部谷《おしべ》から三木へむかった。

雑草がのび、薄の穂波がつらなる三木城外に迫ると、三木の伏勢が矢を射かけてきた。先手の兵が襲いかかるとたちまち逃げ散る。野を埋めて迫る大軍の前途を妨げる者はいない。

八月末日、三好勢は三木城外に旗差物がつらなるのを認めた。

「さて、いよいよ合戦か。ひとはたらきしてやらあ」

監物の指揮する根来衆三百人は六隊に分れ、先陣へ出た。

「まずは大筒を燻べちゃるか」

五挺の三百匁玉筒は黒煙をあげ、耳をつんざく轟音《ごうおん》をたて咆哮《ほうこう》する。

つづいて四匁五分玉筒の銃口をそろえての一斉射撃がはじまった。

三木勢の旗差物がゆらぎ、あきらかに動揺の気配が見えた。

「それ、総攻めじゃ」

勝ちほこった摂津衆が喊声《かんせい》とともに突撃する。

四方から押された三木勢はひとたまりもなく潰走《かいそう》して城内にたてこもった。

三好長逸は部隊を二手に分け、三木城を取り囲むとともに出丸《でまる》、支城に襲いかかった。

根来衆は常に先陣に立ち、敵勢に鉄砲を撃ちかける。摂津衆は十日のあいだに七ヵ所の城砦《じょうさい》を陥れた。

「このくらいいためつけておけば、しばらくは動けまい。いったん引き揚げるか」

摂津衆は三木城の包囲を解き、引き揚げた。

監物らは三好長逸に従い芥川《あくたがわ》城の三好長慶をたずね、戦況を報告した。

長逸は長慶にすすめる。

「播磨を取り抱《かか》うるは、いまにござりますぞ。播磨では赤松、浦上の威勢はもはやすたれ、別所、三木、小寺の地侍衆が境界をあらそい小競《こぜ》りあいをくりかえしておりますれば、これを取り抱え討ち滅ぼすはたやすきわざにござりまする」

三好長慶は長逸のすすめに応じた。

「儂の手許《てもと》にも赤松政村より出馬を頼んできておる。播磨、丹波へ仕懸けるときが参ったようじゃ。監物はこのたびもまた加勢してくれ。心づよいひとはたらきを見せてくれい」

「かしこまってござりまするに。三百人の手勢は三百匁玉筒五挺を牽《ひ》いてきておりますれば、播磨衆の耳をおどろかせてご覧にいれまする」

「来月になれば淡路炬ノ口《あわじこくち》（兵庫県洲本市）の城に参り、淡路の冬康、讃岐《さぬき》の一存、阿波《あわ》の義賢を呼び寄せ戦評定《いくさひょうじょう》をいたす。そのとき根来衆に供を頼むぞ」

淡路の安宅《あたか》冬康、讃岐の十河一存《そごう》、阿波の三好義賢の三人の弟は、長慶の股肱《ここう》として尽す有能な武将たちであった。

十月初旬、長慶は二千の兵を率い芥川城を出て淀川沿いに南下し、大坂から西国街道をとって船上（兵庫県明石市）に到着する。

白砂青松のつらなる浜辺には、安宅冬康が軍船をつらね迎えにきていた。

淡路岩屋は指呼の間にあるが海峡の潮流は早く、航行の難所である。冬康は海辺に厳重な陣を敷き、いかなる変事にも対応できる態勢をとっている。

彼は長慶に告げた。

「今日は風のまわりが悪《あ》しゅうござれば、明日にも船を出しまする。晩には物見を立て、用心いたさねばなりませぬ」

長慶は沈着な眼差《まなざ》しをむける。

「播磨の地侍どもがうせおるのかや。それとも丹波の波多野が仕懸けて参るのか」

冬康は笑ってうなずく。

「さすがは勘のよき兄者よのう。仰《おお》せのごとく三木次郎が、丹波の波多野に助勢をたのみ、この辺りまで様子をうかがいに参ってござりまする」

長慶の手勢と冬康の水軍をあわせ三千余人のうち、半数が軍船に乗り、残りの人数が浜辺で護衛の任につく。

日が暮れてのち、西風がしだいにつよまった。船の動揺を嫌う長慶は浜で冬康とともに夜を過ごす。

本陣の警固を命じられた監物は、組頭六人にいいふくめた。

「今夜は夜寒《よさむ》で大儀やが、篝火《かがりび》を焚《た》いて常時百人は起きておれ。ええか、儂はどうやら夜が更けてから丹波の素破《すっぱ》が仕懸けてくるように思えてならんのや。なんというても丹波者は油断がならん。霧の国の住人やさかいにのう」

丹波は霧のふかい国であった。

冬にむかう季節はとりわけて、乳のように濃い霧が出る。波多野氏は北摂津の険しい山城である八上《やがみ》城に拠《よ》り、神出鬼没の戦法によって他国から侵入するいかなる敵をも阻んできた。

戸板をつらね、風囲いをした陣小屋のなかで、監物は夜が更けても起きていた。おきたは掻《か》い巻き布団をかぶって砂上に身を横たえ、寝息をたてている。

根来衆三百人のうち二百人は仮眠をとっているが、百人は篝火のまわりに寄りあつまり、酒をくみかわしながら静かに辺りの気配をうかがっている。

戦場に慣れた根来衆は、ほとんど朋輩と言葉をかわさず物音をもたてない。夜間の陣中では、くしゃみひとつするのも禁物であった。

わずかな物音が疑心暗鬼を呼び、陣中で思いがけない動揺のひろまることがあるためである。

「今夜はえらい冷えるわい」

監物は具足のうえに陣羽織を着て、風音に耳を澄ませる。

組頭が酒樽《さかだる》を傾け、監物の湯呑《ゆの》みに濁酒をついだ。子《ね》の刻（午前零時）を過ぎた頃、遠方で竹法螺が鳴りはじめた。

ひとところで長く尾をひいて鳴ると、離れた場所でみじかくくりかえして鳴る。たがいに通信をしているのである。

味方の陣所で人馬の物音がおこり、哨兵《しょうへい》の群れが巡回をはじめた。

「お頭、敵は仕懸けてくるかのし」

組頭のひとりが聞く。

「さあ、しかとは分らんが、くるやも知れんわえ」

「竹法螺吹いてる奴らが仕懸けてくるんかのし」

「いや違う。あれはこっちの気をひいてるだけじゃ。敵はここからそう離れない所まできてくさるのう」

「そげな近所にいてるかのし」

「まあ一町ほど先か。竹法螺が鳴りやんで、味方の衆が気ぃゆるめたときに押し込んでくるぞ。鳴りやんだら皆起こして弾丸込めさせよ」

「合点《がってん》やよし」

竹法螺の音がしだいにふえ、野犬の啼《な》き声も聞える。

半刻（一時間）ほどつづいていた無気味な尾をひく笛のような音色はしだいにまばらになり、やがてとだえた。

組頭たちが眠っている僧兵たちを起こしてまわる。

「起きよ、間なしに敵が押し寄せてくるろう。弾丸込めせえ。火皿に硝薬置いて、いつでも撃てるように支度《まわり》せえ」

僧兵たちは篝火のほの明りのなかで肩にかけた輪火縄に火を点じ、弾丸硝薬を銃口から入れ槲杖《かるか》で突きかため、射撃の用意をととのえた。

三百匁《もんめ》玉筒五挺にも散らし玉を込めた。

彼らは西風に吹かれながら待っていた。味方の陣所は静まり、篝火の数が減った。闇中の敵は竹法螺を吹いて脅そうとしただけで、攻撃を仕懸けてはこないと判断したのである。

一刻（二時間）ちかくの時が経《た》った。僧兵たちは夜明けまえの濃い闇のなかで睡気《ねむけ》をさそわれる。

そのとき彼らは地を踏んで走る大勢の足音を聞いた。

「きたろう。狙いを低うせえ。十間ほどに引き寄せてから撃て」

監物は低い声で下知した。

足音はしだいにあきらかとなってきた。

「かなりの人数や。千五百か、二千か」

監物がいったとき、天地をゆるがす喊声が湧きおこり、矢が雨のように飛んできた。

「わあっ、わあああっ」

敵の人馬が地を踏みとどろかせ迫ってくる。

味方の陣所から大音声で指揮する声が湧きおこった。

「さあ、敵味方の目ぇさまひちゃれ」

監物が喚くと同時に夜気をつんざく轟音がつづけさまに湧きおこり、五挺の三百匁玉筒が長い火の舌を延ばした。

花火のようなこまかいバラ玉が朱色の砂を撒《ま》いたように空にひろがり、敵の頭上に降り落ちる。

同時に三百挺の四匁五分玉筒が一斉に咆哮した。尾をひく流星花火が眩しくかがやいて飛び、野を照らしだすと、おびただしい敵が見えた。

十七

僧兵たちの最初の斉射をうけた敵勢は、たちまちいきおいを失った。

地に伏せ、逃げ走る先手の兵が、うしろから押してくる者と押しあい、闇中でもみあううち、同士討ちをはじめた。

顔も見分けられないくらがりで、恐怖に駆られたひとりが前をさえぎる人影にいきなり斬《き》りつける。

「あっ、こやつは三好の手の者か」

「敵はこなたへも迫ったぞ」

「うしろを取りきられるぞ。皆の衆、引け、引け」

叫び声が交錯するなかへ、三好勢の槍衆が喚声をあげ突きいった。

襲ってきた敵は大混乱に陥った。

「いまじゃ、花火をあげよ」

監物が命じ、根来衆は流星花火をつづけさまにあげる。

味方の槍衆が土煙をあげ、敵の大群を突き崩しているさまが、おぼろに浮きあがった。髪ふりみだし、悪鬼のように刀槍をふるう男たちのあいだから、断末魔の叫びがあがる。人はいまわのきわに、すさまじい高声を発した。

「法螺《ほら》を吹け」

監物が命じ、組頭が法螺貝を吹いた。

味方に後退を命じる貝が、小、小、小、小と忙しくくりかえし鳴ると、槍衆は迅速に引き揚げてきた。

散々に打ちやぶられ一町ほども逃げ戻っていた敵はようやく立ちどまり、ふたたび攻め寄せてくる。

「ええか、これから儂らの腕の見せどころや。二組ずつに分れて、切れめなしに撃ちかけちゃれ」

監物の下知により、根来衆は百人ずつ三組に分れ、鉄砲を構えた。

敵は波多野衆ではなく、播磨の豪族明石《あかし》氏の拠《よ》る明石城の城兵たちであった。

四匁五分玉筒に玉込めし、硝薬を装塡して発射するまでに二十四秒を要する。

百人ずつに分れ三段撃ちをおこなえば、敵勢に八秒置きに百発の鉛弾を撃ちこめる。

銃撃をうけた敵は、確実に損害をふやす。百発ずつの斉射を五、六度もうければ、数千の軍勢も攻撃をやめざるをえなくなる。

「それ、撃ちやれ」

夜空をかきまわす轟音が湧きおこり、銃口から長い火の舌が延びる。

天地も崩れるかと思うほどの斉射の響きが耳を聾《ろう》するなかで、敵勢は薙《な》ぎ倒される。

三百匁玉筒が地響きたてて発砲する。根来衆の射撃の的となった者は、胸に風穴をあけられ、首からうえを吹きとばされ、足を千切られ、血潮をふりまき絶命した。

行手から湧き出るようにあらわれてきた敵勢は、ついに総崩れとなった。彼らは鉄砲の一斉射撃がどれほどの威力を発揮するのか知らなかった。

播州のいなかでは、鉄砲を撃てる者はすくなく、鳥威しの玩具《がんぐ》にすぎないと思われていた。

城兵の敗走を追う三好勢は、城に我責《がぜ》めをしかけず、兵を引く。長慶が持久戦の方針をとったためである。

長慶は十月末に淡路炬ノ口《こくち》城へ引き揚げていった。あとは一族の三好長房が全軍の指揮をとることになった。

監物は根来衆とともに、人丸塚に近い寺院に宿陣した。冬期の野陣は身にこたえるものであった。

三好長房は監物の望むことはなんでもうけいれる。緒戦で明石城兵をめざましく打ちやぶった鉄砲衆の火力を高く評価していたためである。

監物は組頭たちにいう。

「鳥目も仰山貰うたし、しばらくは合戦もないようや。この辺りは魚も旨《いす》いし、酒でも呑んで年を越すかえ」

監物はおきたとともに朝から酒をくみかわし、酔いがまわると閨《ねや》に入って添い寝をする。おきたは体をまさぐられるとするどい反応をあらわす。

根来衆の男たちは、昼間から襖《ふすま》をしめた臥《ふ》しどの座敷から監物とおきたの睦《むつ》みあう声が洩《も》れてくると、笑みをおさえられなかった。

「うちのお頭《かしら》は、ほんまに好きやのう。若いおきたはんを相手に、よう身が保《も》つものや。朝、昼、晩と抱いてるやろ」

「いや、もっとや。戦《いくさ》のないときや朝から夜さりまで、おきたはんを触《いろ》てるんや」

「ええ女子《おなご》やさかい無理もないが、ほんまに腎張《じんば》ったお人やなあ」

僧兵たちも附近の集落にでかけ、女を物色した。彼らは監物から分け与えられた鳥目が豊かなので、女に伽《とぎ》をさせるのに銭を惜しまない。

西風が吹きつのり、粉雪の舞う日は寺の庭に大篝火を焚く。火焔《かえん》が天をつくほどいきおいがつよいので、まわりにおれば寒気をおぼえない。

篝火の燠《おき》のなかに銀杏《ぎんなん》、山芋《やまいも》などを埋めて焼き、それをかじりつつ酒を呑む者もいる。

師走もなかばの雪の降りしきっていた朝であった。監物はおきたとともに篝火の傍に置いた床几《しょうぎ》に腰かけ、組頭たちと雑談をかわしつつ銀杏をかじっていた。

寺の築地塀《ついじべい》の外を通りかかった数人の百姓のうち、ひとりが監物を見た。それまで機嫌よく冗談をいっていた監物の眼がするどくなる。

「あの者どもを引っ捕えてこい」

組頭が聞く。

「なんでよし」

「とにかく、捕まえてこい」

「分ったよし」

僧兵が十人ほど立ちあがり、山門を走り出た。

喚き声があがり、百姓たちは逃げだした。

おきたが監物に聞く。

「なんであの百姓らを捕まえるんじゃ」

「あやつどもは敵の細作《さいさく》（間諜《かんちょう》）や」

「なんで分ったんかえ」

「眼のつかいようが、尋常でなかったんじゃ。あれは細作にちがいない」

しばらく経つと、僧兵たちが百姓三人を引きたて戻ってきた。

「ひとりは逃げたんで、こやつらを捕まえてきたのよし」

僧兵は、荒い呼吸をしている百姓たちを、監物のまえに引きすえた。

「こりゃ、おのしらはどこからきた。丹波か。そうやろ」

監物が竹鞭《たけむち》を手にしていうと、百姓たちは地面に額をすりつけた。

「手前どもは、玉津の在の百姓でござります。怪しい者やとのお疑いは、的はずれじゃ」

「何じゃと、玉津といえば明石城下や。お前らはどうにもこの辺りの住人と、言葉遣いがちがうのう。儂を見る眼つきが何とのうはばかりあるようで、盗っ人《ぬすと》みたいやったが。よし、着ておるものを皆はがし、調べてみよ」

「怪しい者ではござりませぬ。どうぞご勘弁を」

身もだえする百姓たちは僧兵に押えつけられ、着物を脱がされる。

「なんと汚ない着物《きりもん》じゃのう。しらみがたかっておるわい」

「褌《まわし》も汚れてる。ああ気色わるい」

僧兵たちはぼやきつつ、脱がした衣類をあらためてゆく。

「着物の襟《えり》とか、帯をしらべてみよ。書状を隠してるのは、おおかたそのあたりや」

監物の指図で帯、野良着の糸をほどきしらべるが、何も出てこない。

「儂の見る目に狂いはないのやが。見違えたかのう。まてよ、草鞋《わらじ》の緒をほぐしてみよ」

百姓の泥まみれの草鞋をあらためるうち、僧兵のひとりが声をあげた。

「あったろう。これじゃ、お頭。こよりが出てきまひたよし」

「こっちへ持ってこい」

こよりをときほぐすと、細字を書きつらねた書状であった。

「上物の杉原紙やなあ。何と書いちゃあるんか」

監物は書状を日向《ひなた》にかざし、読みくだした。

「お頭、何て書いてるんよし」

「こやつらは、やっぱり丹波波多野の使いや。三日のちの子《ね》の刻（午前零時）に、明石城へ米二百俵をいれると書いてあるぞ。よし、それをば分捕っちゃろらえ」

監物は太山寺（神戸市垂水区伊川谷）の三好本陣へ出向き、総大将の三好長房に会った。

「御大将、これ見て下されや。明石城へむかう途中の波多野の使いをば、儂が捕まえたところ、かようの書状を持ってござったのや」

長房は書状を一読した。

「監物どんは、いつもながら眼力すぐれておるわい。それで、米二百俵いれるところを攻めてやるか」

「さよう勘考いたしおりまする」

「そんなら足軽を出すかえ。幾人なりとも貸すで」

「かたじけのうござりまする。足軽三百人ほどお貸し下され」

「よかろう。使うてくれい」

三日めの夜、監物は根来衆全員に鉄砲を持たせ、三好足軽衆三百人の加勢を得て、明石城外へ忍び寄った。

「もうじき子の刻限や。米二百俵は、くるかのう」

頭上は降るような星空である。

僧兵たちは火のついた輪火縄を肩にかけているが、火光が敵に見えないよう地に伏せていた。

子の刻限を過ぎて小半刻（三十分）も経った頃、かすかな牛車のきしむ音が聞えてきた。監物は顔をあげた。

「きたろう。二百俵の米を運ぶのに、どれだけの人数がついてきてるかのう。城からも迎えが出てくるやろ」

息をひそめ待つうち、牛車のわだちのきしみが近づいてきた。

二十間ほどまえに出していた物見が戻ってきて告げた。

「城から大勢出てきたよし」

「どれほどや」

「さあ、千人ほどもいてるかのし」

「そうか、槍衆に支度《まわり》ひて待つようにいうてこい」

明石城から軍兵が繰りだしたのは、三好勢に急襲をうけ、兵粮を奪われるのを警戒してのことであろう。

「思いきり近寄せて撃つんやろう。儂の下知にそむくなよ」

監物は六人の組頭にいう。

「合点やよし」

僧兵たちは五十人ずつ、横列に並んだ。六段撃ちで絶え間ない射撃をおこなうのである。辺りの闇《やみ》には敵の物見が出てきているはずで、監物たちは埋伏《まいふく》しているのを察知されたときは、ただちに攻撃をはじめねばならないと緊張する。

敵は三好勢が待ちかまえているのに気づかない様子である。寒風の吹き過ぎる街道に牛車の列があらわれた。

星明りで刀槍を光らせた護衛の軍兵が百人ほど付きそっているのが見える。城兵は徒歩《かち》だちで物音を忍び、やってきた。

「かなり多いのう。千人のうえを超すようや」

監物は膝《ひざ》をたてた。

「はじめは鉄砲を撃ちかけて、撃ち崩ひたあとで槍衆に突っこんでもらえ」

監物は槍衆のたむろするところへ使いを走らせた。

「お頭、きまひたれえ」

監物の傍にいる小頭がささやく。

「よし、狙いつけていつでも撃てる支度せえ」

米俵を積んだ牛車の列は、監物たちの眼のまえ半町ほどの街道で出会い、たがいに低い声で挨拶《あいさつ》を交している。

狙撃するには最適の距離である。

監物は組頭たちに命じた。

「はじめは三組がいっしょに撃て。そのあとは一組ずつや」

はじめに百五十挺の鉄砲を撃ちかけ、敵の機先を制する戦法である。

牛車をかこむ行列が動きかけたとき、監物が大音声で下知した。

「それ、撃ちやれ」

風に揺れる草の葉擦れの音が耳につく静寂の空間に、落雷のような筒音が鳴りわたり、百五十挺の鉄砲がながい火の舌を吐く。

城兵と牛車の行列は、たちまち乱れた。

「鉄砲じゃ、三好の伏せ奸《かまり》じゃ。追い散らせ」

敵の頭役の喚き声が消えないうちに、五十挺の鉄砲が咆哮した。

一組ずつ四秒置きの猛射を浴びた敵勢は、いったんは刀槍をつらね押し寄せてきかけたが、銃弾《じゅうだん》を浴びると恐怖にかられ遁走《とんそう》した。

根来衆の狙撃は無駄玉がなく、おびただしい数の敵を倒した。

「あれ見よ、槍衆が出るまでもないろ。逃げていきくさる」

監物は手をうって笑った。

牛車に積んだ二百俵の米は、すべて置き去りにされていた。

監物たちが陣所へ持ちかえった米は、褒美《ほうび》として根来衆に与えられた。

「こげな合戦なら、町撃ち稽古《けいこ》ひてるよなもんやのし。稽古さひてもろて褒美もろうて、何やら悪《わ》りようやのし」

組頭が不敵な笑みを浮かべていった。

三好長房は我責めをおこなわず、明石城を包囲し、兵粮攻めをおこなう。

弘治元年（一五五五）正月十日、三好勢の重囲のうちにあって波多野氏の後巻きをも期待できない明石城主は、ついに降伏した。

「さあ、これで海辺との繋《つな》ぎ城もできたし、北へ攻めいることになるやろ」

監物の推測通り、三好長房は急使を摂津芥川城へ走らせ、長慶の出陣を要請した。

長慶は阿波の三好義賢の兵を明石におもむかせるとともに、自身も大兵を率い出兵する。明石に集結した三好勢の総勢は一万人を超えた。

長慶はおりからの積雪のなか、明石から北上して播磨美嚢郡の三木別所城に迫った。長慶は監物を呼び、命じた。

「別所の城は九月に取り抱えしときも、七つの出城を落したが、本城は落せなんだ。播磨にても一、二をあらそう大城ゆえ、このたび取り抱うるともたやすくは落ちまい。そのほうの力にて、敵の防ぎ矢を抑えてくれぬかや」

監物はいう。

「鉄砲は野戦のときは強うござりまするが、城攻めには、寄せ手の加勢をいたすのがせいぜいと存じまする。まあ、いま一段の力をご覧にいれることもなかろうとは思えども、またいかなる機をつかめるやも知れませぬゆえ、出精《しゅっせい》いたしあいつとめまする」

別所城攻めは、一月下旬からはじまった。

監物は僧兵たちに命じた。

「よき潮時をつかむまでは、無理にさし出て怪我しよすな。あげな攻めづらい城をば我責めいたすのは、阿波衆にまかせておきゃええんじょ」

監物は別所城攻撃には積極的な動きを示さず、終始寄せ手の掩護をおこなうのみであった。

「あんまり玉をば使うなよ。これという手柄をたてられんのに、もったいないことするな」

戦況は一進一退のまま、はかばかしい推移を見せなかった。

だが日が経つにつれ、城兵の士気は衰えをみせはじめた。押し寄せる三好勢に矢を浴びせようとすると、根来衆の狙撃をうけ、損害がふえるばかりである。

「三好の同勢が攻めてくるのは恐ろしゅうないが、鉄砲で撃たれてはたまらぬ。死人手負いがふえるばかりじゃ。あれをなんとかできぬのか」

城兵たちのあいだに弱音が聞えはじめた。

三好勢がときの声をあげ押し寄せてくると、防ぎ矢をするため城壁に姿をあらわさねばならず、そうすれば根来衆の精妙な射撃の的にされる。

弾丸が命中すれば命を失うか、大怪我をする。矢疵《やきず》にくらべ鉄砲疵は深手になることが多かった。

二月二十七日、別所城主三木次郎はついに降伏した。

三好長慶は東播磨二郡を掌中におさめ、兵を引くことにした。彼は監物に礼をのべた。

「そのほうどもを味方につければ合戦は勝つというが、まことにその通りじゃ。このたびもよくはたらいてくれた。ついてはそのほうに頼みがあるが」

「なんなりと仰せ下されませ。鳥目さえはずんで下さりゃ、できるかぎりのはたらきをご覧にいれまする」

長慶は笑う。

「そのほうは、いつにても本音を申す男よのう。よからあず。褒美は望むがままにとらせよう。頼みというは、丹波亀岡の八木の城へ出向いてほしいのや」

「八木には松永長頼さまがご在番なされておられまするが」

「さようじゃ。八木の城へは八上の波多野の手先がしきりにうかがいあらわれ、長頼も難儀いたしておる。ついてはそのほうどもが出向いて、伏せ奸をいたし、忍んでくる敵の奴輩《やつばら》を討ちとってもらいたい」

「丹波は雪と霧の国にござりまする。忍びの者どもに付け火をされ、寝込みをつかれるなど難儀なことも多うござりますやろ。あい分ってござりまする。手前どもが出精いたし、そやつらをのこらず退治してご覧にいれまする」

監物はゲリラ戦を引きうけた。

十八

八木城（京都府八木町本郷）は、現在のJR山陰線八木駅西方の山頂にあった。城山は標高三百三十メートル、比高二百二十メートルで、本丸は頂上に置かれている。

監物と三百人の根来衆が八木城に到着したのは、三月なかばである。山間にはまだ残雪がうずたかく、遠近に鶯《うぐいす》の声は聞えるが、連日の霧であった。

監物たちは丹波の山間、二十数里を移動するのに、七日をついやした。深い霧のなかから突然敵があらわれ、執拗《しつよう》にゲリラ戦を挑んできたためである。

根来衆は伊賀の流れを汲《く》む忍びの技をこころえているが、乳を流したような霧のなかでは敵を発見したときは遅かった。

八上城主波多野秀治、秀尚兄弟が兵を放ち、監物らの前途を妨害するのである。霧の国で育った地侍たちは地形をそらんじており、監物らが亀山の八木城へ向うのを知っていて、待ち伏せしている。

根来衆三百人が五挺の三百匁玉筒の砲車、弾丸箪笥車を曳いてくる足音を聞くと、霧のなかから躍り出て斬《き》りかかってくる。

人声も聞えないままに、いきなり矢が降りそそぐこともある。

「内冑《うちかぶと》を射られるなよ。輪火縄に火いつけて、鉄砲には早合《はやあわせ》を詰めておけ」

木炭、硫黄、硝石の粉末を混ぜあわせた硝薬と鉛玉を納めた、早合の薬紙筒を銃身に装塡し、いつでも撃てる態勢をととのえているが、硝薬が霧にしめるので、銃口に木栓をはめておかねばならない。

霧のなかから走り出る敵の姿が見えるのは、三間ほどの距離であるため、先頭をゆく者は射撃する余裕がなかった。

鳥の声が聞えるばかりの森閑とした木下道《このしたみち》を辿《たど》っているとき、喚き声があがり敵が斬りこんでくると、とっさに鉄砲を逆手に握り相手を打ち倒さねばならない。

八木へ向うあいだに十数人の怪我人が出た。死ぬ者がいなかったのはさいわいであったが、厳戒態勢で進まねばならない。隊列の先頭に物見が数人先行し、路面に耳を押しあて物音を聞く。

忍びの心得のある者は、二十町ほども離れた地面を踏む足音を聞きわけることができた。

前途に人の気配がないとたしかめると、監物たちは前進し、しばらくゆくと足をとめ、また物音を聞く。

途中、村落にゆきつくと、日が暮れていないときでも足をとめ宿営した。営所の周囲には篝火を昼間のように明るく燃やし、哨兵を絶えず巡邏《じゅんら》させる。

監物は組頭たちに一瞬も気をゆるめてはならないといましめる。

「儂らは三百の小勢や。鉄砲持ってるさけ、千や二千の敵を相手にひても気遣いないがのう。こげな霧のなかから出てこられたら、手の打ちようもなかろ。用心ひていくより仕方ないよ」

常に迅速な行動をとる根来衆も、牛の歩みを強《し》いられる。

おきたは綿帽子をかぶり、太刀を腰間に横たえ馬に乗っていた。彼女は馬乗りに慣れ、疾駆《はやが》けをしても落馬することはない。

「陽の光を拝まにゃ、気が晴れんぜよ。私《わたい》はこげな薄暗い土地は好かん」

おきたは眉《まゆ》をひそめ、四方に立ちこめる霧に舌打ちをする。

監物たちは八木城の麓へ到着し、七日ぶりに緊張をゆるめた。城兵たちは京都表での合戦で顔なじみになった者が多く、なつかしげに声をかけてきた。

「監物殿と根来鉄砲衆が後巻きにきてくれりゃ、もうおそろしいものはない。三好政勝、香西元成らの野武士連中も、いままでのように気やすくは攻めてこられまいよ」

松永長頼は監物の肩を抱き、陣屋へ迎えいれた。

「ようきてくれたのう、監物殿。儂は摂津、河内、和泉、大和の明るい土地で育ったさかい、ここら辺りはどうにも馴染《なじ》まんわい。山はきらいや」

「明石の浜からここへくるまでに七日もかかってからに、伏せ奸に散々の目えに遭わされてござりまするが」

「さようか、やっぱり出てうせたか」

「多勢でわれらの進退をうかがい、隙があればどっと仕懸けて参りまする。死んだ者がひとりもおらなんだのはようござりまいたが、二十人ちかい手負いが出てござりまする。このお陣屋も、えらいご用心なされておられまするな。逆茂木《さかもぎ》、鹿柴《ろくさい》など幾重にも取り巻いておりまするが、敵が夜中に忍んでくるかのし」

長頼はうなずき、眉をひそめた。

「そのことよ。毎晩こうるさく出て参る。山の本丸へたてこもるほどには攻めてこぬが、すくなきときは二、三十人、多くとも五、六百人でこまめに押し寄せてくるわい」

「死人のにおいがいたしまするな」

「この辺りの野川などには、脹《ふく》れあがった屍骸《しがい》がいつでも五つや六つは浮いておる」

長頼は笑顔をつくっていう。

「こげなことばっかり申しても何にもならぬ。せっかくきてくれた根来の衆を、今夜はもてなそうよ」

長頼は本丸の山下《さんげ》に集まっている町屋に監物を泊めてくれた。

「根来の衆は、今夜は百姓家に宿をとってくれい。明日は早速に陣小屋をこしらえさそうほどにのう」

監物たちは湯風呂で垢《あか》を落したあと、篝火を囲み長頼と盃《さかずき》をかわした。

長頼の幕僚たちは、鉄砲衆の到着をよろこんでいた。

「監物殿、なにせこの霧じゃ。野武士どもは足音もさせずに毎晩どこからともなしに、忍んできくさる。柵門を幾重に付けても、どこからともなくやってくる。

物見小屋に夜通し見張りをしておっても、いつともなく鳴子縄を切られて、入りこまれるのや。ほんまに怨霊《おんりょう》みたいに気色《きしょく》のわるい奴らよのう。明日の朝になったら、このまわりを検分してござれ。首のない骸《むくろ》がいっぱい転がってござる。儂らが撃ちとめた敵の伏せ奸よ」

長頼は大盃を手に、嘆息した。

「何と申しても、八上の城を落さぬことには、丹波は平均《へいぎん》できぬ。あそこからいくらでも人数をくりだしおるさかいのう」

遠方で野犬が遠吠《ぼ》えをしていた。

幕僚のひとりがいった。

「儂らの手の者どもは、鉄砲を使うのに馴《な》れてはおらぬ。霧のなか、闇のなかで鉄砲を撃ちかけても、めったに撃ちとめられんわい。それで弓矢を使うのやが、これもなかなか当らず、当っても一本では死なんさかいのう、相手もこっちを見くびりくさっていくらでも出てくるのや。監物殿がきてくれたら、鉛弾一発で撃ちとめてくれるさかい、ありがたい。敵もおそれて近寄らぬようになるやろ」

監物は底びえのする夜風に吹かれつつ、酒を呑む。

山下の町屋はまばらで、酒宴の手伝いに出てくる男女も、貧しげな身なりであった。

監物はおきたに小声でいった。

「お前のいう通り、どうにもこの辺りは住みにくそうやな。儂も長慶殿から過分の鳥目を頂戴したさけ、ついこげな所まできたが、しくじったかいなあ」

おきたは酔っていた。

「まあ、ええきに。気にすることはないがや。山中へきて、霧が出たとて旦那を淋《さび》しがらすおきたでないろうが。今晩もゆっくり楽しましちゃるきに」

酒宴は深夜に及んだ。

監物はしたたかに酔い、おきたと町屋のかびくさい部屋で寝た。

「この夜着は粗末やのう。上布の下は藁《わら》やさけ、がさついて寝ぐあいがわるいぞ」

「夜着ぐらいは何でもええ。さあ、抱いてつかされ」

おきたはいつのまにか衣類を脱ぎすて、監物に手足をからませる。

監物はひきしまったなめらかな肌の感触を楽しみつつ、おきたと睦みあう。

「うちの旦那はぐあいがええきに、私はしあわせ者じゃ。早う寝ちゃいけん。夜の明けるまで私を楽しませてくれにゃならんぜよ」

二人が夜着をはねのけ抱きあううち、表で筒音が轟《とどろ》いた。

「何じゃ、また夜討ちにきくさったか」

監物が動きをとめ、聞き耳をたてる。

「何をしよるんなら。しっかりやらにゃいけんが」

おきたが矯声《きょうせい》をたてた。

「お頭、やりまひたで」

土間で組頭の声がして、監物は起きあがった。

「何じゃい。夜這《よば》いひてきた奴を撃ちとめたか」

「一発で二人やよし。一人は胴なか突き抜いて死んでしもたけど、いま一人は足だけやさけ、生きてるよし」

「ほや、見にいくか」

監物は鎧直垂《よろいひたたれ》をつけ、土間に下りた。

「火ぃの傍にいてるんよし」

外に出ると、冬のような夜気が襟もとに染みいる。

「あそこやな」

篝火の傍へ寄ると、根来衆の兵士たちが群がり輪になっている。

のぞきこむと、蓬髪《ほうはつ》の若い男が山袴《やまばかま》を切り裂かれ、右の太股にうけた玉疵《たまきず》の手当てをうけているところであった。

監物はしゃがみこみ、疵口をあらためる。

「玉は抜けてるんやな」

「そうやよし」

「骨に当ってるか」

「気遣いないよし。骨折れてたら、こげな気楽な顔ひてられんよし」

男はきれぎれに呻《うめ》き声をあげているが、足のつけねに血縛りの紐《ひも》をくりつけているので、出血はわずかににじみでてくるほどである。

「思いきり焼酎《しょうちゅう》かけちゃれ。ちと痛いけど、身のためや」

兵士たちはうなずき、男の手足をおさえつける。

「何するねん」

男はもがき、疵口に焼酎を注ぎこまれるとするどい悲鳴をあげる。

「ひえーっ、くっくっくっ。こらえてくれえー。焼けるようじゃ。もうこらえてくれ。何しよるんじゃ」

敵兵は泥まみれの顔をゆがめ、喚いた。

「これをやっとかな、土の毒はいって死んでしまうんじゃ。命助けてもらうんやさけ、黙ってよ」

僧兵たちは男の苦しむのもかまわず焼酎を疵口に流し凝《こご》り血を洗い流したのち、疵口に椰子《やし》油を塗り、木綿針で疵を縫う。

そのうえをふたたび焼酎で洗い、玉子の白身に椰子油を加えたものに浸した晒《さらし》布《ぬの》で太股を縛った。

「さあ、これでええ。眠り薬やるさけ、しばらく寝よ」

捕虜の男は、疵の手当てをうけると篝火の傍で藁を体にかけてもらい、眼をつむった。

「もう一人はどこや」

「こっちに寝かひてますらよし」

鹿柴の傍に、筵《むしろ》をかけられた屍体があった。監物が足先で尻《しり》のあたりを押すと、材木のように硬《こわ》ばった感触である。

「こやつも若いのう。ここらの土地にゃ、戦するにちょうどええ、二十五、六の男らはすくないのかえ」

「そうやのし。このところ戦つづきで、ええ若衆は、あちこちの合戦に雇われていてるのやろのし。いなかにゃ、十五、六のひ若い者しか残ってへんのかも分りまへんなあ」

監物は組頭にいう。

「いまの若い者をしばらく養生さひて、癒《なお》ったらこっちの手先に使うちゃれ。きっと役に立つろ」

監物は部屋へ戻るとおきたにいう。

「今夜捕まえた若衆に道案内さひて、八上の城の様子をばうかがいにいこかえ」

「いついくんぜよ」

「さあ、四、五日うちか。お前もいくかえ」

「あたりまえじゃ。このおきたはいつでも主《ぬし》さんのはたに、ひっついてるのえ」

翌朝、監物は捕虜の様子を見にいった。

男は腰縄をつけられたまま、粥《かゆ》を食べさせてもらっていた。

「こりゃ、お前はどこの在《ざい》の者なら」

男は黙ったまま、うつむいている。

「命をば助けてもろてからに、返事せんのか。恩知らずやなあ。首切っちゃれ」

それまでかたくなに口をつぐんでいた捕虜の男は、根来衆の兵士たちに引きたてられようとすると、悲鳴をあげた。

「殺さんとくなはれ。御大将、命だけは助けとくなはれ」

「ふん、そげなことやろ」

監物は足をとめる。

「お前はどこの者や」

「多紀郡の者どす」

「ほう、多紀か。ほや、八上城は知ってるか」

「ほんこないだまで、八上のお城でおったんどす」

「ほう、波多野の手の者か」

「小者《こもの》でっけどな。米蔵で俵担ぎよりましたんや」

「ほや、合戦に出たことはないのか」

「いえ、ちょいちょい出よったんでござりまっけどな」

「年は幾つや」

「十六だす」

「そうか、人を殺《あや》めたことはあるか」

「ござりまっせ」

「え、幾人や」

「二人どす」

「そら、えらいものやなあ。名は何という」

「次郎三郎どす」

「どこにでもある名ぁやのう。ほや、次郎三郎。命助けちゃるさかい、八上の城へゆく道案内するか」

「合戦でござりまっか」

「いや、すぐやるわけでもないがのう。まず下見にいくのや」

次郎三郎はしばらく考えていたが、心を決めた。

「よろしおす。案内をさせてもらいまっせ」

監物は、さっそく長頼に相談した。

「八上城から波多野兄弟を追い出さねば、いつ丹波の地侍どもが騒動を起こすか分らず、油断なりませぬ。いまのうちに八上の様子を探索に参り、城を取り抱える段取りをつけたしと勘考つかまつりまするが」

「うむ、そうやな。八上に近い氷上《ひがみ》城にも波多野の一族波多野宗長がおるが、この二つの城を落したら、丹波は平均《へいぎん》できる。監物殿のいう通り、まず八上から攻める段取りをつけてみるか」

長頼も同意した。

八上、氷上はともに霧山と呼ばれるほど霧のふかい山間にある。途中の道は、曲りくねった杣道《そまみち》で、住民はおおかたが波多野の家人《けにん》である。

そのような地域を軍兵が鉄砲を担ぎ、砲車を曳いて行軍すれば、たちまち動静を探知されてしまう。隠密行動をするには、地形を熟知した道案内が必要であった。

監物は多数の兵力で繰りだす威力偵察をすべきであると主張した。

「どれほど連れて参るかのう」

「われら三百のほかに、槍衆、弓衆、徒侍《かちざむらい》あわせて千人ほどを連れて参りたしと存じまするが」

「うむ、それなら八上の者どもに見つけられしときも、合戦取りあいができるのう」

「さようにござりまする。なにしろ四方が敵の土地ゆえ、下手すりゃ一人も戻れぬことになりかねませぬ。鉄砲を撃つにも霧のなかでは的を当てられませぬに」

「そうやな。いっそ二千の兵を出し、儂もいってみるか」

「お城の留守居はいかがなされまする」

「まだ三千人ほど在番しよるさけ、この辺りの野武士どもに攻められたとて、びくともせんわい。儂もひさしぶりにひと当てしたかったところや。毎日霧のなかで、いなか侍どもが小人数で夜討ちを仕懸けてくるのを待っておるのに、飽いたさかいのう」

次郎三郎の足の負傷は、十日ほどでほぼ癒《い》えた。

「明日の朝《あさり》にでも出立いたしまするか。次郎三郎は馬に乗せて参りますら」

「そうやな、まだ足の怪我が、癒りきらんうちがええやろ。逃げようと思うても、逃げられんゆえにのう」

根来衆は二千余人の松永勢とともに、霧のふかい朝、八木城を出陣した。

「これは、前も後もまっ白じゃ。お頭、横手から突っこまれたら、どうにもならんですら」

組頭たちは身近に白い壁のように立ちこめる霧を見て、溜息《ためいき》をつく。

「こっちが見通し悪けりゃ、先方も同様や。すぐ脇へ寄ってくるまで手ぇ出してはこられん。道の両側に野原がひらけたら、物見の数をふやせ」

監物たちは厳戒態勢をとりつつ前進していった。

小和田山、剣尾山という険しい山々のあいだを縫い、柏原という集落に出た。

「ここまできたら、空が晴れてきたのう。ええ日和《ひより》や」

軍兵たちは視界のひらけた平地に出て、はしゃぐ。

「今日はここで泊って、明日の朝に八上へいくか」

長頼は、監物にいった。

「それがようござりまする。私も馬の背に揺られつづけて、尻《しり》が痛うなっとりますのや」

監物は苦笑いをみせた。

十九

柏原で休息をとった監物たちは、翌朝霧が晴れてのち、東方の山地へむかった。

「霧さえなかったら、この辺りは眺めのええ山家《やまが》やがのう」

僧兵のひとりがいうと、誰かがあいづちをうつ。

「ほんまにのう。根来を思いだすれえ。いま時分は、紀州は暖《ぬく》いわのう」

「日向やったら、汗かくよ。ここら辺りは、まだ冬みたいやのう」

「冬てかえ。それほどのこともないよ。あっちゃこっちゃで鶯啼いてらひてよう」

僧兵たちは低い声で笑いつつ、鉄砲を担ぎ、重い砲車を曳いて山道を歩む。

行手にさほど高い山はないが、幾重にも峯《みね》がつらなっている。

監物は松永長頼とともに、中軍の辺りで馬の背に揺られていた。

朝は霧がふかく、小雨も降っていて、衣類が重く湿気を帯びる不快な天候であるが、霧が晴れると快晴になる。

山肌の遠近に桜が白いはなびらをかざり、鶯の啼き声が、絶えまなく聞える。

「根来にいてたらよう、今時分《いまじぶん》は目白《めじろ》刺しにいてるのう」

長い竹竿《たけざお》の先に鳥黐《とりもち》をつけ、近所の山に出かけ、樹間にひそんでいて、傍へ飛んでくる目白のうち、啼き声のいいのを見つけると、竿をさして獲《と》るのである。

家に持って帰った目白は竹籠《かご》にいれ、毎日啼き声を楽しむ。

「こげな湿気くさい山にゃ、居たないれえ。早う根来へ去《い》にたいや」

僧兵たちは、肩に重くくいこむ鉄砲を担ぎ、汗のにおいをふりまきつつ坂道をゆく。

隊列の両脇には、肩にかけた輪火縄に火を点じ、弾丸を装塡した鉄砲を持った見張り役が、油断なく辺りを見廻《みまわ》しつつ進んでいた。

鐘ヶ坂という峠を越えると、左手に加古川の支流があらわれた。

次郎三郎が告げる。

「八上のお城までは、あと二里ほどどっせ」

「そんなに近いのかえ」

「へえ、長安寺というお寺のある在所を越えたら、もうじきどす」

次郎三郎がいいおえたとたん、馬から転げ落ちた。

彼の喉《のど》に、矢がふかく刺さっていた。

長頼、監物は馬から飛び下りる。

「おきた、早う下りよ」

「分っちょるきに」

隊列は停止し、僧兵たちが背中に総髪を揺らせ、道端の斜面を駆けのぼった。

静かな山肌に、銃声がまばらに反響する。

次郎三郎は、昼下りの陽射しを顔にうけ、こときれていた。

「これは近間《ちかま》から狙うてるのう。喉笛射抜いてるさけなあ」

「しかし、近間というても、谷川の向うからやろなあ」

監物は附近を見まわし、五間ほどはなれたところに転がっている、朽ちた倒木に眼をとめた。

彼は傍の物頭《ものがしら》の耳をひきよせ、ささやく。

「あの木や。五人ほどにいかせよ」

物頭は五人の僧兵を呼び寄せた。

「お前ら、あの腐った木の下の辺へ、二、三発撃ちこんでみよ」

僧兵たちは筒先をむけ、数発を撃ちこむ。

腐木のかけらが宙に吹き飛ぶ。

「まだ動かんかえ。もう三発ほど撃っちゃれよ」

ふたたび銃声がとどろく。

突然、腐木の下から手が出てきた。

「出てきたろお」

根来衆が鉄砲を構えて見守るなか、腐木をはねあげ、粗末な胴着に身をつつみ、皮頭巾《かわずきん》をかぶった山賊のような身なりいでたちの男が五人、刀をひらめかせ斬りこんできた。

待ちかまえたように、銃声がはじける。男たちは身に数弾をうけ、はじきとばされるように、斜面に転がった。

「波多野の奴輩やな。聞いても何にも返事せんやろ。とどめ刺ひちゃれ」

監物がいう。

僧兵たちは、死にきれず呻き声をあげている敵兵の喉を、一刺しにした。

長頼はその様子を眺め、監物にいった。

「これは、細川や六角の手の者どもとは違うて、骨が折れそうな相手やのう」

「そうやのし。あかんと思うても降参せんさかいのし」

腐木の下に隠れていた波多野の軍兵たちは、抵抗すれば殺されると知っていて、刀をふりかざし突撃してきた。

彼らの戦意は旺盛《おうせい》であった。

「まあ、このたびは城攻めの段取りをつけるだけやさかい、ひと当てすりゃ戻ろかえ。あんまり深入りせんほうが、よさそうやなあ」

合戦の場所を踏んだ長頼は、八上城に総力をあげての攻撃を仕懸けるまえに、波多野兄弟の手並みを見るつもりでいる。

川沿いにしばらく進むと、先手から哨兵が走ってきた。

「城が見えてきたよし」

「そうか。この先の坂をあがったとこから、見えるのやな」

「そうよし。あと半里ほどやのし」

「あい分った」

監物は長頼に聞く。

「この辺りで野陣張るかのし」

「うむ、敵はこなたの人数が二千三百もあるさかい、地形《ちぎょう》をしらべにきただけとは思うてないようやなあ。城を取り抱えにきたと思うて、合戦支度してるやろ。相手がそのつもりなら、軽うひと当てしてもええが、この地形なら、あんまり長居はできまい。城攻めするのなら、まあ七、八千の人数はなけりゃ、どうにもできまいよ」

「そうやのし。晩になったら、また夜討ちをしかけてくるに違いなかろのし」

監物たちはさらに十町ほど前進し、小高い丘のうえに陣を置いた。

八上城は、朝路山と呼ばれる標高四百六十二メートル、比高二百十メートルの山城である。

朝路山は、西と北は円錐《えんすい》状の険しい斜面であった。南方はゆるやかな尾根で、摂津の山々につづいている。

南北に狭く、東西に長い山の中腹に曲輪《くるわ》を置き、頂上に本丸を置く八上城は、難攻不落の堅城として知られていた。

「こげな人数で押し寄せてきて、城を落すつもりでいてるのかと、波多野の兄弟は儂《わし》らを阿呆と思うてござるやろのし。まあ、何とでも思わせて、こっちは早う攻め口をばしらべて、退散することを考えな、いかんのし」

日が暮れてくると、丘上に本陣を置いて円形の布陣をした監物たちは、簡単な木柵をつらね、そのうちに篝火を焚いた。

「よう燃やせよ。日が暮れたら、城の奴らは夜這いしてきくさるさけのう」

監物は陽がかげってきた山肌を見まわす。

「あれ見よし。犬の啼き声ひとつ聞えまいがよ。そこらじゅうに波多野の人数が埋伏してるんやろ。晩にゃ用心せにゃ、いかんのう」

野犬の吠え声も聞えない、森閑とした日暮れであった。

西の空が真紅に染まる夕焼けの空に残照がうすらいでゆく頃、山あいから煙のように夜霧が湧きはじめた。

「ここらは晩になったら冷えるさけ、指先温《ぬく》めとかな、引金ひけんのう」

根来衆は、手にぼろ布をまきつけ、指を冷やすまいとした。

哨兵たちは、弓、鉄砲を手に、絶えまなく辺りを巡回し、敵の接近を見張っている。

監物は根来衆の小頭たちと夕餉《ゆうげ》をとった。大鍋《おおなべ》に煮立てた茶粥《ちゃがゆ》をすすり、盆に盛りあげた山鳥の塩焼をかじって酒を呑む。

おきたは茶粥を木椀《きまり》に幾杯もすすり、音をたて山鳥を嚙《か》み砕く。

「おきた、この辺りの濁り酒は旨いかえ」

監物は聞く。

「そうじゃなあ。旨いぜよ。紀州や土佐の酒もええが、この酒もええきに、さっきから呑みよろうが」

「お前は蟒《うわばみ》みたいな女子やさけ、儂らも敵わんほどのいきおいで呑みはじめるが、倒《こ》けるのも早いわのう」

「早う倒けにゃ、旦那が都合わるかろうが」

「こら、またそげな戯《ざ》れ口をたたきおってからに、仕方のない奴や」

監物は、おきたの頭を軽く叩く。

「さあ、今夜も早う抱き寝しちゃるけん、楽しんで待っちょりんさい」

おきたは笑いながら、監物に肩をうちあてる。

小頭たちがどよめき笑う。

「おきたはんのいうことは、儂らにゃ耳の毒や」

「なんで毒じゃ。おもしろかろうが」

「いや、なかなか結構じょ」

小頭のひとりが、おきたの前で柏手《かしわで》をしてみせた。

「なんじゃ、わたいは神さんかえ。女子じゃきに、観音さんじゃな」

「ほんまに、ええ観音さんや」

笑い声が、また湧きおこった。

近い場所で銃声がおこった。

闇《やみ》をひきさく閃光《せんこう》がつづけさまに眼を射る。

小頭たちは椀を地面に置き、聞き耳をたて、眼を見交す。

「夜討ちをしかけに、きくさったか」

監物が彼らに命じた。

「大鉄砲に弾丸《たま》込めひととけ」

大鉄砲とは、三十匁玉筒である。

二匁五分玉から六匁玉までの弾丸であれば、敵が竹把、弾丸楯をつらねてくれば貫通しないが、三十匁玉は鉄楯をも貫く威力があった。

木楯、竹把は砕け飛散する。

「大筒は、弾丸込めんでもええかのし」

物頭が聞く。

「おう、ええぞ。夜中に大筒をば馳走《ちそう》せんならんほどの客は、来《こ》まいかえ」

「分ったよし」
三十四、五人の大鉄砲の射手たちは、持ち筒に弾丸込めして、火皿に火薬を置き、膝台《しつだい》射撃の姿勢をとった。
監物のまえに、哨兵があらわれ報告する。

「この前の谷の辺りに、どうやら出てきてるようやのし」

「人数はどれほどや」

「千人ほどかのし」

「そうか、ほや支度《まわり》せんならんのう」

監物はおきたにいう。

「お前は、家内《やうち》へ入ってよ」

監物の陣所には、百姓の茅屋《ぼうおく》が三軒あった。立ち腐れのような建物であったが、ともかく雨露は凌《しの》げる。

監物は僧兵たちにいう。

「こっちは松永殿の人数が二千ほどもいてるさけ、城方は我責めにはしてこれんわい。城のなかにゃ、せいぜい千五、六百ほどいてるだけやさけのう。しかし、ひょっとひたら、氷上《ひがみ》のほうから後巻きの人数がくるかも分らん。そうなりゃ、ちとうるさいことになりかねんわい。このたびは、城の攻め口をばたしかめるだけやさけ、長居は無用や。ただ、この辺りは敵の領分のただなかじゃ。ここで二、三日おるうちにゃ、何事が起こるかも分らん。いつでも鉄砲撃てるように支度やっとけよ」

氷上城（兵庫県氷上郡氷上町氷上）は、標高三百七十一メートル、比高二百七十メートルの霧山の頂上にあり、西波多野と呼ばれる波多野氏同族の居城である。

哨兵が射撃をしたのは、闇中をうごめく敵影を発見したためである。鉄砲を怖《おそ》れたのか、敵は正面から立ちむかってくることなく、千人を超える大部隊が、監物たちの正面に集結したまま、行動をおこそうとしない。

監物が小頭に命じた。

「三十匁玉をば、四、五発燻べちゃれ。嚇《おど》したほうが、ええようなのう」

「分ったよし」

三十匁玉筒の射程は、十町を超える。

まもなく、大鉄砲の咆哮がはじまった。銃口から一間半ほども火の舌を吐き、重々しい発射音が、谷にこだまする。

小頭のひとりが叫んだ。

「あれ見よ。敵の人数が、あとへ引いたろう」

僧兵たちが、密集した敵のただなかへ、つづけさまに三十匁玉を撃ちこんだので動揺したのである。

「いなか者やさけ、鉄砲撃たれたら、ひるむのか」

監物は、丘の下の濃い闇に眼をこらす。

「霧が出てくるのは、朝がたか。その時分に、気いつけよ」

夜霧が丘上を這《は》っているが、敵勢の動きは見分けられる。

「朝にゃ、まんまるになったほうがよかろのう」

根来衆の右手に布陣する松永勢二千人は、槍衆を外側に出した円形陣をつくっていた。そうしておれば、どの方角からあらわれた敵にも、迅速に反応できる。

明け六つ（午前六時）まで、敵の動きは乏しかった。ときたま火矢を放ってきたが、押し寄せてはこない。

しだいに明るくなってくると、乳色の壁が眼前に立ちこめていた。

「気いつけよ。城の奴らは、いつ出てくるか分らんろお」

鉄砲を構えた僧兵たちに、監物が呼びかける。

僧兵たちは、四人が一組になり、丘のゆるやかな斜面へ筒口をむけている。

「五間先は見えんさけ、敵が出てきたら、つるべ撃ちするしかないのう」

三十匁玉筒を構えた小頭がいう。

霧の奥で、銃声がはじけた。

「それっ、きたろう」

根来衆が鉄砲を撃ちはじめた。味方の哨兵たちが駆け戻ってくる。

「大勢きた。撃て、撃て」

「ようし、きくされ」

霧の壁のなかから、刀槍をふりかざした敵兵が、喚きたてつつ走り出てきた。

どこからともなく矢が飛んでくる。僧兵たちはおちついて交互に射撃をはじめる。敵勢はたちまち、数十人が薙ぎ倒され、霧の奥へ退却する。

「まだまだ、これから押ひてくるろお」

監物は叫びつつ、自分の十匁玉筒の銃身に弾丸、硝薬を槲杖で押しこむ。

隣りの陣所から、松永勢の槍衆が、長槍をつらね応援にきた。

「あやつらがきたら、儂らが槍をあわせるさかい、狙いさだめて撃っておくれ」

槍衆百五、六十人を率いる物頭が、面頬《めんぽお》をふるわせ、大声で監物にいった。

「おおきによ、お前《ま》んらは百万の味方じょ」

鉄砲衆は白兵戦になると、刀槍に押されがちになる。

松永長頼はそれを知っているので、いちはやく槍衆を加勢によこした。監物は、長頼が情勢を楽観しているのであろうと察した。

強力な敵が出現したとき、長頼は根来衆を自陣に合流させようとするからである。

敵がふたたび霧のなかからあらわれた。彼らは喊声をあげ、宙を飛んで殺到してきた。

鉄砲がつるべ撃ちに放たれ、敵兵が足をすくわれたように転倒するが、彼らのいきおいは恐怖を忘れたかのようにすさまじく、根来衆の眼前に迫った。

弾丸込めする余裕のなくなった僧兵たちが、鉄砲を逆手にとり、敵を打ち倒そうとしたとき、松永勢が槍先をそろえあらわれた。

「えいえい、えいえい」

白兵戦に熟練した松永の槍衆は、波多野勢を圧倒する強みをみせた。

突きたてられてひるむ敵勢に、根来衆が銃弾をそそぎかける。無駄玉はなく、短いあいだにおびただしい手負い死人を出した敵勢は、うすらぎかけた霧の奥へ逃走した。

「陽が照ってきたろう」

僧兵たちは頭上を見あげる。

霧は切れ切れになり、山のあわいに去っていった。

「あれ見よ」

監物たちは晴れてきた空の下、八上城の方角を眺め、息をのむ。

眼下の低地から朝路山へかけ、いちめんに旗差物がひるがえっている。幾万とも知れない大軍が布陣しているように見える。

だが、人馬の影はなかった。

「何じゃ、あれは。こけ威《おど》しか」

「どこにも動くものはないのう」

松永勢の陣所から、高笑いの声が聞えた。軍兵たちが、林立する旗差物を指さし、腹をかかえている。

そのとき、哨兵が叫んだ。

「うしろから、奴らがくるぞ」

監物たちがふりむくと、敵勢が背後の斜面を駆けあがってくる。

鉄砲が乱射され、槍衆が長槍をしごいて立ちむかう。急襲してきた城兵は、二千人ほどである。

松永の陣所から、使い番が転がるように走ってきて監物に告げた。

「一刻も早う、われらとひとつにおなり下されい。波多野の人数は、なおふえる様子にござりまする」

「よし、あい分った。参ろう」

根来衆は砲車を曳き、土煙をあげ、松永勢のもとへ駆けつけていった。

二十

監物たちが松永本陣へ合流しようと、山腹を駆け下ってゆくとき、左右の樹間から無数の礫《つぶて》が飛んできた。

直径三寸ほどで、周辺を刃物のように削った石は、命中すれば甲冑《かっちゅう》武者でさえ倒す威力がある。

「印地《いんじ》打ちじゃっ。気をつけい」

根来衆は走りながら左右の斜面にむかい、鉄砲を乱射する。

石を投げてきた敵兵は、根来衆を護衛する松永勢槍衆の威力をおそれたのか、襲いかかってこない。

「この谷を渡ったら、味方の木戸口や。それいけ」

根来衆三百人と、松永槍衆百五、六十人が谷底に下りたとき、峡谷をゆるがす喊声とともに、敵が斜面を駆け下りてきた。

腹巻をつけただけの、蓬髪、垢面《くめん》の波多野勢が、歯を剝《む》きだし、刀槍をふりかざし宙を飛んでくる。

「こりゃ、いかんわえ。いっち動きのとれん所を狙われたろう」

監物が血相をかえる。

重い砲車を曳き、谷川を渡る根来衆は、行動が鈍っている。松永の槍衆は横手にひろがり、敵をくいとめようと穂先をつらねるが、攻め寄せてくる怒濤のような人数は、味方の十倍ほどもあると見えた。

「ええい、撃て、撃て、撃ちまくっちゃれ」

監物が喚き、根来衆の五十人ずつ交互の射撃がはじまった。

切れめもない発射の轟音が天地を震撼《しんかん》させ、悪鬼の形相《ぎょうそう》で斬りかかる敵勢が薙ぎ倒される。

「おちつけよ。こげな奴輩にしてやられるかえ。千人でも万人でも皆殺しじゃい」

監物が叫び、硝煙のうずまくなか、敵の攻撃は挫折《ざせつ》したかに見えた。

「よし、ええ調子やぞ」

松永の槍衆が反撃に出て、逃げまどう敵を追いつめ、串刺《くしざ》しにする。

そのとき、思いがけない方角で太鼓が鳴った。松永陣所の柵門の辺りから、人影が湧くようにあらわれ、韋駄天《いだてん》のように駆け寄ってくる。誰かがいった。

「味方や。味方が迎えにきてくれたろう」

監物は一瞥して、叫んだ。

「ちがう。あれは敵じゃ。うしろからきくさったろう」

おきたが、六匁玉筒を手にとり、轟然と発射する。

「当ったぜよ。あれ見てみやれ」

監物は答える暇もなく、鉄砲を放つ。

敵勢は恐怖を知らない正面からの攻撃をつづけ、撃ち倒してもなお人数がふえるばかりである。

松永の槍衆が、根来衆の前面に立ち、槍衾《やりぶすま》をつらね、敵を防ごうとした。

だが、ついに敵勢は味方の円陣のなかへ斬りこんできた。双方いり乱れての白兵戦では、もはや鉄砲は使えない。

監物は十匁玉筒を逆手に持ち、眼前に槍を突きつけてきた敵を、横なぐりに打ち倒す。おきたは、手早く弾丸込めした鉄砲をかかえ、監物に身を寄せた。

「女子《おなご》じゃ、女子がいよるわえ」

「手込めにせえ」

敵の軍兵四、五人が、おきたを見つけ走り寄る。

おきたは先頭のひとりに狙いをつけ、撃ち放し、髭面《ひげづら》を宙に吹きとばした。

前後から取り囲んできた敵の猛攻に、監物たちの堅陣が崩れかけたとき、柵内がひらき、味方の軍勢がときの声をあげ、あらわれた。千人ほどの松永勢は、たちまち数倍の波多野勢を蹴散らす。

「ようやく、助かったようや」

監物たちは、砦《とりで》のうちに走りいって、ようやく人心地がついた。

「監物殿、いつもながらのご合力《こうりょく》、かたじけないぞ」

声をかけられ、ふりかえると面頬のなかで笑みを見せている、長身痩軀《そうく》の武士が立っていた。

「おうこれは、弾正《だんじょう》殿か。おひさしぶりではござらぬか」

監物はこわばった頬をゆるめ、笑みを見せた。

弾正と呼んだのは、松永長頼の兄、摂津滝山城主の松永久秀であった。

久秀はいった。

「儂は一刻（二時間）ほどまえに、八木城よりこの地に着いたばかりじゃ」

「八木からとな。いかなるご用向きでおわせられたのじゃ」

「八木の城は一昨日の九月十八日、丹波の地侍三好政勝、香西元成らに攻められ落城いたし、丹波守護代の内藤国貞殿は討死になされたのじゃ」

「なに、それはまことかや」

内藤国貞は、長頼の舅《しゅうと》であった。

「八木は八上などとはくらべものにもならぬ大事な城じゃ。すぐに引き返し弔《とむら》い合戦をいたさねばならぬ」

「もとよりのことよ。われらが先陣をいたし、取り返して見せますわえ」

本陣に着くと、長頼は具足に身をかため、八木へ引き返す支度をととのえていた。

「陣小屋のうち、持てる物は馬の背に積め。持てぬ物は焼きはらえ」

監物は長頼の手をとり、なぐさめた。

「国貞殿が敵の手にかかられしとか。ほんまにお気の毒やが、この仇討ちは儂らにまかせてくれよし」

長頼は歯がみしていう。

「頼んだぞ。丹波のいなか侍ごときに甘く見られてなるものか」

監物は松永勢とともに、十余里の山陰道を東へ走った。

八木城（兵庫県養父郡八鹿町八木）の南面の谷間に到着したのは、日没まえであった。

空は晴れていたが寒気がきびしく、いまにも雪が降るかと思うような身を切る谷風が吹く。

その辺りは、「血の谷」「降る矢が谷」と呼ばれ、激戦が幾度となくおこなわれた場所であった。

比高三百十メートルの山頂にある八木城を攻めるには、南面の急斜面よりも、二の丸西南の大手門から正面攻撃をかけるほうがよい。

「儂らは玉薬のあるかぎり撃ちたてるさけ、井楼《せいろう》をこしらえて下され」

監物は、高さ三間（五・四メートル）の井楼を三基押し出し、そのうえに射手を五人ずつ乗せ、三十匁玉筒を交互に撃ちこませ、敵を射すくめる戦法をとるよう、すすめた。

「それでいくか」

「そうやのう。この城は、我責めに大手から押しこんだら、落しやすいわえ」

松永兄弟も同意した。

さっそく附近の百姓家を打ちこわして得た材木で、井楼が組みたてられる。

「夜の明けるまえに、押し出しとくかえ」

「それがよかろ。明るなってきたら、いきなり撃ちこんだらええさけにのう」

「大手口から攻めたててるうちに、血の谷から押し登ったら、案外に取りやすい城ではないかのう」

「それもええ考えやなあ」

監物は松永兄弟と相談し、翌朝からの城攻めの手配を決めた。

八木城では篝火を燃やし、徹夜で警戒している様子である。

「忍びを出してやるか」
五、六人の忍者が石垣を伝い、城内へ潜入する。
「うまいぐあいに付け火してくれりゃええが」

見守るうち、半刻（一時間）ほど経って、城内から火が出た。

「あれは篝の明りかや」

「いや、ちがうぞ。付け火や」

見守るうちに、火勢は強まった。

やがて天を焦《こ》がすほどの猛焔《もうえん》が湧きおこる。思いがけない成果を見て、監物がいった。

「いま攻めまひょらい。一気に大手から突き抜けてしまいまひょら」

夜明けまえから、城攻めがはじまった。

ときの声をあげ、押し寄せる軍兵にむかい、城内からさかんに矢が射かけられるが、三基の井楼から三十匁玉筒が交互に撃ちかけられると、勢いが弱まった。

「これなら、裏から攻めるほどのことも、なかろうかえ」

大手門が掛矢《かけや》で打ち破られ、軍兵がなだれこむ。

根来衆の鉄砲三百挺が咆哮するなか、敵は抵抗するすべもなく、後退するばかりであった。

「逃げ道は、あけてやったか」

長頼が聞く。

「うむ、南のほうへ落ちていくやろ」

久秀が応じる。三好政勝、香西元成ら丹波の野武士たちは、敏感に戦機の過ぎたのを読み、燃えさかる火のなかで、早くも四方へ落ちのびてゆく。

「逃げ足の早い奴輩や。もっと鉄砲を撃ちこんじゃれ」

監物は、鉄砲衆を指揮して城内へなだれこむ。

地侍たちは逃げまどい、手向う気力もなく四散した。

城方の抵抗は、夜が明けてまもなく終った。松永長頼が、わずか数刻の猛攻で八木城を奪回したはたらきは、世上に知れわたり、武名は轟いた。

松永長頼は、こののち八木城にいて、内藤国貞の遺児千松丸の後見人として丹波の統治をおこなうことになった。

三好長慶は、芥川城にいて、配下の細川氏綱を淀《よど》城に置き、山城国を支配させる。松永久秀は滝山城にいて摂津国、松永長頼は八木城にいて丹波国、安宅《あたか》冬康は炬ノ口城にいて淡路支配、十河一存は十河城にいて讃岐支配をおこなう。

岸和田城には根来衆が留守居として入り、和泉《いずみ》支配をおこなうこととなった。

三好長慶は監物に告げた。

「これまで幾度となき合戦には、比類なき戦いをいたしてくれた。またこののちも厄介になるであろうが、いましばらくは岸和田で骨休めをいたしてくれい」

「これはかたじけなき仰せにござりまする。和泉一国は、かならず守護つかまつりまするほどに、お気を安んぜられませ」

二十万石を超える米高《こめだか》の和泉を支配するのは、監物のような紀州の地侍にすれば、破格の好遇である。

監物は八上城攻めで戦死した五人の根来衆を八木城下に葬り、負傷者たちには、傷が癒《い》えたのち岸和田城へくるよう命じ、和泉国へ出立した。

十一月、岸和田城に入った監物は、本丸の見晴らしのよい書院の窓から、おきたとともに冬陽の照りわたる海を眺めわたす。

「淡路の眺めが手にとるようや。おきたが生国《しょうこく》へ去《い》にたけりゃ、ここの湊から便船に乗って、じきに四国へいけるぞ」

「私《わたい》は、土佐へは去にとうないき。ここでお前さまと暮らしてりゃ、安気《あんき》でええぜよ」

監物は湊の魚商人が運んでくる魚介類を肴《さかな》に、地元の諸白の酒を酌む。

「和泉は酒も肴もええし、これで女子《おなご》もよけりゃ、いうことないけどのう」

監物がいうと、おきたは彼の膝《ひざ》を打った。

「何をいうちょるんかい。私という者がおるに、まだほかの女子に色眼つかうつもりかよ」

耳朶《みみたぶ》をひねりあげられた監物は、悲鳴をあげる。

「いたたた。これ、やめてくれ。お前の糞力《くそぢから》でねじあげられたら、耳が千切れるわい」

城内は人の出入りが多く、騒がしい人馬の物音に活気がある。

和泉国中の地侍たちが、監物のもとへ挨拶にやってくる。祝儀の贈り物を積んだ馬が、門前につらなっていた。

年末をひかえ、年貢米を納めにくる百姓たちの数も多い。

「年貢納めた者には、一杯呑まひちゃれ」

監物の指図で、百姓たちは広庭に敷かれた莚《むしろ》に坐り、酒肴《しゅこう》の饗応《きょうおう》をうけ、談笑し、歌をうたう。

「人はいつまで生きてるのやら、分らんさけにのう。まあ、仲良うやったらええんじょ。年貢は、できるだけ負けといちゃれ。病人がいてたら、面倒見ちゃれ」

監物の施政はおだやかで、諸事がなごやかにすすめられた。

監物はおきたを海へ誘った。

「お前は、どこの土地へ出向いても、景色ひとつ見ようとはせず、媾《まぐわい》ばっかり好きな女子やが、しばらく暇にひてるうちに、海へ魚《いお》なと釣りにいきよし。どうなら、いまからいくかえ」

「魚釣りなど、めずらしゅうもないが、主といっしょならいくけん」

西風がやんだ小春日和の朝、監物はおきたと小舟をあやつり、岸和田城の濠《ほり》から水門を抜け、海へ出た。

「この辺りじゃ、たまに海賊が出まっさかいに、警固舟をお連れなはったほうが、よろしゅうおまっせ」

水門の番兵がいった。

「まあ、よかろうかえ。五挺ガラミを持ってるさけのう」

監物は、胴の間に置いている油紙に包んだ五連発銃を指さした。

「まあ、お気をつけておくれやっしゃ」

門番は手を振って見送る。

おきたは器用に櫓《ろ》を操って、沖へ出てゆく。

「ここら辺りは内海やさかい、波が静かやなあ」

監物は底を抜いた桶《おけ》を海中に沈め、しきりにのぞきこんでいたが、声をあげる。

「ここや、この下に沈み礁《いそ》があるぞ。ここへ船停《と》めよら」

おきたは船が海上に固定するよう、三方へ碇綱《いかりつな》をおろす。

「なにが釣れよら」

「鯛《たい》じゃ、大鯛じゃ」

監物はまず魚を寄せるため、籠いっぱいの海老《えび》を海面にまいた。

十尋《ひろ》ほど下の海底には、三尺ほどの大鯛が一列になって悠々と岩のあいだを回遊していた。

てぐすを輪にしてつらねた鯛釣りの道具をとりだし、釣鉤《つりばり》には生海老を房にしてつける。

「それ入れるぞ。よい、よい、よい」

監物は静かにてぐすを沈めてゆく。

錘《おもり》が底についたと思ったとたん、つよい当りがきた。

「おっ、きたぞ。もうきた」

監物は力瘤《ちからこぶ》を浮きあがらせ、両手でてぐすを引きあげてゆく。途中で幾度か強烈な引きをうけたが、かまわずそのまま引く。

「見えてきたろう。あれ見よ、大きかろうがえ」

監物は海面下で身をひるがえし、銀鱗《ぎんりん》をひらめかす獲物を顎《あご》で示す。

おきたはたも網をさしだし、あがってきた魚をすくう。

「鯛じゃ、ええ姿《はあ》じゃきに」

いけすへ投げいれた真鯛は、三尺四、五寸もある大物であった。

「この下にゃ、なんぼでもおるぞ。誰も荒らしておらぬ釣場や」

「まだまだ釣れるぞ。今夜の酒の肴にしようらえ」

監物がふたたびてぐすを海へ放りこんだとき、おきたがいった。

「あそこへ妙な舟がくるぜよ。漕《こ》ぎ手が四人もいよるけん、飛ぶような舟足じゃ。あれ、こっちからもきよったぜよ」

監物はてぐすを急いで引きあげながら、海上をうかがう。

おきたのいう通り、四挺櫓《ちょうろ》の舟が、一艘《そう》は右手から、いま一艘は左後方から白波を蹴《け》って迫ってくる。

「おきた、鉄砲に弾丸《たま》込めよ。海賊じゃ。儂がいうまで撃ってはあかんぞ」

監物は、一挺の五連発銃をとりあげ、火を点じた輪火縄を肩にかける。いま一挺にはおきたが弾丸硝薬を装塡する。

「おきた、弾丸込めたら寝てよ。頭あげるなよ」

二艘の海賊船には、それぞれ七、八人の人影が見えた。

二十発ほど撃てばかたがつくと、監物は冷静に身がまえる。一艘は間近に迫ってきた。舳《みよし》に立つひとりが歯を剝《む》きだし笑いながら、声をかけてきた。

「女子連れで魚釣りとは、結構な身分やなあ。儂らにもちと分けてくれんかえ」

「魚か」

「その女子じゃ。別嬪《べっぴん》やさけ、ええ値で売れるろう」

男がいうなり、船上に立ちあがったいまひとりが半弓を射かけてきた。

矢は監物の耳もとをかすめて飛んだ。狙いは正確である。監物はためらわず五連発銃をとりあげ、二人の人影をつづけさまに狙撃した。

絶叫とともに、二人は海に落ちた。

「おのれは、やりくさったな」

海賊船は狂ったように舟足を速め、監物の舟のまわりをまわりだした。

後方から急速に近づいてきた一艘が監物の舟とすれちがいざまに五本の矢を飛ばし、手鉤《てかぎ》を舷《ふなばた》に引っかけた。

監物は引き寄せられ、転覆せんばかりに傾く船中から、つづけさまに鉄砲を放つ。五発を撃ち、四発が命中した。

おきたは舟のなかに腹這《はらば》いになったまま、手際よく弾丸《たま》込めをしていた。二艘の海賊船は、監物のすさまじい射撃の威力に怯《おび》えたのか、様子をうかがっていたが、やがて漕ぎ去っていった。

二十一

弘治二年（一五五六）から三年にかけ、監物は平穏な日々を過ごした。三好長慶が、あらたな作戦をおこさなかったためである。監物は讃岐の十河一存の代理として岸和田城に在城し、和泉一国を支配する恵まれた立場にいた。

彼は海を望む本丸主殿の書院で、おきたと酒をくみかわしつつ、過ぎてきた日々をふりかえる。

「これから先のことは分らんが、いまは分際に過ぎた仕合せや。ほんまにありがたいよ。三好の大殿の武運がつづくかぎり、儂《わし》らは安泰やが、近頃は越後《えちご》の上杉やら、尾張の織田が上洛ひてからに、天下の形勢をうかがいにきてるさけ、先はどうなるか分らんよ」

監物のもとには、諸国大名へ傭兵《ようへい》として出向いた根来衆が、帰ってきてはあらたな情報を伝えた。

「先のことはどうでもええけん、お前さまは私《わたい》をかわいがってくれりゃ、なんにもいうことはないんぜよ」

おきたは浅黒い肌に酔いの色を刷《は》き、監物を流し目に見る。

「お前は、ほんまに怖ろしなるほど腎気のつよい女子やのう。そのうち儂もお前に使い殺されるよ」

「なにをいうちょるんじゃ。私が使われとるんじゃろ。お前さまのいう通りにしよるけん、文句いうことはないき」

監物は、配下の根来衆とともに、おだやかな明け暮れを楽しむ。彼は遊興につかいやす金銀を惜しまない。

「お前ら、いまのうちに遊んどかなあかんぞ。合戦に出たら運否天賦《うんぷてんぷ》や。鉄砲玉一発くろうたらおしまいやぞ。銭はいくらでもやるさけ、女子《こ》買うて、酒くろうて楽しんでこいよ」

僧兵たちは監物にすすめられ、岸和田の城下で毎夜散財をした。

弘治二年六月、三好長慶は堺湊の顕本寺で亡父元長の二十五回忌を盛大に催した。監物はおきたをともない、供養に参向した。

「これほどの供養をする大名は、ほかにはなかろのう。坊《ぼ》んさんも六百人きてるてのう」

監物はおきたとともに、顕本寺の堂宇をゆるがす諸僧の読経に耳をかたむけ、寺の前庭から門外まで埋めつくす、万余の参会者の群れを眺めわたす。

長慶は供養を終えたのち、海路をとり兵庫へおもむいて、滝山城（神戸市中央区布引）の松永久秀を訪れた。

監物は長慶に従い、滝山城で催された千句連歌の会に列座し、能興行を拝観した。彼はおきたにいう。

「毎日、贅《ぜい》をつくした三の膳《ぜん》で責められて、もう酒呑む気ぃも、飯食う気ぃも、ないようになってきたよ」

「私を抱く気はあるかえ」

「それはあるよ。しかしおきたよ。畿内近国八カ国を治めて、公方《くぼう》を朽木へ追いやって、禁裏《きんり》も公家《くげ》も寺社も、みな三好の大殿さんのまえにひれ伏してるさけのう。ほんまにえらい力や。これだけの力あるときに、なんで公方を殺ひて、おのれが公方になりかわらんのかのう。大殿さんは儂らと違うて学問あるさけ、なにやら気の弱いとこがあって、いまひとつ鎌《かま》切れんのう」

監物は主殿大広間からはるかに和泉、紀伊の海辺を眺めつつ、おきたにささやいた。

弘治三年（一五五七）、春から夏へかけ、百余日のあいだ一滴の雨も降らず、野山は大旱魃《かんばつ》に見舞われた。

「今年は田畠《でんばく》の生《な》りものが、さっぱりできんのう。飢饉《ききん》になりかねんぞ」

監物は不安の思いをたかぶらせる。

不作に追い討ちをかけるように、秋には台風が襲い、摂津、和泉、紀州一帯の海岸は高潮に洗われた。

米価が高騰するなか、朽木谷に逼塞《ひっそく》していた将軍義輝が、行動をおこそうとしているとの情報が、監物のもとに届いた。

「また合戦や。いつ呼び出されるか分らんさけ、鉄砲、大筒の支度ひとつけよ」

監物は僧兵組頭たちに命じた。

三好長慶は義輝の動きを察知し、大原街道に沿う静原城（京都市左京区静市町字城山）の修築をおこなった。

永禄元年（一五五八）二月、長慶は人質として預かっていた、晴元嫡男の細川聡明丸（昭元）を元服させた。

義輝と晴元は、このまま推移すれば将軍としての立場が崩壊しかねないと見て、朽木谷を出て京都へ迫った。

五月三日、義輝らは近江坂本に着陣した。兵力は三千余人とすくないが、近江守護の六角義賢が助力するとの約束をかわしている。

六角義賢は、三万の兵を動員する力をそなえていた。

「えらいこっちゃ、もうじき合戦がはじまるぞ」

京都東山の住人たちは、はやくも山中へ避難をはじめた。

岸和田城の監物のもとへ、三好長慶からの急使が到着したのは、五月四日の夜であった。長慶の使番は、土埃をかぶった具足姿で監物の前へ出て、口上を述べた。

「朽木の公方さまは、早くも坂本に着陣いたし、洛中をうかがう形勢にござりますれば、一刻も早くご着陣下されませ」

「やっぱり公方が出てきたか。かねて支度をととのえてるさけ、今夜にも駆けつけるようにいたすわい」

五月九日、監物と根来衆三百人は、洛南の東寺境内に布陣した。

義輝は坂本にとどまったまま、動きをあらわしていない。

「大殿さんは、このたびばかりはなんでこげなことをするのか、分らんのう。東寺へきてから幾日経っても、いっこうに攻めんのは、どうにも分らんのう。六角が助勢しようと、こっちは一万五千人もの人数がいてるんやさけ、一気に押しつぶひてしもたらええのやがのう」

監物がふしぎに思うのは、当然であった。このまま時を過ごせば、将軍の陣所へしだいに加勢が集まってくる。

五月十九日になって、東寺本陣にいた長慶が、全軍に命じた。

「洛中の打ち廻《まわ》りをいたせ」

打ち廻りとは、京都市中を一万五千の大軍で行進し、ときの声をあげる示威行動であった。

「こげなことをひてるより、なんで攻めんのやろなあ。公方が出てくるのを待ってるんかいな」

監物は、長慶の煮えきらない行動を嘆くばかりであった。

六月四日、義輝は三好勢の意表をつき、六角氏の援兵をも率い、大文字山頂上の如意嶽《にょいがたけ》城を占領した。

三好勢は鹿谷《ししがやつ》（京都市左京区浄土寺）で、公方勢と交戦した。監物は三好勢の一の先手となり、公方勢に激しい銃撃《じゅうげき》を加える。たがいに多数の死傷者を出す接戦のうちに、北白川、黒谷の集落はすべて焼きはらわれ、両軍決戦の態勢はととのった。

だが、長慶にはまったく戦意がなかった。彼は瓜生山《うりゅうやま》の砦《とりで》を焼き、兵を東寺へ引き揚げた。

「いったい、なにをひてるんや。こげなことひたら、楽に勝てる戦《いくさ》に負けてしまうやないか」

監物は憤慨したが、公方勢は京都を見下す東山の要衝を、すべて手中にした。

「大殿さんは、公方と勝負するつもりがないみたいやなあ」

長慶の優柔不断の態度に不信の念を抱くようになったのは、監物ばかりではなかった。

「こんな戦は、阿呆らしゅうてやってておれんぞ」

三好勢の諸将は、戦意を失った。

六角義賢は、長慶に講和をもちかけてきた。長慶は将軍義輝と和睦《わぼく》したがっていた。講和の条件を有利にするため、対陣しているばかりである。

監物はおきたにいった。

「大殿さんはのう、公方と戦をするうちに、六角が攻めてくるわ、上杉、織田が攻めてくるわということになったら、抜き差しならんようになると思うて、曖《あつかい》(講和)に持ちこみたがってるんや。情ないのう、ほんまにあれでも睾丸《こうがん》ぶらさげてるんかえ」

八月末、長慶の叔父康長が京都へ着陣した。さらに三好義賢、安宅冬康、十河一存が堺湊から京都に入った。三好勢の総兵力は、三万に達した。

「これだけの人数があるのに、なんで勝負に出んのやろのう。ほんまに大殿さんの気ぃ分らんわえ」

長慶は十一月になって、ようやく義輝と和睦した。

前管領《かんれい》細川晴元は、あくまでも長慶打倒を望んでおり、和睦成立ののちに義輝本陣から逐電した。

「こんなことやったら、先の見込みはないのう。もう大殿さんにはついていけんわえ」

　監物は長慶を見限った。

　彼は長慶に申し出た。

「ながなが使うていただいて参りましたが、もはや公方さまとお仲直りなされたうえは、私の御用もないと存じますので、これでご無礼させていただきとうございます」

　監物は三好勢から離れ、三百人の僧兵を率い、根来に帰った。もはや長慶の前途に見込みはないと覚《さと》ったのである。

　根来寺に帰った監物は、杉ノ坊ら根来衆の重職と相談する。

「こんどは、河内《かわち》がめあてじゃ」

　杉ノ坊の男たちがいった。

　河内は天文元年（一五三二）に守護職畠山義英が、家臣の木沢長政に暗殺されてのち、守護代、地侍たちがたがいに主導権をあらそい、内乱がつづいていた。

　畠山氏のひとりが守護職になると、たちまち暗殺、追放の憂き目にあい、また一族の誰かが擁立される。有力な戦国大名は出現することなく、畠山の血をひく者をまつりあげ、実権を握った守護代が権力闘争をくりかえしているのである。

いまの守護代安見直政は、前守護代遊佐長教を暗殺したのち、対抗勢力を一掃して、守護職畠山高政を除こうとする動きをあらわした。高政は、直政の暗殺計画を察知して、堺へ逃げこんだ。

高政の庇護者《ひごしゃ》である三好長慶は、京都に全兵力を集め、足利義輝との和睦交渉にあたっており、高政に助力を与える余裕がなかった。

高政は堺へ逃げたものの、刺客に襲われる危険がある。近臣たちがすすめた。

「ここは誰でも出入りできる町だす。夜中に悪党が踏みこんできおって、殿を害することがないとはいえまへん。いっそ紀州へ逃げこんだら、どうだっしゃろ」

「それが、ええかも分らんのう」

根来衆は、これまで常に畠山氏の味方として、守護職擁護の立場をあきらかにしていた。強力な鉄砲隊を擁し、兵力一万といわれる根来衆にかくまわれると、安見直政の勢力は近づけない。

畠山高政は、和歌山へおもむき、使者を根来寺へつかわし庇護を依頼させた。明けがたに根来寺へ出向いた使者は、夕刻に帰ってきて、高政に告げた。

「とても、あきまへん。根来衆は安見と手ぇ組んどりまっせ。あやつらは河内をおさえて、旨い汁を吸おうと思うとりますのや」

「そうか、うかうかと出かけていったなら、敵に首級《しるし》を預けるところやったなあ」

高政はおどろき、便船に乗って南下し、祖父尚順が在城したことのある、広城(和歌山県有田郡広川町)に入り、ようやく安堵《あんど》した。根来衆は、安見直政と連絡をとり、高政追放を咎《とが》めるであろう三好長慶の討伐にそなえていた。

監物は、おきたにいう。

「昨日までの味方も、今日は敵になる。根来衆は先を読むのが早いさけ、見切りつけるんも早いんじょ」

「ほんなら、女子の見切りつけるのも早かろうが」

「いや、それはちがう。儂はおきたに未練があって、たやすくは別れられんわい」

「私《わたい》を捨てたら、急所をば切っちゃるけんのう」

「恐ろしことというな。お前は離さんよ」

監物はいいつつ、おきたの胸もとへ手をさしいれる。乳首をつままれたおきたは、身をうねらせた。

永禄二年(一五五九)五月、三好長慶は松永久秀と弟の十河一存に命じた。

「河内の安見を討て。あやつは主人を追い払い、近頃では根来衆と組んで、権勢をほしいままにしておるというではないか。監物めが、あれほど目をかけてやりしに、敵に寝返りおったか。このときに、痴《し》れ者どもに目に物見せてやれい」

松永久秀は、鬼十河といわれる十河一存の精鋭の協力を得て、和泉へむかった。

根来衆は風吹峠を越え、鳥取の庄の海岸附近で待ちかまえていた。彼らは小川、丘陵を巧みに利用し、姿を隠している。敵が射程距離に入れば、十字砲火を浴びせる態勢をととのえていた。

松永、十河の一万余の軍勢は、初夏の海風に旗差物をひるがえらせ、野を埋めて迫ってきた。

「さあ、きたろう。ひきつけておいて撃つんやろう。あわてて仕損じるなよ」

鉄砲衆の組頭たちが雑草に身を隠し、伏せ射《う》ちの姿勢をとっている軍兵たちに、いい聞かせる。

松永、十河の軍勢も、鉄砲隊をそなえてはいるが、根来衆にとっては物の数でもなかった。

「あれ見よ。十河の旗が前へ出てきたのう。槍《やり》合わせでは強い奴輩やが、こんどは無駄に命捨てな、仕方ないのう」

根来衆が数千挺の鉄砲をそろえ、待ちかまえているただなかへ、弓、鉄砲、槍、一の先手、二の先手と、十河の軍勢が縦深隊形をとって入ってくる。

根来衆全軍の指揮をとっているのは、監物と小みっちゃという坊主であった。

「まだやなあ、中軍を懐へとりこんでから撃ちかけたら、将棋倒しになるろ」

「そうやなあ、これだけひきつけたら、無駄な弾丸《たま》を撃たんでもよかろうかえ」

二人は落ちつきはらい、土埃を巻きあげて戦闘隊形に散開した十河勢を見ていた。

十河の主力が、根来衆の待ち構える丘陵の真下まで入りこんできたとき、監物が天にひびく大音声《だいおんじょう》で命じた。

「それ、撃ちやれ」

百雷の一時に落ちるような発砲の轟音が、空中を引き裂き、かきまわす。

十河勢の騎馬武者たちは、薙ぎ倒される。馬が竿立《さおだ》ちとなり、振り落される者もいる。雑兵たちは兵具《ひょうぐ》をすて、物蔭《ものかげ》を探し逃げまどい、頭を抱え地に伏せる。

根来衆の銃砲撃は、絶えまもなくつづいた。彼らは五十挺一組の射撃を交互にくりかえすので、轟々《ごうごう》と鳴りわたる銃声に射すくめられた十河勢は、なすすべもなく退却しはじめた。

「それ、逃げるとこを狙い撃ちひちゃれ。角場（射撃場）で町撃ちひてるよなもんじょ」

　根来衆が、半刻（一時間）ほどの射撃をつづけた戦場には、十河勢の人馬の屍体がおり重なり、捨てられた幟《のぼり》、差物、槍、薙刀、鉄砲が散乱していた。

「あれ見よ、鬼十河が逃げくさったろう。やっぱり根来者は強いのう」

　僧兵たちは背に垂らした長髪を揺さぶりつつ、凱歌《がいか》をあげた。

　十河一存、松永久秀は、千余人の損害を出して敗退し、芥川城に戻って長慶に進言した。

「安見は根来の鉄砲衆を味方につけてござりますれば、お味方の衆をこぞって高屋城に攻めかけねばならぬと勘考つかまつる」

「さようか。根来を相手といたさば、手こずるのう」

　長慶は、ただちに畿内分国の軍勢に陣触れを発した。

　丹波八木在城の松永長頼、播磨の別所氏、摂津有馬氏に至るまで出陣を呼びかけ、二万余人の大兵力を動員した長慶は、六月なかばに淀川を渡り、十七ヵ所から河内へ乱入した。

　安見勢との最初の合戦がおこなわれたのは、六月二十二日であった。双方、烈日のもとで田畑を踏みにじり、死闘をくりかえす。

監物は鉄砲衆を指揮して戦ったが、敵は竹把で身を防ぎつつ、阿修羅のように襲いかかってきた。

この戦いで、三好勢は戦死者四百人の被害を出した。安見勢も、名のある大将十八人が討死にを遂げる、深刻な打撃をこうむった。

二十二

安見勢は、足軽衆の大半が死傷、逃亡して、野戦をおこなえなくなった。

三好長慶の二万の大軍を支えかねた安見直政は、高屋城へ入ろうとしたが、堺から出陣した畠山高政の軍勢にさえぎられ、飯盛城へ逃れた。

七月末、三好長慶は全軍を南下させ、喜連《きつれ》（大阪市東住吉区喜連町）一帯へ布陣させた。監物は三百人の根来衆とともに、飯盛城へ入った。

「この暑さは、なんとかならんかのう」

監物は檜笠《ひのきがさ》に陽射しを避けつつ、長手拭《てぬぐ》いで、首筋に流れる汗を拭《ふ》く。

飯盛城からは、淀川、安治川から石山本願寺まで、一望に見渡せる。淀川、天《てん》満《ま》の森に近い榎並《えなみ》城から続々と南下してゆく三好勢の人馬は、旗差物を立てつらね、土煙をあげ、数里にわたりつらなっていた。

飯盛城北方にひろがる巨大な深野池をはさんでは、攻撃をしかけにくいので、移動しているのである。

根来衆の組頭がいった。

「これは、ちと形勢が悪いのし。そろそろ、機を見て逃げるかのし」

監物は答える。

「いや、まだ早いよ。小みっちゃどんに聞いてみよ」

組頭は、根来の荒法師として聞えた小みっちゃのほうを向く。

褌《ふんどし》ひとつの素裸で、檜笠だけをかぶり、全身に汗を流しつつ酒を呑んでいた小みっちゃは、こともなげに返事をした。

「安見殿は、どこぞ見所のある仁じゃ。追いつめられたとて、討たれはせんわえ。儂《わし》らも大枚の金銀を貰うたことでもあり、もうしばらく様子見よう。逃げるにひても、まだ慌てることないよ」

海抜三百メートルを超える飯盛山頂にある城郭には、大坂の海から吹きよせる西風がつよい。蝉の声が降るようであった。

監物は、腹巻、籠手《こて》をつけ、太刀を佩《は》き男装したおきたに声をかける。

「この暑さを凌《しの》ぐには、酒が一番じゃ。呑め」

「そりゃ、ええが」

おきたは茶碗に注《つ》がれた諸白の酒を、ひといきに呑みほす。

「早う注いでおくれ」

「お前は、がいに早う呑んで、じきに酔うんじょ」

「なんでもええき、喉がかわいちょるんじゃ」

おきたはなめらかな喉を動かし、酒を呑みほすと、吐息をついた。

「ああ、うまいぜよ」

彼女は眼をすえた。

「おきたよ、紀州へ去にたいか」

監物がいうと、おきたは手を振る。

「そげんことはなあぞ。わたいはお前といっしょにおりゃ、ええけんのう」

監物は、鼻先から汗をしたたらせつつ笑った。

「ふん、ええ度胸や」

小みっちゃが傍へきた。

「あのよう、こげなことひてたところで詰らんのう。今夜あたり高屋の城へ押しこむかえ」

「それも、よかろ」

　監物が応じた。

「ほや、安見殿に相談にいくかえ」

　監物は腰をあげ、陣小屋を出た。

「おきた、酒呑んで寝てよ。裏の谷川で水浴びてきてもええろ」

　いいすて、小みっちゃとともに安見直政のいる本丸へ出向いた。

　本丸の二階にあがると、涼風の吹き抜ける広間で、直政が幕僚たちと何事か話しあっていた。

「親玉、ちと話があるんやが」

　小みっちゃが、直政の前にあぐらを組む。

「何事や」

　直政が血走った眼を向けた。

「三好の人数が、潮の差《さ》ひてくるように山下《さんげ》へ押しかけてくるのを、見てるばっかりでも詰らんさけ、今夜あたり高屋の城へ焼討ちに出向いてやろと思うんやが、どうやろのう」

直政は小みっちゃを眺め、笑顔になった。

「やっぱり根来者は、胆に毛ぇはえてるんやのう。これだけ大勢で寄せてくる敵に、夜討ちしかけるか。やってもええぞ」

「そうかえ、ちと人数貸ひてくれるかえ。みやげ持って帰るさけよう」

「どれほどいるんじゃ。足軽の五百ほどでええか」

「それだけあったら、おもしろい勝負できよかえ」

小みっちゃと、直政との相談はたちまちととのった。

「監物どんもいくんか」

直政に聞かれ、監物はうなずく。

「兄哥《あにき》分がいくのに、ついていかな、あかんよ」

陣小屋へ戻ると、監物は根来衆の組頭と小頭たちを呼び集めた。

「今夜、暮れ六つ（午後六時）に城を出て、高屋城を焼討ちするさけのう。米俵に鉄砲と硝薬入れて車に積め。輪火縄は腰につけとけ。槍、刀も俵へ入れよ」

「分ったよし」

監物と小みっちゃは、陣小屋に入り、人足が担いできた水桶《みずおけ》の水を頭からかぶり、汗を流したあと裾みじかな野良着をつけ、縄帯を巻く。

「私もいくで」

おきたがいうのを、監物はとめた。

「やめとけ、今夜は夜討ちやさけ、馬にゃ乗れん。足腰達者でなけら、とても走ってついてこられまい」

おきたはうなずいた。

「分ったけん、留守しようらあ。息災で戻ってきんさい」

彼女は、男たちの陣場での健脚を知っている。女の足では、とても追いつけるものではなかった。

山蚊がうるさく耳もとにまつわりつく日暮れどきがきた。

監物と小みっちゃは、頬《ほお》かむりをして百姓姿で三百人の根来衆と、五百人の足軽衆にいった。

「これから高屋城の焼討ちじゃ。根来者が百姓に化けて、米俵積んだ荷車を曳いて城へ逃げこむふりするさけのう。お前《ま》んらはあとからときの声あげて、追うてきてくれ。儂らは城の曲輪うちへ入ったら俵から鉄砲と槍刀をば取りだし、ひとあばれひて門をば開けるさけのう。お前んらは入ってきてくれ。城の内と外であばれちらひて、物をば手あたりしだいに取ってくるんや。女子欲し者は、手籠《てご》めにせえ。ただのう、ぐずついたら生きて帰れんろ。三好の後巻きが、じきにくるさけ、取りこまれたら死ぬしかないんじゃ。分ったか」

根来衆と足軽衆が、声をあげて応じた。

焼討ちをすれば、民家の掠奪《りゃくだつ》は許される。軍兵たちは、勢いこんでいた。

「さあ、いくろう」

小みっちゃが先頭に立ち、足もとを軍兵のガンドウ提灯《ちょうちん》で照らさせ、城門を出た。

「待っちよるけん、息災でのう」

おきたが声をかけ、監物が答える。

「みやげをば楽しみに待ってよ」

古松の生い茂る根方の小径《こみち》を下った監物たちは、西南の方角へ進む。

途中の集落には人の気配がなく、野犬の遠吠えが聞えるばかりである。住人たちは、合戦を恐れ山中へ避難しているのであろう。

暗い間道は乾ききっていて、夜目にも白い砂埃が立つ。

先頭に立つ監物と小みっちゃが、足をとめた。

「左手にゃ、三好の野陣が見えるが、一里ほど離れてるさけ、気付かれることもなかろ」

「そうやなあ。いまのうちに仕事するか」

根来衆は、すべて百姓姿に化けている。

彼らは十台の荷車に米俵を満載し、曳き綱を曳いて走りだした。後押しをする男たちは、松明《たいまつ》の火の粉を散らし、振りかざしている。そのうしろから、五百人の足軽衆が刀槍をひらめかせ、喊声《かんせい》をあげて追いかけてゆく。

「こりゃ待て。逃がさんぞ」

「それ、追いついて皆殺しじゃ」

高屋城の物見櫓《ものみやぐら》から眺めていた哨兵は、おどろいて物頭に注進する。

「米俵を荷車に積んだ男どもが、大勢の敵に追われて、こっちゃへ参りまする」

物頭が櫓へ駆けあがって眺めると、哨兵の告げた通り、米俵を積んだ車を曳く男たちが、敵に追われてくる。

「さては、三好からの兵粮が届いたのか。早う門を開けてやれ」

高屋城の追手門は、引き開けられた。

畠山勢の足軽衆が、槍、鉄砲を手に門前にむらがり、荷車を曳く男たちを迎えいれた。

「儂らは三好の者でござります。米を運ぶところを、安見の奴輩に見つけられ、危うく殺されるところでござりました」

「それはご苦労千万であったのう。よく兵粮を届けてくれた」

畠山の軍兵たちが気を許し、米俵を荷車から下そうとすると、百姓たちがにわかに刀槍をとりだし、襲いかかってきた。

「おのしらは、何者じゃ」

「曲者《くせもの》が入りこみおったぞ。出会え、出会え」

城兵たちがうろたえ騒ぐうち、銃声がすさまじく轟きはじめた。

根来衆が、弾丸硝薬をこめた鉄砲を撃ちはじめたのである。

根来の軍兵が城門を開けると、門外に待ちかまえていた足軽衆がなだれこみ、畠山の軍勢を斬りまくる。

高屋城にいた畠山勢は三千余人であったが、不意をつかれ狼狽《ろうばい》して反撃の機をつかめない。

「ここらが潮時や。退《の》き貝《がい》吹け」

監物が命じ、退却を告げる法螺貝が吹かれた。

「さあ去《い》ね。ぐずついてたら三好の奴輩がくるぞ」

根来衆と安見の足軽衆は、荷車に掠奪した財貨を山のように積み、引き揚げてゆく。猿ぐつわをかませた若い女を担いでいる者もいた。

監物は飯盛城に帰ると、おきたの迎えをうける。

「おきたよ、いろいろみやげをば持ってきちゃったろう。あとで荷を開けてみよ」

おきたは監物の逞《たくま》しい体にしがみつき、声をあげる。

「えらい汗のにおいじゃや。早《はよ》う川で身を洗うておいで」

監物は笑声を残し、谷川へ下りる。

彼が川水で体を洗い、糠袋《ぬかぶくろ》で汗と垢をこすり落していると、傍の木立でひそやかな話し声が聞えた。

「三好の人数は多すぎるのう」

「そうじゃ、取り抱えられりゃ皆殺しにされるやろ」

「逃げるなら、いまのうちやなあ」

「味方のうちにも、調略しかけられた者が大勢いよるそうや」

「そら、おるやろ。うちの親玉も、二、三日うちに大和へ逃げよるらしいで」

やがて、声が聞えなくなった。

城内の雑兵たちは、戦意を失っているようであった。

監物は体を洗い、陣小屋へ戻ると小みっちゃに告げた。

「いま、川で体を洗うてるときに、雑兵らしい話し声が聞えたが、この城もあと二、三日かのう」

小みっちゃはうなずく。

「そうやなあ。安見殿が逃げるときに、儂らもいったんついていこら。大和から根来へ去《い》ぬのは、山伝いにどんな道もあるさけ、気遣いないよ」

小みっちゃは、おちついていた。

新義真言宗の僧である小みっちゃにとっては、大和から紀伊へかけての山岳は、わが庭のようなものである。

高野山《こうやさん》を中心とする近畿《きんき》の山岳一帯には、真言修験《しゅげん》と称する山伏たちが、至るところに道場を設けていた。

伝教《でんぎょう》、空海のために、比叡《ひえい》、高野をひらいたのは、修験者たちである。比叡山の開山に尽した山伏は天台修験となり、真言修験と分派したが、小みっちゃたちにとってはいずれも親戚《しんせき》のようなものであった。

翌朝、三好勢五、六千人が飯盛城追手門にむかう山肌の道を伝い、攻め登ってきた。道沿いの要所に鹿柴を築いている安見の兵たちが、まばらな銃声をたて反撃するが、しだいに追いあげられてくる。

午後になって、やはり五、六千人の敵が、搦手門《からめてもん》へつづく羊腸とした坂道を、登りはじめた。

安見直政は、幕僚たちに命じた。

「どっちも悪い足場を登ってくるさかい、たやすく押し寄せられんやろ。しかし、夜になったら火矢を射かけ、焼弾《やけだま》を撃ちこんでくるのう。そうやって夜討ちをしかけられたら、ちとむずかしいわのう。どうするか、まあ今夜いっぱいは様子見て、決めることとするか」

幕僚のひとりが聞く。

「やっぱり、大和へ逃げなはるか」

「そうや、紀州へ逃げても支えられんやろ。根来衆は扶《たす》けてくれるやろが、雑賀衆や湯浅衆が、どう出てくるか分らんさかいのう」

軍議の座にいた監物と小みっちゃは、うなずきあう。

監物が直政に聞いた。

「私らは、どうすらええかのし。もう去《い》んでもええか」

　直政は、うなずく。

「根来の衆には、ようはたらいてもろうた。このていたらくやさかい、充分なことはできんが、なるたけ礼をはずむよって、儂の大和落ちまで付いておってくれ。監物どんや小みっちゃどんがいてくれたら、心丈夫や」

「ほや、そうしますらよ。大和のどの辺りへ逃げるんかのし」

「そうやなあ、吉野か長谷の奥、大宇陀《おおうだ》辺りへ落ちようと思うてるんやが」

「あの辺りなら、いくらでも隠れ里があるさけ、誰もよう探せんわのし」

　監物たちは陣小屋に戻ると、根来衆に命じた。

「荷ぃまとめとけよ。おおかた明日の晩方にや、退陣《のきじん》や」

　日没まえ、三好勢は追手門、搦手門の一町ほど下の坂道に迫っていた。監物は小頭たちにいう。

「これは、夜討ちをしかけてくるのう。搦手のほうの奴輩を、下《しも》へ追い落ひとかな、逃げられんぞ。そのうち、大筒出せというてくるさけ、燻《くす》べる支度《まわり》ひとけ」

　陽が落ちると、監物のいった通り、飯盛城の腹背に接近した敵は、いっせいに火矢を射かけてきた。

まもなく本丸の安見直政が、監物たちの陣所へきた。

「これは、御大将のお出ましかの」

直政は具足、冑《かぶと》をつけ、鉄砲足軽隊に身辺をかためさせている。

「これから大和へ落ちるんでのう。後詰《ごづめ》をしてくれんか」

「分ったよし」

監物は応じた。

直政は監物に、重い金袋を渡した。

「さあ、三百匁玉筒を引きだせ。鉄砲も皆撃つろう。搦手へ寄ってきた敵の奴輩を、もう一町ほど下へ追いやらな、味方は落ちられんのや」

大和へ落ちのびるための間道は、搦手門を出て、半町ほど離れたところにある。

退却の支度をととのえた士卒が、続々と搦手口へ集まってきた。

「さあ、撃ちやれ」

監物の指図で、五挺の三百匁玉筒が地を震わせ、火の舌を吐き咆哮した。

つづいて三十匁玉筒、六匁玉筒、二匁五分玉筒がいっせいに火蓋《ひぶた》を切り、轟々と銃砲声が鳴りはためく。

三好勢は、根来衆の火力を防ぐため、立てつらねていた竹把、鉄楯《てったて》を大筒の焼弾に吹きとばされ、なすすべもなく銃火を浴びつつ坂道を逃げ下った。

「いまじゃ、落ちのびよ」

安見直政が幕僚とともに間道へ馬を乗りいれ、軍兵があとにつづく。

監物と小みっちゃは、根来の僧兵たちに下知する。

「弾丸《たま》を惜しまんと撃ちまくれ。後詰を果ひたら、儂らも山伝いに根来へ去ぬんや。当分ははたらかんと、根来で遊ぼらよ」

監物はおきたとともに、闇《やみ》に飛び交う赤い弾道を楽しげに眺めた。

解説

縄田一男
（文芸評論家）

本書の書き出し、

紀州小倉の土豪津田監物が、大明へ渡るといい、堺湊から琉球へ向かう便船に乗るため、故郷をはなれたのは、天文十二年（一五四三）の九月も末にちかい、秋天の澄み渡った朝であった。

を読んで、熱心な津本陽ファンなら、思わずワクワクして小踊りしたに違いない。

何故なら、津本陽の鉄砲絡みの作品には、冒険小説的な要素が多く、その中の一篇『天翔ける倭寇』は、前述の津田監物の従者、源次郎が、雑賀衆の鉄砲隊を率いて、倭寇として大陸で活躍するさまを活写した大作だからだ。

あの興奮ふたたび——そう思った方も多いのではあるまいか。

さて、戦国期、鉄砲を遣った合戦というと、織田信長が武田勝頼を破った〈長篠の戦い〉が有名だが、ポルトガル人が種子島に鉄砲を伝えたのは、これより三十年以上前の天文十二年（一五四三）のこと。一年のあいだに六十挺もつくられた、と本書にあるのは史実の通りである。

ここで話をストーリーに戻すと、監物が大明へ渡るというのは、実は嘘で、本来の目的地は種子島である。兄である根来衆・覚明の依頼を受け、彼の地に伝わったばかりの鉄砲を持ち帰るというのが真の目的であった。

だが、この作品は大陸へ行かないのか、とガッカリするには当たらない。本書も冒険小説的興味が満載で、鉄砲を使った迫力満点の戦闘シーンにはこと欠かないのだから――。

当時、根来衆と雑賀衆は、ともすれば犬猿の仲であり、どちらがはやく鉄砲という新兵器を手にするかは、鉄砲による一攫千金と同時に、戦いの帰趨をいちはやく制するには欠かせぬことだったのである。

さて、二千八百石積みの和泉丸で、種子島へ向う途中、海賊船の襲来を受ける場面等があり、本題の鉄砲に行きつくまでに、作者は思わず手に汗握る冒険場面を用意しており、監物らはことごとく海賊らを平らげ、女海賊のおきたは監物の妾となり、彼女との色模様もこの後、本書の読みどころの一つとなる。

無事、種子島についた監物は、種子嶋家家老西村織部丞から二十五挺の鉄砲を買いつけるが、作者はあくまでもリアリズムに徹して、鉄砲づくりのむずかしさを語っていく。

それが、織部丞のいう

「（惣鍛冶職八板）金兵衛は鉄砲をばらして、まず絵図面を引いたのでござる」

にはじまって、

「そのとき、鉄砲を張り立てた者はすべて、涙を流してよろこびおうてござった。（禰寝重長に取られた）屋久島を取りかえすことができようと、それがしも胸が波立ってなりませなんだ」

に至る、およそ五ページになんなんとするくだりである。

さすが（匠の国日本）といいたいところだが、ここで面白いのは、『明治撃剣会』等、数々の傑作剣豪小説で戦後第二次剣豪小説ブームの火つけ役となった津本陽が、剣＝精神に対して鉄砲＝技術の世界を扱っていることではないだろうか。

作中からそうしたくだりを幾つか拾い出せば、次のようになる。

いわく「鉄砲の撃ちかたは、習熟するのにさほど時間がかからない。剣術にせよ、槍の扱いよう、矢の射かたにせよ、長年月の鍛錬を経なければ、上達しない。／なみの稽古では、戦場で敵と戦えば相打になるだけである。／そのため、二間半、三間というような長槍をつらね、敵の槍衆と叩きあう槍足軽でさえ、百姓を集めてきてにわかに人数をそろえるわけにはゆかなかった。／だが、鉄砲の扱いかたに、微妙な極意というほどのものはない」（傍点引用者）。

そしてこの後に、主として技術面の注意、吸湿性のつよい火薬の筒口からの装塡と、その調合のしかた、弾丸のこめかた等々が綴られている。

さらにいわく「鉄砲の射撃は、度胸のすわっていないにわか足軽でも、敵前でわりあい平静を失わずにおこなうことができた。／それは敵に肉迫接近しないでもいいからであった。／六匁玉筒の命中精度は、いくらか扱いなれた鉄砲足軽であれば、三十間はなれたところから握り拳ほどの的を射抜くのに困難を感じない。／どれほど武芸に熟達していても、いかに大力であっても、弱卒の放つ鉛弾をまともにくらえば、死ぬよりほかはなかった」

だが、監物がこんなことを述懐する場面があるではないか、という方がおられるかもしれない。

――「そうか、鉄砲放もやっぱり剣術や槍あしらいとおんなじことか。腋を締めて、わが身をまっすぐ向けることが肝腎やなあ――」

だが、ここでいう剣と鉄砲の類似性は、あくまでも逆説である。

さて、こうして鉄砲を手にしたところで、雑賀衆との仲が剣呑になってくるが、そんな中にも作者は、覚明に鉄砲放の頭になってくれといわれても、「そうやなあ、まあやってもええけど、儂は主仕えがきらいや。勝手にやらせてくれるのなら、手伝うてもええよ」

という監物の一種野放図で豪放磊落な自由人としての生き方を抜かりなく描写している。

さて、このあたりから本書のスケールもずんと大きくなってくる。

九年後の天文二十一年（一五五二）夏、監物は三百人の根来鉄砲衆とともに京へのぼることになる。

今回の傭い主は何と将軍足利義輝である。こうなってくると、五千挺の鉄砲を擁する根来の鉄砲集団は、日本最大の傭兵たちである。義輝は、管領細川晴元とともに三好長慶の軍勢が制圧している京都を奪回すべく、監物らを呼び寄せたのだが、結局、怖じ気づいたのか、三好勢との決戦を避け、敗走。監物のせっかくの努力も水の泡と帰した。この後、監物は、三好勢につき負け知らずの名を欲しいままにした。

作品の後半、三分の二は、ほとんどが迫力満点の戦闘シーンになっている。

かつて柴田錬三郎は代表作『剣は知っていた』を書くに当たって、これまでいちばん長いチャンバラシーンが、吉川英治『宮本武蔵』の〈一乗寺の決闘〉であると知り、これより長くしてやろうと、新聞連載で一週間以上、殺陣のシーンを書き続けたという。

そして本書における鉄砲を主眼とした戦闘シーンは、わが国の歴史時代小説で最も長いものではないだろうか。

一説によると、根来衆は、本書の監物に見られるような現世における快楽主義を肯定し、雑賀衆は、信仰を重視したという。

そしてラストの退陣で監物のいうことは、「弾丸を惜しまんと撃ちまくれ。後詰を果ひたら、儂らも山伝いに根来へ去ぬや。当分ははたらかんと、根来で遊ぼらよ」

は、その快楽肯定の生きざまと、『鉄砲無頼伝』という題名の意味を良く伝えているといえよう。

信長が鉄砲を手にする何十年も前に、この新たな武器を自在に使いこなした、天下統一の野心よりも思いのままに生きることを選んだ男たちの物語である。

初出「週刊小説」(原題「鉄砲伝来」)
一九八九年一月二〇日号から九六年三月一五日号
まで連載

本作品は小社より一九九六年六月に『鉄砲無頼記』として単行本が、二〇〇〇年九月に『鉄砲無頼伝』に改題し、角川文庫より刊行されました。

実業之日本社文庫　最新刊

碧野 圭
スケートボーイズ
全日本選手権を目指す男子大学生フィギュアスケート選手を描いた胸熱の青春ドラマ。たとえ頂点に立てなくても、俺たちはいつも輝いてる！（解説・野口美惠）
あ56

赤川次郎
哀しい殺し屋の歌
「元・殺し屋」が目を覚ましたのは捨てたはずの実の娘の屋敷だった。新たな依頼、謎の少年、衝撃の過去——。傑作ユーモアミステリー！（解説・山前 譲）
あ114

梓 林太郎
函館殺人坂　私立探偵・小仏太郎
美しき港町、その夜景に銃声が響いた——。謎の女の存在がこの事件の唯一の手がかり？　人情探偵よ、逃亡者の影を追え！　大人気トラベルミステリー。
あ312

越智月子
不惑ガール
四十三歳専業主婦、ホステス、読者モデル。元ミスコン女王たちの人生が交錯するとき、奇跡が起きる!?　読後感抜群の痛快ストーリー！（解説・青木千恵）
お41

佐藤青南
白バイガール　駅伝クライシス
白バイガールが先導する箱根駅伝の裏で、選手の妹が誘拐された!?　白熱の追走劇と胸熱の人間ドラマで一気読み間違いなしの大好評青春お仕事ミステリー。
さ43

津本 陽
鉄砲無頼伝
紀州・根来から日本最初の鉄砲集団を率い、戦国大名の傭兵として壮絶な戦いを生き抜いた男、津田監物の生きざまを描く傑作歴史小説。（解説・縄田一男）
つ21

中山七里
嗤う淑女
稀代の悪女、蒲生美智留。類まれな頭脳と美貌で出会う人間すべてを操り、狂わせる——。徹夜確実、怒濤のどんでん返しミステリー！（解説・松田洋子）
な51

葉月奏太
女医さんに逢いたい
孤島の診療所に、白いブラウスに濃紺のスカートを纏った、麗しき女医さんがやってきた。23歳で童貞の僕は診療所で…。ハートウォーミング官能の新傑作！
は64

花房観音
半乳捕物帖
茶屋の看板娘のお七は、夜になると襟元から豊かな胸をのぞかせ十手を握る。色坊主を追って、江戸城大奥に潜入するが——やみつきになる艶笑時代小説！
は23

実業之日本社文庫　好評既刊

荒山 徹
徳川家康 トクチョンカガン
山岡荘八『徳川家康』、隆慶一郎『影武者徳川家康』を継ぐ「第三の家康」の誕生！ 興奮&一気読みの時代伝奇エンターテインメント！（対談・縄田一男）
あ61

岩井三四二
霧の城
一通の恋文が戦の始まりだった……。武田の猛将と織田家の姫の間で実際に起きた、戦国史上最も悲しき愛の戦を描く歴史時代長編！（解説・縄田一男）
い91

東郷 隆
初陣物語
その時、織田信長14歳、徳川家康17歳、長宗我部元親22歳。戦国のリアルな戦いの姿を描く傑作歴史小説集！（解説・末國善己）
と35

中村彰彦
真田三代風雲録（上）
真田幸隆、昌幸、幸村。小よく大を制し、戦国の世に最も輝きを放った真田一族の興亡を歴史小説の第一人者が描く、傑作大河巨編！
な12

中村彰彦
真田三代風雲録（下）
大坂冬の陣・夏の陣で「日本一の兵（つわもの）」と讃えられた真田幸村の壮絶なる生きざま！ 真田一族の興亡を描く巨編、完結！（解説・山内昌之）
な13

実業之日本社文庫　好評既刊

池波正太郎、隆慶一郎ほか／末國善己編
軍師の生きざま
直江兼続、山本勘助、石田三成…群雄割拠の戦国乱世を、知略をもって支えた策士たちの戦いと矜持！　名手10人による傑作アンソロジー。
ん21

司馬遼太郎、松本清張ほか／末國善己編
軍師の死にざま
竹中半兵衛、黒田官兵衛、真田幸村…戦国大名を支えた名参謀を主人公にした傑作の精華を集めた、11人の作家による短編の豪華競演！
ん22

山田風太郎、吉川英治ほか／末國善己編
軍師は死なず
池波正太郎、西村京太郎、松本清張ほか、豪華作家陣による〈傑作歴史小説集〉。黒田官兵衛、竹中半兵衛をはじめ錚々たる軍師が登場！
ん23

司馬遼太郎、松本清張ほか／末國善己編
決戦！　大坂の陣
大坂の陣400年！　大坂城を舞台にした傑作歴史・時代小説を結集。安部龍太郎、小松左京、山田風太郎など著名作家陣の超豪華作品集。
ん24

池波正太郎・森村誠一　ほか／末國善己編
血闘！　新選組
江戸・試衛館時代から池田屋騒動など激闘の壬生時代、箱館戦争、生き残った隊士のその後まで「誠」を背負った男たちの生きざま！　傑作歴史・時代小説集。
ん27

実業之日本社文庫 つ21

鉄砲《てっぽう》無《ぶ》頼伝《らいでん》

2017年12月15日　初版第1刷発行

著　者　津本《つもと》陽《よう》

発行者　岩野裕一
発行所　株式会社実業之日本社
〒153-0044　東京都目黒区大橋 1-5-1
クロスエアタワー8階
電話［編集］03(6809)0473［販売］03(6809)0495
ホームページ　http://www.j-n.co.jp/
印刷所　大日本印刷株式会社
製本所　大日本印刷株式会社

フォーマットデザイン　鈴木正道（Suzuki Design）

ISBN978-4-408-55397-9（第二文芸）